DONNA LEON

LA FEMME AU MASQUE DE CHAIR

Roman traduit de l'anglais (États-Unis)
par William Olivier Desmond

calmann-lévy

Titre original anglais :
About Face
Première publication : William Heinemann, Londres, 2009

Couverture
Maquette : Constance Clavel
Photographie : © Plainpicture / Millennium Images / Jasper James

ISBN 978-2-7021-4141-0

Pour Petra Reski-làndo et Lino Lando.

Che ti par di quell'aspetto?
Que penses-tu de ce visage?

Mozart, *Cosi fan tutte*

1

Il aperçut la femme en chemin. Plus précisément, alors qu'il s'était arrêté avec Paola devant la devanture d'une librairie et qu'il profitait de son reflet pour réajuster sa cravate, Brunetti vit celui de la passante qui se dirigeait vers le Campo San Barnaba au bras d'un homme plus âgé. Elle était de dos, l'homme à sa gauche. Le policier remarqua tout d'abord ses cheveux, d'un blond aussi clair que ceux de Paola, noués en un chignon lâche tombant sur sa nuque. Le temps qu'il se retourne pour mieux la regarder, le couple les avait dépassés et approchait du pont conduisant à San Barnaba.

Le manteau de la femme – Brunetti savait seulement que c'était une fourrure plus précieuse que le vison, hermine ou zibeline – tombait juste au-dessus de chevilles très fines et de chaussures à talons trop hauts pour être portées dans des rues où il restait des plaques de neige et de glace.

Guido Brunetti reconnut l'homme, mais sans pouvoir l'identifier : il avait le vague souvenir d'un personnage riche et important. Large d'épaules, il était plus petit que sa compagne et marchait d'un pas plus prudent. Au pied du pont, il fit soudain un pas de côté et s'appuya au parapet. Il s'arrêta et la femme, retenue par son bras, dut en faire autant. Un pied encore en l'air, elle commença à pivoter vers lui, s'éloignant un peu plus d'un Brunetti toujours curieux.

« Si ça te convient, Guido, dit Paola à côté de lui, tu pourrais m'offrir la nouvelle biographie de William James pour mon anniversaire. »

Le commissaire Brunetti se détourna du couple et regarda le gros livre que sa femme lui montrait du doigt, dans le fond de la vitrine.

« Je croyais que son prénom était Henry », répondit Guido, l'air parfaitement sérieux.

Elle lui tira sèchement sur le bras. « Ne joue pas les idiots, Guido Brunetti. Tu sais très bien qui est William James. »

Il hocha la tête. « Mais pourquoi lire la biographie du frère ?

— Je m'intéresse à la famille et à tout ce qui a pu faire de lui ce qu'il est devenu. »

Brunetti se souvint que lorsqu'il avait rencontré Paola, plus de vingt ans auparavant, il avait éprouvé le même besoin de tout savoir de sa famille, de ses goûts, de ses amis, bref, de tout apprendre de cette merveilleuse jeune femme qu'une puissance bienveillante avait mise sur son chemin, au milieu des allées de la bibliothèque universitaire. Brunetti jugeait tout à fait normal qu'on manifestât de la curiosité pour une personne vivante. Mais pour un écrivain mort plus d'un siècle auparavant ?

« Qu'est-ce que tu lui trouves donc de si fascinant ? » lui demanda-t-il, pas pour la première fois. En s'entendant, Brunetti se rendit compte que l'enthousiasme de Paola pour Henry James l'avait une fois de plus poussé à se comporter en mari jaloux et susceptible.

Elle lui lâcha le bras et recula d'un pas, comme pour mieux considérer son époux. « Il comprend les choses.

— Ah », se contenta-t-il de répondre. Il lui semblait que c'était le moins qu'on pût attendre d'un écrivain.

« Il les comprend et il me les fait comprendre », ajouta-t-elle. Paola dut considérer que le sujet était épuisé, comme le soupçonnait Guido. « Allez, viens. Tu sais que mon père a horreur qu'on soit en retard. »

Ils s'éloignèrent de la librairie. Au pied du pont, c'est pourtant elle qui s'arrêta pour le dévisager. « Tu sais, tu ressembles vraiment de plus en plus à Henry James. »

Devait-il se sentir flatté, ou offensé ? Il n'était pas trop sûr. Avec les années, heureusement, cette remarque récurrente avait cessé de le travailler, et il n'éprouvait plus le besoin de reconsidérer à chaque fois les fondements de leur mariage.

« Toi aussi tu veux comprendre les choses, Guido. C'est sans doute pour ça que tu es policier. » Elle parut un instant songeuse. « Mais tu veux aussi que les autres les comprennent. » Elle se tourna et s'engagea sur le pont. Pardessus son épaule, elle ajouta : « Exactement comme lui. »

Brunetti attendit qu'elle soit au sommet du pont pour lui lancer : « Est-ce que ça signifie que je suis fait pour être écrivain, en réalité ? » Comme il aurait aimé qu'elle réponde oui...

Elle rejeta, hélas, l'idée d'un geste de la main. « Mais ça pimente la vie à deux », répondit-elle en se tournant vers lui.

Bien mieux que d'être écrivain, estima-t-il en lui emboîtant le pas.

Brunetti consulta sa montre tandis que Paola sonnait au portail de ses parents. « Depuis toutes ces années, tu n'as pas de clef? demanda-t-il.

— Ne sois pas idiot, Guido. Bien sûr, j'ai une clef. Mais c'est une invitation officielle, et je préfère que nous arrivions en invités.

— Allons-nous devoir nous comporter en invités ? »

Paola n'eut pas le temps de répondre : un inconnu leur ouvrit la porte. Il sourit et dégagea complètement le battant.

Paola le remercia et ils traversèrent la cour en direction de l'escalier conduisant au palazzo. « Comment, glissa Brunetti dans un murmure, pas de livrée? Pas de perruque? Mon Dieu, mais où va le monde? La prochaine fois, les domestiques mangeront à la table de maîtres, puis l'argenterie commencera à disparaître. Comment tout cela finira-t-il? Luciana poursuivant ton père, un hachoir à la main? »

Paola s'arrêta brusquement et se tourna vers lui en lui adressant un de ses regards dont elle avait le secret, son seul recours quand il se livrait à de tels excès verbaux.

« *Si, tesoro?* demanda-t-il de sa voix la plus suave.

— On va attendre un peu ici, Guido, le temps d'épuiser tes sarcasmes sur le statut social de mes parents. Quand tu te seras calmé, nous monterons rejoindre les autres invités et tu te comporteras comme un individu raisonnablement civilisé pendant le repas. On est d'accord ? »

Brunetti répondit d'un hochement de tête. « J'aime bien le "raisonnablement civilisé". »

Elle eut un sourire radieux. « J'étais sûre que ça te plairait. » Sur quoi elle attaqua l'escalier conduisant aux salles de réception du palazzo, Brunetti la suivant à deux pas derrière.

Lorsqu'elle avait accepté l'invitation de ses parents, Paola avait expliqué à Guido que le comte Falier souhaitait lui présenter l'une des bonnes amies de la comtesse.

Si, avec le temps, Brunetti avait fini par admettre que sa belle-mère avait une réelle affection pour lui, il n'était toujours pas très sûr de ce que pensait le comte : le tenait-il pour un va-nu-pieds qui s'était introduit par effraction dans son milieu en séduisant sa fille unique ? Ou pour un homme d'honneur talentueux ? Orazio, se disait le policier, pouvait très bien penser les deux à la fois.

Un autre inconnu les attendait en haut des marches et leur ouvrit la porte du palazzo avec une petite courbette, tandis que la chaleur de la salle venait les envelopper.

Dans le couloir, un bruit de voix leur parvint du salon principal, celui qui donnait sur le Grand Canal. L'homme leur prit leurs manteaux en silence et ouvrit la porte d'un placard éclairé. Jetant un coup d'œil à l'intérieur, Brunetti remarqua un grand manteau de fourrure accroché à l'écart des autres vêtements, isolé d'eux par sa valeur ou par une attention particulière du responsable du vestiaire.

Attirés par les voix, ils se dirigèrent vers l'avant du bâtiment. Guido et Paola trouvèrent leurs hôtes devisant devant la fenêtre centrale – leur faisant donc face – pour permettre aux invités à qui ils parlaient de bénéficier de la vue sur les palazzi situés de l'autre côté du Grand Canal. Les voyant à nouveau de dos, Brunetti reconnut cependant le couple qui les avait précédés dans la rue ; ou alors, c'est qu'ils avaient des clones – un homme trapu et corpulent et une grande blonde au chignon élaboré, juchée sur des talons aiguilles. Celle-ci se tenait un peu à l'écart, regardant par la fenêtre, et ne paraissait pas participer à la conversation.

Deux autres couples se tenaient à côté de ses beaux-parents. Il reconnut l'expert-comptable du comte et son épouse, ainsi qu'une vieille amie de la comtesse qui, comme elle, était engagée dans les bonnes œuvres, et son mari, marchand d'armes et de technologie minière dans les pays du tiers-monde.

Le comte détourna un instant les yeux pendant ce qui paraissait être une conversation animée avec l'homme aux cheveux blancs, et vit sa fille. Il posa son verre, dit quelque chose à son vis-à-vis et se dirigea vers les Brunetti. À ce moment-là, l'homme corpulent se retourna pour accueillir les nouveaux arrivants et son nom revint à Brunetti : Maurizio Cataldo, personnage qui passait pour être écouté des membres influents de l'administration de la ville. La femme continuait à contempler la vue, comme si elle en était enchantée, et ne s'était pas rendu compte du départ du comte.

Brunetti et Cataldo n'avaient jamais été présentés l'un à l'autre, mais le policier connaissait son histoire dans les grandes lignes. Venus du Frioul au début du XXe siècle, les Cataldo avaient prospéré pendant la période fasciste et étaient devenus encore plus riches pendant le grand boom des années soixante. La construction ? Les transports ? Il n'en était pas sûr.

Le comte rejoignit Guido et Paola, les embrassa tous les deux, puis se tourna vers le couple avec lequel il s'était entretenu. « Tu les connais, Paola, mais pour Guido, je n'en suis pas certain. Ils ont très envie que je te présente. »

C'était peut-être vrai de Cataldo, qui les regardait approcher, sourcils levés, menton légèrement incliné tandis que ses yeux allaient de Paola à Guido avec une curiosité non dissimulée. L'expression de la femme, en revanche, était impossible à déchiffrer. Ou, pour être plus précis, elle en arborait une accueillante, agréable, figée de manière définitive sur ses traits par l'art du chirurgien : sa bouche s'étirait pour l'éternité en un petit sourire, de ceux qu'on affiche quand on vous présente les petits-enfants de la femme de chambre. Les lèvres qui formaient ce sourire pincé étaient pleines, pulpeuses et du rouge profond des variétés tardives de cerises. Ses yeux paraissaient repoussés vers le haut par ses pommettes, qui s'étiraient de part et d'autre de son nez, tendues en deux nodules roses de la taille d'un demi-kiwi coupé dans la longueur. Le nez lui-même s'enracinait plus haut sur le front qui était normal et étrangement dépourvu de relief, comme aplati par la spatule trop énergique d'un sculpteur.

Sinon pas de ride, pas le moindre défaut. Elle avait une peau parfaite, une peau d'enfant. La blondeur de ses cheveux était celle de fils d'or, et Brunetti s'y connaissait assez pour se rendre compte que la robe qu'elle portait avait dû coûter beaucoup plus cher que le meilleur de ses propres costumes.

Il devait s'agir de la deuxième femme de Cataldo, *la super liftata*, parente lointaine de la comtesse dont Brunetti avait entendu parler deux ou trois fois mais qu'il n'avait jamais rencontrée. Il savait, par les commérages, qu'elle était du Nord, qu'elle ne sortait que très peu et que, d'une manière qui n'était jamais précisée, elle passait pour « bizarre ».

« Ah », fit le comte, interrompant les pensées de Guido tandis que Paola embrassait la femme puis serrait la main de l'homme. « Franca? Je vous présente mon gendre, Guido Brunetti. Guido, voici Franca Marinello et son mari, Maurizio Cataldo. » Orazio Falier fit un pas de côté pour laisser Guido s'avancer, comme si le couple était un cadeau de Noël qu'il offrait à sa fille et à son gendre.

Brunetti serra la main de la femme – elle avait une poigne étonnamment ferme – puis celle plus sèche de son mari. « *Piacere* », dit-il, souriant à l'une et à l'autre. Cataldo avait des yeux d'un bleu délavé.

L'homme répondit d'un hochement de tête; ce fut la femme qui prit la parole. « Depuis des années, votre belle-mère ne cesse de chanter vos louanges. C'est un vrai plaisir de faire enfin votre connaissance. »

Avant que Brunetti ait eu le temps de trouver une réponse, les doubles portes conduisant à la salle à manger s'ouvrirent et le préposé au vestiaire annonça que la comtesse était servie. Tandis que tout le monde traversait le salon, Brunetti essaya de se souvenir de ce que sa belle-mère lui avait dit de son amie Franca, mais rien ne lui revint, sinon que leur amitié remontait à l'époque où Franca Marinello était venue faire ses études à Venise.

La vue de la table, avec son service de porcelaine, son argenterie, sa débauche de fleurs, lui rappela le dernier repas qu'il avait fait dans cette maison, deux semaines auparavant. Il était passé au palazzo pour y rapporter deux livres, ayant pris depuis environ deux ans l'habitude d'en échanger avec la comtesse. Raffi était déjà sur place. Son fils était venu chercher sa dissertation que sa grand-mère avait accepté de relire.

Brunetti les avait trouvés dans le bureau de Donatella Falier, assis côte à côte, les huit pages de la dissertation étalées devant eux sur le bureau et couvertes d'annotations en trois couleurs différentes. À la gauche des feuilles, il y avait un plateau de sandwichs, ou ce qu'il en restait. Tandis que Brunetti les terminait, la comtesse lui avait expliqué son système : rouge pour les fautes de grammaire, jaune pour les abus d'emploi du verbe *être* et bleu pour les erreurs factuelles.

Raffi, qui se cabrait facilement lorsque son père n'était pas d'accord avec lui sur un fait historique, ou lorsque sa mère le reprenait sur son italien, paraissait convaincu que sa grand-mère avait toujours raison et reportait scrupuleusement toutes ses suggestions sur son ordinateur portable, tandis que Brunetti écoutait attentivement les explications qu'elle donnait.

Guido fut tiré de cette évocation par ce que Paola lui murmura à l'oreille : « Cherche ton nom. » Il y avait en effet des petits bristols pliés, portant des prénoms écrits à la main, devant chaque couvert. Il trouva rapidement le sien et s'aperçut avec soulagement que Paola était assise à sa gauche, entre lui et son père. Il jeta un coup d'œil autour de la table ; tout le monde paraissait avoir repéré son siège. Un maniaque de l'étiquette aurait pu trouver à redire de voir les époux assis ensemble, mais au moins les Falier se faisaient-ils face aux deux extrémités de la table rectangulaire, et ce fut Renato Rocchetto, l'avocat du comte, qui tint la chaise de la comtesse quand elle s'assit.

Brunetti se trouva placé directement en face de l'épouse de Cataldo, simplement séparé d'elle par la largeur de la table. Elle écoutait ce que lui disait son mari, tête inclinée vers lui au point de le toucher, mais Brunetti savait qu'il n'y couperait pas. Paola se tourna vers lui, lui murmura « Courage » et lui tapota la cuisse.

Paola retira sa main ; Cataldo sourit à sa femme et se tourna vers Paola et Orazio Falier ; Franca Marinello regarda Brunetti. « Il fait affreusement froid, n'est-ce pas ? » commença-t-elle – et Brunetti s'apprêta à subir une de ces conversations oiseuses de dîner mondain.

Avant qu'il ait pu trouver la réponse anodine qui convenait, la voix de la comtesse s'éleva du bout de la table : « J'espère que personne ne se formalisera si nous faisons un repas végétarien ce soir. » Sur quoi elle sourit en regardant ses invités, tour à tour, avant d'ajouter, d'un ton qui trahissait à la fois de l'amusement et de l'embarras : « Entre les idiosyncrasies alimentaires de ma famille et le fait que j'ai trop attendu pour vous appeler et vous demander les vôtres, j'ai décidé qu'il serait plus simple d'éviter viande et poisson.

— Les idiosyncrasies alimentaires ? » murmura Claudia Umberti, la femme de l'avocat. Elle paraissait sincèrement intriguée et Brunetti, qui était assis à sa gauche, l'avait vue assez souvent lors de dîners de ce genre pour ne pas douter qu'elle sût que les seules idiosyncrasies de la famille Falier – les crises végétariennes épisodiques de Chiara mises à part – concernaient la taille des portions et un goût prononcé pour les desserts.

Très certainement pour épargner à sa mère d'être prise en flagrant délit de mensonge, Paola intervint au milieu du silence général : « Je préfère m'abstenir de bœuf ; ma fille Chiara ne mange ni viande ni poisson, du moins cette semaine ; Raffi n'aime ni les légumes verts, ni le fromage et Guido, ajouta-t-elle en s'inclinant vers son mari, une main sur son bras, aime tout, pourvu qu'il y en ait beaucoup. »

Tout le monde autour de la table émit un petit rire poli ; Brunetti, beau joueur, donna un baiser à Paola – mais non sans se jurer de refuser de reprendre quoi que ce soit. Profitant de la proximité de leurs deux têtes et souriant toujours, il lui demanda à voix basse : « Qu'est-ce que signifie tout ce cirque ?

— Je t'expliquerai plus tard », répondit-elle, se tournant aussitôt vers son père pour lui poser une question.

N'ayant apparemment pas envie de commenter l'annonce de Donatella Falier, Franca Marinello s'adressa à Brunetti dès qu'il se fut à nouveau tourné vers elle : « La neige, dans nos rues, est un terrible problème*. » Brunetti lui sourit comme s'il n'avait pas remarqué ses talons hauts ni eu droit vingt fois à la même remarque depuis deux jours.

D'après les règles de la courtoisie, c'était maintenant à son tour de faire quelque remarque anodine et, tenant son rôle, il répondit : « Ce n'en est pas un pour les skieurs, au contraire.

— Ni pour les agriculteurs, ajouta-t-elle.

— Je vous demande pardon ?

— D'où je viens, enchaîna-t-elle dans un italien sans accent local, il y a un proverbe : *Sous la neige, le pain. Sous la pluie, la faim.* » Elle avait une voix agréablement grave de contralto.

Brunetti, citadin impénitent, eut un sourire penaud et dit : « Je ne suis pas bien sûr de comprendre. »

Les lèvres de la femme s'étirèrent vers le haut (c'était un sourire, comprit-il rapidement) et ses yeux s'adoucirent. « Cela veut simplement dire que la pluie ruisselle, n'apportant qu'un bienfait temporaire, tandis que la neige déposée sur les montagnes fond lentement pendant toute la belle saison.

* Rappelons qu'à Venise, les chasse-neige n'ont pas droit de cité. *(Toutes les notes sont du traducteur.)*

— Et donc le pain ?

— Exactement. C'était du moins ce que croyaient les anciens. Mais cette tempête de neige que nous avons eue ici était anormale, même si elle n'a obligé à fermer l'aéroport que quelques heures. Il n'est tombé que trois ou quatre centimètres. En revanche dans le Haut-Adige, la région d'où je viens, il n'a pas neigé de l'année.

— C'est donc un problème pour les skieurs ? demanda Brunetti avec un sourire, se la représentant en long chandail de cachemire et pantalon de ski, confortablement installée devant la cheminée d'un chalet quatre étoiles.

— Je me fiche bien des skieurs, c'est aux paysans que je pense », répliqua-t-elle avec une véhémence qui le surprit. Elle étudia un instant le visage de son vis-à-vis, puis ajouta : « Oh, trop fortunés, s'ils connaissaient leurs biens, les paysans* ! »

Brunetti eut du mal à ne pas laisser échapper un soupir de stupéfaction. « C'est de Virgile, n'est-ce pas ?

— *Les Géorgiques*, oui, répondit-elle en ignorant son étonnement et tout ce qu'il impliquait. Vous les avez lues ?

— À l'école, et une deuxième fois quelques années plus tard.

— Pourquoi ? demanda-t-elle poliment, tournant la tête pour remercier le serveur qui venait de déposer une assiette (*risotto de funghi*) devant elle.

— Pourquoi quoi ?

— Pourquoi les avez-vous relues ?

— Parce qu'on les avait données à lire à mon fils, en classe, et qu'il disait les aimer. Je me suis donc dit que je devrais peut-être aller y voir de plus près. » Il sourit avant d'ajouter : « La première fois remontait à tellement longtemps que je n'en avais aucun souvenir.

— Et ? »

Brunetti dut réfléchir avant de lui répondre, tant étaient rares les occasions qu'il avait de parler de livres. « Je dois avouer, dit-il, tandis qu'on plaçait une assiette de risotto

* Traduction Maurice Rat, Garnier, 1932.

devant lui, que tous ces discours sur les devoirs et obligations d'un bon paysan m'ont un peu barbé.

— Quels sont donc les sujets qui vous intéressent ?

— Ce que disent les auteurs classiques de la politique », répondit Brunetti, s'attendant à voir s'affaiblir l'intérêt de son interlocutrice.

Elle prit son verre, but une petite gorgée de vin, puis le tendit vers Brunetti en le faisant délicatement tourner. « Sans les bons paysans, nous n'aurions rien de tout ceci. » Sur quoi elle avala une deuxième gorgée et reposa son verre.

Brunetti décida de risquer sa chance. Levant la main droite, il lui fit décrire un petit cercle qui, selon la fantaisie de chacun, pouvait englober la table, les gens qui y étaient assis et, par extension, le palazzo et la ville. « Sans la politique, répliqua-t-il, nous n'aurions rien de tout ceci. »

Du fait de sa difficulté à écarquiller les yeux, c'est par un gloussement qu'elle manifesta sa surprise – gloussement suivi d'un rire joyeusement adolescent qu'elle essaya de retenir en mettant une main sur sa bouche, sans y parvenir, et qui se termina par une quinte de toux.

Les têtes se tournèrent et son mari posa une main protectrice sur son épaule. Les conversations s'arrêtèrent.

Elle hocha la tête plusieurs fois avec un petit geste de la main pour dire que ce n'était rien, puis elle prit sa serviette et s'essuya les yeux, toussant encore un peu. Quand ce fut terminé, elle prit plusieurs profondes inspirations et dit, ne s'adressant à personne en particulier : « J'ai avalé de travers. » Puis elle serra brièvement la main de son mari, lui glissa un mot qui le fit sourire, sur quoi il reprit sa conversation avec le comte.

Elle avala quelques gorgées d'eau, goûta le risotto, puis reposa sa fourchette. Et comme si rien n'avait interrompu leur conversation, elle lâcha : « En politique, c'est Cicéron que je préfère.

— Pourquoi ?

— Parce qu'il savait vraiment haïr. »

Brunetti s'obligea à prêter davantage d'attention à ses paroles qu'à la bouche étrange d'où elles sortaient, et ils en étaient encore à discuter de Cicéron lorsque le serveur reprit les assiettes de risotto qu'ils avaient à peine touchées.

Elle rappela le mépris qu'avait manifesté le tribun latin pour Catilina et tout ce que celui-ci représentait ; décrivit la rancœur pleine de haine qu'il avait éprouvée pour Marc-Antoine ; raconta avec jubilation comment il avait réussi à devenir consul ; et surprit enfin Brunetti en citant par cœur ses poèmes.

On débarrassait le deuxième service (un pain de légumes) lorsque le mari de la signora Marinello se tourna vers elle et lui dit quelque chose que Brunetti n'entendit pas. Elle lui sourit et lui accorda alors son attention jusqu'au dessert – un gâteau à la crème si riche qu'il pouvait faire pardonner l'absence de viande. Brunetti, entre-temps, sacrifiant aux rites de la bonne société, avait consacré son temps à l'épouse de l'avocat Rocchetto, laquelle lui raconta par le menu les derniers scandales impliquant l'administration de la Fenice.

« ... finalement décidé de ne pas renouveler notre abonnement. Les productions sont terriblement médiocres et ils veulent à tout prix singer ces affreuses mises en scène françaises ou allemandes, disait-elle, en tremblant presque d'indignation. On se croirait dans le théâtre d'une petite ville de la province française », conclut-elle, expédiant, d'un geste de la main, la Fenice et toute la vie culturelle de la province française dans les limbes. Brunetti évoqua Jane Austen et son conseil d'épargner son souffle pour refroidir son thé, résistant à la tentation de faire remarquer à sa voisine que la Fenice, après tout, était un théâtre mineur dans une minuscule ville provinciale italienne, et qu'on ne pouvait s'attendre à y voir de grandes choses.

On servit le café, puis un serveur poussa un chariot chargé de bouteilles de grappa et de digestifs autour de la table. Brunetti demanda une domenis et ne fut pas déçu. Il se tourna vers Paola pour lui proposer une gorgée, mais elle écoutait ce que Cataldo disait à son père ; elle avait le menton dans la main, si bien que sa montre était tournée vers

Guido. Il était minuit largement passé. Lentement, il fit glisser son pied sur le plancher jusqu'à atteindre quelque chose de ferme mais pas d'aussi dur qu'un pied de chaise. Il donna deux petits coups.

Moins d'une minute plus tard, Paola jeta un coup d'œil à sa montre et s'écria : « *Oddio*, j'ai un étudiant qui va débarquer à neuf heures à mon bureau, et je n'ai pas encore lu son devoir ! » Elle se pencha sur la table, en direction de sa mère. « J'ai l'impression d'avoir passé ma vie à faire des devoirs ou à corriger ceux des autres.

— Et d'avoir toujours été en retard », ajouta son père d'un ton résigné mais affectueux, pour montrer qu'il ne lui en faisait pas reproche.

« Nous devrions peut-être penser à rentrer, nous aussi », dit Franca à son mari, avec un sourire.

Cataldo approuva d'un hochement de tête et se leva. Il passa derrière sa femme et tira sa chaise quand elle se leva à son tour. Il se tourna vers Orazio Falier. « Merci, monsieur le comte, dit-il avec un petit salut de la tête. C'était très aimable de votre part, à vous et la comtesse, de nous inviter ce soir. Et d'autant plus que cela nous a valu le plaisir de faire la connaissance de votre famille. » Il sourit dans la direction de Paola.

Les serviettes furent abandonnées sur la table et Rocchetto dit quelque chose sur le besoin de se dégourdir les jambes. Quand le comte demanda à Franca Marinello si elle ne préférait pas qu'il mette son bateau à sa disposition pour retourner chez elle, Cataldo expliqua que le leur les attendait déjà à la *porta d'acqua*. « Ça ne me gêne pas de venir à pied, mais avec ce froid et à cette heure tardive, j'avoue que j'aime autant rentrer en bateau. »

En couples et le pas incertain, ils retournèrent dans le salon d'où avait déjà disparu toute trace de l'apéritif qu'ils y avaient pris ; dans le vestibule, deux domestiques les aidèrent à remettre leurs manteaux. Brunetti jeta un coup d'œil autour de lui avant de glisser à Paola : « Et dire que les gens se plaignent qu'il n'y a plus de personnel, aujourd'hui. » Elle sourit, mais quelqu'un, derrière lui, laissa involontairement échapper un bref ricanement. Il se tourna, mais ne vit que le visage impassible de Franca Marinello.

Les couples échangèrent des salutations polies dans la cour. Cataldo et sa femme furent conduits vers la *porta d'acqua* et leur bateau. Les Rocchetto habitaient à deux pas ; les autres prirent la direction de l'Accademia, après avoir rejeté en riant la proposition de Paola de les accompagner avec Guido.

Bras dessus bras dessous, les Brunetti prirent la direction de leur domicile. En passant devant l'université, Guido demanda : « Tu t'es bien amusée ? »

Paola s'arrêta et le regarda dans les yeux. Au lieu de répondre, elle lui lança, le ton sec : « Et puis-je savoir, s'il te plaît, ce que tout cela signifie ?

— Pardon ? dit-il, s'arrêtant à son tour.

— Tu me demandes pardon parce que tu ne comprends pas ma question, ou bien parce que tu as passé la soirée à parler avec Franca Marinello en ignorant tous les autres ? »

Surpris par tant de véhémence, Guido protesta, geignard : « Mais elle lit Cicéron !

— Cicéron ? s'étonna à son tour Paola.

— *Du gouvernement*, la correspondance, les *Catilinaires*, *Contre Verrès* – même la poésie. » Soudain sensible au froid, Guido l'entraîna sur le pont, mais elle traîna des pieds et le fit arrêter en haut.

Elle se posta en face de lui, le retenant toujours par la main. « J'espère que tu as conscience, Guido, que tu es marié à la seule femme de Venise capable de croire que ta réponse est une explication suffisante. »

Sa réaction déclencha un rire soudain de la part de Guido. Elle ajouta : « Sans compter que c'était intéressant de voir tous ces gens au boulot.

— Au boulot ?

— Au boulot », répéta-t-elle en repartant vers le bas du pont.

Lorsque Guido l'eut rattrapée, elle reprit sans qu'il le lui demande : « Franca Marinello se donnait beaucoup de mal pour t'impressionner par sa culture. Toi, tu te donnais tout autant de mal pour comprendre comment une femme pareille pouvait bien lire Cicéron. Cataldo s'en donnait encore plus pour convaincre mon père d'investir avec lui, et mon père s'évertuait à se demander s'il devait ou non le faire.

— Investir dans quoi ? demanda Guido, ayant oublié Cicéron.

— Pas dans quoi, mais où.

— Et où ?

— En Chine.

— *Oddio* », fut la seule réaction qui vint à l'esprit de Brunetti.

2

« Pourquoi diable vouloir investir en Chine ? » voulut savoir Guido.

Elle s'arrêta pile devant le réfectoire des pompiers dont les fenêtres étaient sombres à cette heure, et dont n'émanait aucune odeur de nourriture. Son étonnement n'était pas feint. « Pourquoi la Chine ? » répéta-t-il.

Elle secoua la tête, mimant la plus totale perplexité et regardant autour d'elle, comme pour chercher des oreilles compatissantes. « Par pitié, quelqu'un peut-il me dire qui est cet individu ? Il me semble le voir quelquefois le matin à côté de moi à mon réveil, mais il ne peut s'agir de mon mari.

— Oh, arrête ton cinéma et réponds-moi, Paola, s'exclama Guido, soudain fatigué et pas d'humeur à ce genre de plaisanterie.

— Comment peux-tu lire les journaux tous les matins et ne pas comprendre qu'on veuille investir en Chine ? »

Il la prit par le bras pour l'entraîner vers leur domicile. Il ne voyait aucune raison de continuer à discuter de ça en pleine rue alors qu'ils auraient pu le faire en chemin ou au fond de leur lit. « Bien sûr, je suis au courant, une économie en plein essor, des fortunes instantanées, les bourses qui délirent, une croissance sans fin prévisible... Mais pourquoi ton père aurait-il envie, lui, d'y prendre part ? »

Une fois de plus, Paola ralentit le pas. Redoutant un nouvel arrêt assorti des sarcasmes de sa rhétorique, il continua à avancer, la forçant à le suivre. « Parce que le virus du capitalisme coule dans ses veines. Parce que, depuis des siècles, être un Falier signifie être un négociant, et être négociant, c'est gagner de l'argent.

— Pas mal, dans la bouche d'un prof de lettres qui prétend dédaigner l'argent, commenta-t-il.

— C'est parce que je suis la dernière de la lignée, Guido. Je suis la dernière personne de la famille à en porter le nom. Nos enfants portent le tien. » Elle ralentit un peu, mais ne s'arrêta pas. « Mon père a gagné de l'argent toute sa vie, ce qui nous a valu le luxe, à nos enfants et moi, de ne pas avoir à nous y intéresser. »

Brunetti, qui avait dû se faire étriller un bon millier de fois au Monopoly par Raffi et Chiara, se dit que le gène du capitalisme n'avait sans doute fait que sauter une génération et que le virus était peut-être même déjà actif en eux.

« Et il estime qu'il y a de l'argent à faire là-bas ? », sur quoi il ajouta précipitamment, ne serait-ce que pour l'empêcher de s'étonner qu'il pose une telle question : « De l'argent sûr ? »

Elle se tourna à nouveau vers lui. « Sûr ?

— Eh bien, dit-il, trouvant lui-même sa question idiote, de l'argent honnête ?

— Au moins, tu reconnais que ce n'est pas la même chose », répondit-elle avec l'amertume venue d'années passées à voter communiste.

Il garda le silence pendant un moment. Soudain, c'est lui qui s'arrêta. « Qu'est-ce que c'est que cette histoire d'idiosyncrasies alimentaires dont ta mère a parlé ? Et toutes ces absurdités sur ce que les enfants aiment ou n'aiment pas ?

— La femme de Cataldo est végétarienne, expliqua Paola. Et ma mère ne voulait pas attirer l'attention sur elle, si bien que j'ai décidé que ce serait moi qui porterais le chapeau, comme vous dites dans la police. » Elle lui serra le bras.

« D'où cette fiction sur mon appétit d'ogre ? » ne put-il s'empêcher de demander.

N'eut-elle pas un instant d'hésitation ? Elle reprit néanmoins la formule de Guido avec un sourire, tirant sur son bras : « Oui, la fiction sur ton appétit d'ogre. »

Si leur conversation ne lui avait pas rendu Franca Marinello sympathique, il aurait pu rétorquer que l'épouse de Cataldo n'avait pas besoin d'idiosyncrasies alimentaires pour attirer l'attention. Mais Cicéron était intervenu pour lui faire changer d'opinion au point qu'il éprouvait le besoin, se rendit-il compte, de se montrer protecteur vis-à-vis d'elle.

Ils passèrent devant la maison de Goldoni, puis après deux brefs tournants, arrivèrent à San Polo. Tandis qu'ils s'avançaient sur la place, Paola s'arrêta pour la énième fois et regarda autour d'elle. « Comme c'est bizarre de la voir vide comme ça. »

Il aimait ce lieu, il l'aimait depuis son enfance, avec ses quelques arbres et son dégagement : l'église SS Giovanni e Paolo était trop petite, la statue s'élevait au milieu et le ballon des parties de foot se retrouvait souvent dans le canal; Santa Margherita avait une forme bizarre et il l'avait toujours trouvée trop bruyante, même si elle était désormais à la mode. C'était peut-être la relative absence de commerces qui lui plaisait dans le Campo San Polo; seuls deux côtés de la place en avaient, les deux autres ayant résisté à l'appel du Veau d'Or. L'église, elle, y avait succombé : l'entrée était aujourd'hui payante, ses trésors artistiques, avait découvert son clergé, étant plus rentables que la grâce. Même s'il n'y avait pas grand-chose à voir à l'intérieur, en dehors de deux ou trois Tintoret, d'un chemin de croix attribué à Tiepolo et de quelques autres broutilles.

Cette fois, c'est Paola qui lui tira sur le bras. « Allez, viens, Guido, il est presque une heure. »

Il accepta l'armistice qu'offraient ses paroles et ils rentrèrent chez eux.

Chose inhabituelle, son beau-père lui téléphona à la questure, le lendemain matin. Après l'avoir remercié pour le dîner, Brunetti attendit de voir ce que le comte avait derrière la tête.

« Eh bien, qu'est-ce que tu en penses?

— De quoi?

— D'elle, répondit laconiquement le comte.

— De Franca Marinello? demanda Brunetti, réussissant à cacher son étonnement.

— Bien sûr. Tu as été assis en face d'elle pendant tout le repas.

— J'ignorais que j'étais censé l'interroger, protesta le policier.

— Tu l'as fait, cependant, répliqua Orazio Falier.

— Seulement sur Cicéron, j'en ai peur.

— Oui, je sais. » Brunetti se demanda si ce n'était pas de l'envie qu'il détectait dans la voix de son beau-père.

« Et toi, de quoi as-tu parlé avec son mari ?

— D'engins de travaux publics et de diverses autres choses. » Orazio Falier avait répondu avec un manque singulier d'enthousiasme. « Cicéron est un sujet infiniment plus intéressant », ajouta-t-il après un bref silence.

Brunetti se rappela que son exemplaire de Cicéron était un cadeau de Noël du comte et que dans sa dédicace, Orazio disait que c'était l'un de ses livres préférés. « Mais ? demanda-t-il en réaction au ton de son beau-père.

— Mais Cicéron n'est pas très en vogue chez les hommes d'affaires chinois. » Il réfléchit à ce qu'il venait de dire et ajouta, avec un soupir affecté : « Peut-être parce qu'il n'a pas grand-chose à nous apprendre sur les engins de chantier.

— Et d'autres choses sont-elles en vogue chez les hommes d'affaires chinois ? »

Le comte éclata de rire. « Tu ne perdras jamais une occasion de poser des questions, hein, Guido ? Oui, les rares que je connais s'intéressent beaucoup aux engins de chantier, en particulier aux bulldozers. De même que Cataldo, de même que le fils de Cataldo – un fils de son premier mariage – actuellement directeur de leur société d'engins lourds. La Chine connaît un boom dément dans le bâtiment, si bien que leur société reçoit plus de commandes que ce qu'ils peuvent fournir, raison pour laquelle ils m'ont demandé de m'associer avec eux. Un partenariat limité. »

Avec les années, Brunetti avait appris à réagir avec circonspection à tout ce que son beau-père pouvait lui divulguer de ses activités professionnelles, aussi se contenta-t-il de marmonner un « Ah » aussi attentif que laconique.

« Mais ce n'est pas un sujet qui doit t'intéresser beaucoup, reprit Orazio à juste titre. Qu'est-ce que tu penses d'elle ?

— Puis-je savoir les raisons de ta curiosité ?

— Je me suis trouvé à côté d'elle lors d'un dîner, il y a quelques mois ; cela faisait des années que je la connaissais, mais je ne lui avais jamais vraiment parlé et il m'est arrivé la même chose qu'à toi. Nous avons commencé à évoquer un fait-divers d'actualité puis, soudain, nous nous sommes retrouvés en train de parler des *Métamorphoses*. J'ignore comment, mais ce fut délicieux. Toutes ces années à se fréquenter, et nous n'avions jamais eu de vraies discussions ! C'est pourquoi j'ai suggéré à Donatella de te mettre en face d'elle pendant que je m'entretiendrais avec son mari. » Faisant alors preuve d'une remarquable lucidité, Orazio ajouta : « Tu as été si souvent obligé de supporter quelques-uns de nos amis parmi les plus ennuyeux, au fil des ans, que j'ai pensé que tu méritais un changement.

— Dans ce cas, merci, dit Brunetti, s'abstenant de commenter l'opinion que son beau-père avait de ses amis. C'était très intéressant. Elle a même lu le *Contre Verrès*.

— Ah, étonnant, n'est-ce pas ? gazouilla littéralement le comte.

— La connaissais-tu avant ?

— Avant le mariage, ou avant qu'elle se fasse refaire le visage ? demanda Orazio d'un ton neutre.

— Avant le mariage.

— Oui et non. Elle était davantage l'amie de Donatella que la mienne. On avait demandé à Donatella de garder un œil sur elle, quand elle est venue ici faire ses études. L'histoire de Byzance, tu vois le genre… Mais elle a dû partir au bout de deux ans. Problèmes familiaux. Son père venait de mourir, et elle a été obligée de prendre un travail car sa mère n'avait jamais exercé de métier. Donatella se souviendrait sans doute mieux que moi des détails. »

Orazio Falier s'éclaircit la gorge avant d'ajouter, d'un ton d'excuse : « Présenté comme ça, on dirait l'intrigue d'une mauvaise série télévisée, non ? Tu es sûr de vouloir la suite ?

— Je ne regarde jamais la télévision, répondit hypocritement Brunetti, et je trouve ça intéressant.

— Très bien. D'après ce que j'ai entendu dire – par Donatella ou d'autres personnes, je ne m'en souviens plus –, elle a rencontré Cataldo alors qu'elle travaillait comme mannequin, pour présenter des fourrures, je crois. Le reste, comme ma petite-fille a l'agaçante habitude de dire, appartient à l'histoire.

— Le divorce en fait-il partie?

— Oui, répondit le comte d'un ton triste. Je connais Maurizio depuis longtemps et il n'est pas du genre patient. Il a proposé un accord à sa première femme, et elle l'a accepté. »

Son instinct, affûté par des dizaines d'années passées à aiguillonner des témoins rétifs, souffla à Brunetti que le comte n'en avait pas fini. « Quoi d'autre? »

Il y eut un long silence avant que le comte ne réponde. « Je l'ai reçu à ma table, et il me déplaît d'avoir l'air de médire de lui, mais Maurizio passe pour un personnage vindicatif et cela pourrait avoir encouragé sa femme à accepter les termes de sa proposition.

— J'ai peur d'avoir déjà entendu cette histoire.

— Laquelle? demanda vivement le comte.

— Celle qui t'es parvenue, Orazio : celle du type âgé qui rencontre une charmante jeune femme et abandonne son épouse pour elle – après quoi ils vivent peut-être longtemps, mais pas forcément heureux. » Brunetti n'aima pas trop le ton persifleur de sa voix.

« Mais il n'est pas comme ça, Guido. Pas du tout.

— Que veux-tu dire?

— Parce qu'ils sont très heureux. » Il y avait, dans la voix d'Orazio Falier, la même nostalgie que lorsqu'il avait parlé d'une soirée à s'entretenir de Cicéron. « Du moins, d'après ce que m'a dit Donatella. » Après un nouveau silence, le comte ajouta : « Es-tu troublé par son aspect?

— C'est une présentation délicate des choses.

— Je ne l'ai jamais compris. Elle était ravissante. Elle n'avait aucune raison de le faire, mais aujourd'hui, les femmes ont des idées différentes sur... » La voix du comte faiblit et il n'acheva pas sa phrase. « Cela remonte à plusieurs années. Ils sont partis quelque part, officiellement en vacances, mais leur absence a duré longtemps : des mois. Je ne me souviens plus qui me l'a dit... ce n'est pas Donatella, en tout cas. » La précision soulagea Brunetti. « Toujours est-il que lorsqu'ils sont revenus, elle avait changé d'apparence. L'Australie – c'est là qu'il me semble qu'ils sont allés, officiellement. Mais qui irait en Australie, bon Dieu, pour se faire faire de la chirurgie esthétique ?

— Et pourquoi seulement vouloir le faire ? ne put s'empêcher de dire Brunetti.

— J'ai renoncé, Guido.

— Renoncé à quoi ?

— À tenter de comprendre les motivations des gens. En dépit de tous nos efforts, elles nous échappent toujours. L'ancien chauffeur de mon père avait coutume de dire : "Nous n'avons qu'une tête, et nous ne pouvons donc penser que d'une manière." » Orazio se mit à rire, puis ajouta, le ton soudain plus sec : « Suffit, les commérages. Je voulais simplement savoir si tu la trouvais sympathique ou non.

— C'est tout ?

— Je n'avais certainement pas envisagé que tu prendrais la fuite avec elle, Guido, répondit le comte, riant encore.

— Crois-moi, Orazio, une intello à la maison, c'est plus que ce qu'il me faut.

— Je comprends ce que tu veux dire, je comprends ce que tu veux dire. » Plus sérieusement, il ajouta : « Mais tu n'as toujours pas répondu à ma question.

— Elle me plaît bien. Même beaucoup.

— T'a-t-elle frappé par son honnêteté ?

— Absolument », répondit sans hésiter Guido, n'ayant même pas besoin de réfléchir avant – mais le faisant après. « Étrange, non ? Je ne sais pratiquement rien d'elle, mais je lui fais confiance parce qu'elle aime Cicéron. »

Orazio Falier rit encore, mais plus doucement. « Je ne trouve pas cela absurde. »

Il était rare que son beau-père manifestât autant d'intérêt pour une personne, ce qui conduisit Brunetti à poser une autre question. « Pourquoi tiens-tu tant à savoir si elle est honnête ou non, Orazio ?

— Parce que si elle fait confiance à son mari, il vaut peut-être la peine qu'on lui fasse confiance.

— Et d'après toi, elle lui fait confiance ?

— Je les ai un peu observés, hier au soir. Je n'ai rien détecté de faux ou de contraint entre eux. Elle l'aime, et il l'aime.

— Mais l'amour, ce n'est pas exactement la confiance, objecta Brunetti.

— Ah, comme le froid réalisme de ton scepticisme est agréable, Guido. Nous vivons dans une époque tellement sentimentale que j'en oublierais parfois mon véritable instinct.

— Et que te dit ton instinct ?

— Qu'un homme peut te faire de grands sourires et être une parfaite crapule.

— La Bible ?

— Non, Shakespeare, je crois*. »

Brunetti crut un instant la conversation terminée, mais le comte lui demanda alors s'il pouvait lui rendre un service, ajoutant : « Discrètement...

— Oui ?

— Tu disposes de beaucoup d'informations, dans ton travail, beaucoup plus que je n'en peux recueillir de mon côté, et je me demandais si tu ne pourrais pas te renseigner pour voir si Cataldo est...

— Quelqu'un de fiable ? demanda Brunetti, presque provocateur.

— Jamais de la vie, Guido, répliqua le comte Falier, du ton de la certitude la plus absolue. Le mieux est peut-être de dire, une personne avec laquelle je pourrais vouloir investir. Il me presse de plus en plus vivement pour que je me décide, et je ne suis pas sûr que mes gens réussissent à... » La voix d'Orazio s'éteignit, une fois de plus, comme s'il n'arrivait pas à exprimer la nature précise de son intérêt.

« Je vais voir ce que je peux faire », dit Guido, se rendant compte que sa curiosité était excitée, mais préférant ne pas chercher à comprendre pourquoi, pour le moment.

Les deux hommes échangèrent des civilités et raccrochèrent.

* Dans *Hamlet*, acte I.

Brunetti constata qu'il avait le temps d'aller parler à la secrétaire de son supérieur, la signorina Elettra, avant de partir déjeuner chez lui. S'il y avait quelqu'un capable d'aller jeter un coup d'œil discret dans les affaires que brassait Cataldo, c'était bien elle. Il joua un instant avec l'idée de lui demander aussi, par la même occasion, de chercher des renseignements sur l'épouse de Cataldo. Il se sentit envahi par un sentiment de gêne lorsqu'il prit conscience qu'il aurait bien aimé voir de quoi elle avait l'air avant… avant son mariage.

Il suffisait d'entrer dans le petit bureau de la signorina Elettra pour savoir qu'on était mardi. Un énorme vase de tulipes était posé sur une console, devant la fenêtre. L'ordinateur que lui avait fourni l'administration généreuse et reconnaissante quelques mois auparavant, à savoir un écran mince jusqu'à l'anorexie et un clavier noirs, laissait assez de place sur son bureau pour un autre énorme bouquet, de roses blanches cette fois. Le papier d'emballage, soigneusement plié, avait été déposé dans la poubelle réservée aux papiers, et malheur à ceux qui les jetaient ailleurs. Papier, carton, métal, plastique. Une fois, Brunetti avait surpris la communication téléphonique qu'elle avait avec le président de Vesta, l'entreprise privée qui avait obtenu (il préférait ne pas penser aux raisons de ce choix) le contrat de collecte des ordures de la ville, et il se rappelait encore la politesse exquise avec laquelle elle avait attiré l'attention de l'entrepreneur sur les diverses enquêtes que pouvait diligenter la police, ou pire, la *Guardia di Finanza*, sur les inconvénients pour la bonne marche de l'entreprise que ces enquêtes pourraient représenter, et sur les ennuis qui pourraient découler, sait-on jamais, d'une enquête financière officielle.

Après cette conversation – même s'il n'y avait, n'en doutons pas, aucun rapport –, les éboueurs avaient modifié leur emploi du temps et leur *barco ecologica* était venu s'amarrer tous les mardis et vendredis matin devant la questure après le ramassage des papiers et cartons du secteur SS Giovanni e Paolo. Le deuxième mardi, le vice-questeur Patta avait cependant exigé le départ du bateau, scandalisé par le spectacle indécent de policiers transportant des sacs de papier jusqu'à un bateau-poubelle.

Mais il n'avait guère fallu de temps à la signorina Elettra pour faire comprendre à son patron la bonne image que lui vaudrait l'introduction d'une éco-initiative, laquelle serait bien entendu le résultat du soutien sans faille du vice-questeur à la cause écologico-sanitaire de sa ville d'adoption. La semaine suivante, le quotidien *La Nuova* avait envoyé non seulement un journaliste mais un photographe ; le lendemain, la longue interview de Patta s'étalait en première page, sous une grande photo. On ne le voyait pas transportant un sac-poubelle jusqu'à la barge, mais seulement assis à son bureau, la main fermement posée sur une pile de papiers, comme pour suggérer qu'il pouvait résoudre tous les dossiers par la seule force de sa volonté, puis on le voyait s'assurer que les documents qui les composaient étaient ponctuellement disposés dans le réceptacle adéquat.

La signorina Elettra sortait du bureau de Patta quand Brunetti arrivait. « Ah, bien, dit-elle, le vice-questeur désire vous voir.

— À quel propos ? demanda-t-il, ayant momentanément oublié Cataldo et son épouse.

— Il y a quelqu'un dans son bureau. Un carabinier. De Lombardie. » La sérénissime n'existait plus depuis deux siècles comme entité politique, mais un seul mot suffisait à ceux qui en étaient natifs pour exprimer la méfiance que leur inspiraient ces agités de Lombards.

« Vous n'avez qu'à entrer », ajouta-t-elle, s'effaçant pour le laisser passer.

Il la remercia, frappa à la porte de Patta et entra dès qu'il entendit sa voix.

Le vice-questeur était assis à son bureau avec, à côté de lui, la même pile de papiers qui avait servi de décor pour la photo du journal. C'était apparemment le seul usage qu'il en faisait. L'homme qui lui tournait le dos se leva à son entrée.

« Ah, Brunetti, dit Patta avec enthousiasme, voici le major Guarino. Des carabiniers de Marghera. » Grand, d'une dizaine d'années plus jeune que Brunetti, l'homme était très mince. Il avait un sourire agréable, avenant, et son épaisse chevelure s'argentait déjà au niveau de ses tempes. Ses yeux, profondément enfoncés dans leurs orbites, donnaient l'impression qu'il préférait étudier d'un lieu discret et sûr ce qui se passait autour de lui.

Les deux hommes se serrèrent la main et échangèrent les amabilités d'usage, puis Guarino se déplaça pour que Brunetti puisse se glisser devant lui jusqu'à l'autre siège.

« Je voulais vous présenter le major, Brunetti, reprit Patta. Il est venu voir si nous ne pouvions pas l'aider. Depuis quelque temps, nous avons de plus en plus de preuves de la présence, notamment dans le nord-est du pays, d'organisations illégales. » Il jeta un coup d'œil à Brunetti qui n'avait pas besoin de précisions supplémentaires : quiconque lisait le journal ou surprenait une conversation dans un bar était au courant. Pour satisfaire Patta, Brunetti haussa néanmoins les sourcils sur ce qu'il espéra être un mode intéressé et le vice-questeur poursuivit : « Pis – et c'est la raison de la présence du major ici –, il y a de plus en plus de preuves que ces organisations s'emparent d'entreprises légitimes, en particulier dans les transports. » Quelle était cette histoire, déjà, d'un homme qui s'endort pour ne se réveiller qu'au bout de vingt ans* ? Patta aurait-il hiberné dans une grotte pendant que la Camorra gangrenait le Nord et ne se serait-il réveillé que ce matin pour le découvrir ?

Brunetti fixait son supérieur, apparemment indifférent à la réaction de son voisin qui s'éclaircissait la gorge.

« Le major Guarino s'est occupé quelque temps de ce problème et ses investigations l'ont conduit jusqu'en Vénétie. Vous comprendrez, Brunetti, que nous sommes aujourd'hui tous concernés », poursuivit Patta avec dans la voix un écho du choc qu'avait été pour lui cette information. Pendant ce temps, Brunetti se demandait pour quelle raison le vice-questeur avait tenu à ce qu'il soit là. Les transports, du moins ceux qui s'effectuaient par le rail ou la route, n'avaient jamais été une source de problème pour la police vénitienne.

* *Rip van Winkle*, célèbre nouvelle de Washington Irving.

Lui et ses hommes n'en avaient aucune expérience directe, que ces transports soient criminels ou non.

« ... et j'espère donc que votre association pourra créer une synergie », conclut Patta, se délectant d'utiliser ce terme, apparemment nouveau pour lui.

Guarino s'apprêtait à répondre, mais voyant que le vice-questeur jetait un coup d'œil à sa montre, il changea d'avis. « Vous nous avez déjà consacré beaucoup de temps, Vice-Questeur, et je ne voudrais pas abuser davantage. » Remarque accompagnée d'un grand sourire que Patta lui rendit d'un air affable. « Le commissaire et moi devrions peut-être en parler plus longuement en tête à tête, ajouta-t-il avec un mouvement du menton en direction de Brunetti, et ne revenir vous voir que pour vous demander votre point de vue. »

Brunetti fut stupéfait de constater que Guarino avait très vite compris comment s'adresser à Patta, et fut admiratif devant la subtilité de sa suggestion. On demanderait son avis à Patta, mais seulement lorsqu'ils auraient fait le boulot ; on lui épargnait ainsi et l'effort de le faire, et d'en prendre la responsabilité tout en lui laissant le crédit pour tout progrès ou succès. Sans conteste le meilleur des mondes possibles pour le vice-questeur.

« Oui, oui », dit Patta, comme si la proposition du major l'avait soudain obligé à penser aux responsabilités qui pesaient sur ses épaules. Guarino se leva, imité par Brunetti. Le major fit encore une ou deux remarques pendant que Brunetti se dirigeait vers la porte, puis les deux hommes quittèrent le bureau ensemble.

La signorina Elettra leva les yeux sur eux. « J'espère que cette réunion aura été fructueuse, signori, dit-elle d'un ton charmant.

— Sous l'égide pleine d'inspiration de quelqu'un comme le vice-questeur, signora, il ne pouvait pas en aller autrement », répondit Guarino du ton le plus sérieux.

Brunetti l'observa pendant qu'elle se tournait vers le major. « En effet, dit-elle, arborant pour sa part son air le plus candide. Je suis ravie de rencontrer quelqu'un de sensible à ses dons.

— Comment pourrait-on ne pas l'être, signora? Ou signorina, peut-être? » Guarino avait mis dans sa voix une note de curiosité, sinon d'étonnement, à l'idée qu'elle puisse ne pas être encore mariée.

« Après l'actuel chef de notre gouvernement, le vice-questeur Patta est l'homme le plus remarquable que je connaisse », répondit-elle avec un sourire, sans cependant répondre à la deuxième partie de la question.

— Je vous crois volontiers. Des personnalités charismatiques, chacune à leur manière. » Puis, se tournant vers Brunetti, Guarino demanda : « Je suppose qu'il y a un endroit où nous pourrions parler? »

Brunetti acquiesça, ayant peur d'exploser, et ils quittèrent le petit bureau. « Depuis combien de temps travaille-t-elle pour le vice-questeur? demanda Guarino une fois qu'ils furent dans l'escalier.

— Depuis assez longtemps pour être tombée sous son charme », répondit Brunetti qui ajouta, devant l'expression qu'eut le major : « Je ne m'en souviens pas bien. Des années. J'ai l'impression qu'elle a toujours été ici, mais c'est inexact.

— Est-ce que ce ne serait pas la pagaille, si elle partait?

— J'ai bien peur que si.

— Nous avons aussi quelqu'un comme elle, dans nos bureaux. La signora Landi – la formidable Gilda. Votre signora Landi est une civile?

— Oui », répondit Brunetti, se demandant comment Guarino avait pu ne pas remarquer la veste accrochée négligemment au dossier du fauteuil, dans le dos de la signorina Elettra. Le commissaire n'y connaissait pas grand-chose en mode, mais il était tout de même capable de reconnaître un vêtement griffé Etro à vingt pas, et le ministère de l'Intérieur, il en était sûr, ne s'y fournissait pas en uniformes.

« Elle est mariée?

— Non, répondit Brunetti qui ajouta, se surprenant lui-même : Et vous?

— Pas vraiment. »

Un peu sibylline, la réponse, se dit Brunetti. « Je crains de ne pas voir ce que vous voulez dire.

— Nous sommes séparés.

— Oh. »

Une fois dans son bureau, Brunetti conduisit Guarino jusqu'à la fenêtre pour lui montrer la vue sur l'église éternellement sur le point d'être restaurée et sur la maison de repos qui elle, l'était.

« Sur quoi donne le canal ? demanda le carabinier, se penchant pour regarder vers la droite.

— Sur la Riva degli Schiavoni et le Bacino.

— Vous voulez dire, la lagune ?

— C'est par là qu'on la rejoint, en tout cas.

— Désolé d'avoir l'air de sortir de ma cambrousse, dit Guarino, mais je n'ai pas l'impression que nous sommes dans une ville.

— L'absence de voitures ? »

Le sourire de Guarino le faisait paraître plus jeune. « Oui, en partie, certainement. Mais le plus étrange est le silence. » Il se tut, vit que Brunetti était sur le point de parler et ajouta : « Je sais, je sais, les citadins disent tous détester la pollution et la circulation, mais le pire, c'est le bruit, croyez-moi. Ça n'arrête jamais. Même tard dans la nuit, même tôt le matin. Il y a toujours un moteur qui tourne quelque part, un bus, un avion qui atterrit, une alarme de voiture qui s'est déclenchée.

— Le pire que nous ayons, en règle générale, dit Brunetti avec un petit rire, ce sont deux personnes passant à pied sous nos fenêtres en bavardant.

— Il faudrait qu'ils vocifèrent pour me déranger, répliqua Guarino, riant à son tour.

— Pourquoi ?

— J'habite un septième étage.

— Ah », fut tout ce que Brunetti fut capable de dire, incapable de se figurer quelque chose d'aussi inhabituel pour lui. Certes, il n'ignorait pas que des citadins habitaient des immeubles de grande hauteur, mais il lui semblait inconcevable qu'un septième étage puisse encore être bruyant.

Il fit signe à Guarino de s'asseoir, prenant lui-même place à son bureau. « Qu'attendez-vous du vice-questeur ? » demanda-t-il, estimant qu'ils avaient passé assez de temps en préliminaires. Il ouvrit le dernier tiroir du pied et croisa les chevilles dessus.

Cette attitude décontractée parut détendre Guarino. « Il y a un peu moins d'un an, nous nous sommes intéressés à une entreprise de transports routiers de Tessera, près de l'aéroport. »

Brunetti dressa aussitôt une oreille. L'an dernier, c'était toute la région qui s'était intéressée à une entreprise de transports routiers.

« Nous sommes tombés sur le nom de la société dans le cadre d'une autre affaire », reprit Guarino. Mensonge classique que Brunetti avait lui-même souvent utilisé mais qu'il laissa passer.

Guarino étira ses jambes et eut un coup d'œil pour la fenêtre, comme si la vue de la façade de l'église allait l'aider à s'exprimer plus clairement. « Nous sommes allés parler au propriétaire. L'entreprise était dans la famille depuis plus d'un demi-siècle et il l'avait héritée de son père. Il avait des problèmes. Augmentation du prix du carburant, concurrence des transporteurs étrangers, personnel se mettant en grève pour un oui ou un non, nécessité de renouveler sa flotte. Les trucs habituels. »

Brunetti acquiesça. S'il s'agissait bien du transporteur de Tessera dont il avait entendu parler, la fin de l'histoire, elle, n'était pas habituelle. D'un ton résigné et avec une candeur qui surprit Brunetti, Guarino dit : « Si bien qu'il a fait ce que tout le monde aurait fait : il s'est mis à truquer ses comptes. Sauf qu'il s'y est pris comme un manche, ajouta-t-il presque à regret. Il était très bon pour ce qui était de réparer un moteur et gérer ses livraisons, mais il n'était pas comptable et la *Guardia di Finanza* a d'emblée reniflé quelque chose.

— Pourquoi s'est-elle intéressée à ses comptes ? » demanda Brunetti.

Guarino eut un geste vague de la main.

« Ils l'ont arrêté ? »

Le major regarda ses pieds, chassa une poussière invisible de ses genoux. « C'est plus compliqué que ça, j'en ai peur. »

Voilà qui semblait évident à Brunetti : sans quoi, pourquoi le carabinier serait venu ici le consulter ?

Lentement, comme à contrecœur, Guarino reprit : « La personne qui nous avait alertés nous avait dit qu'il transportait des choses qui pourraient nous intéresser.

— Il y a toutes sortes de choses intéressantes pour nous qui peuvent être transportées, major. Pourriez-vous être plus précis ? »

Mais Guarino ignora l'interruption. « Un de mes amis des Finances m'a parlé de ce qu'ils avaient trouvé et c'est là que nous sommes allés voir le propriétaire, dit-il, jetant un coup d'œil à Brunetti puis détournant le regard. Je lui ai proposé un compromis.

— En échange de sa liberté ? »

Guarino prit soudain une expression coléreuse. « Ça se fait tout le temps. Vous le savez. » Brunetti regarda le major se décider à dire ce qu'il regretterait par la suite d'avoir dit. « Je suis sûr que vous en faites autant. » Son regard se radoucit aussitôt.

« Oui, c'est vrai », admit Brunetti. Puis, pour voir la réaction du carabinier il ajouta : « Sauf que les choses ne tournent pas toujours comme on l'avait prévu.

— Qu'en savez-vous ?

— Rien de plus que ce que vous m'avez dit jusqu'ici, major. » L'homme ne réagit pas. « Et donc, qu'est-ce qui est arrivé ? »

Guarino chassa une nouvelle poussière, mais sa main retomba sur ses genoux et y resta. « Il a été tué au cours d'un cambriolage », dit-il finalement.

L'affaire revint alors à Brunetti. Tessera étant plus proche de Mestre que de Venise, c'était Mestre qui s'en était occupé. Patta s'était surpassé pour que la police de Venise ne soit pas mêlée à l'enquête, prenant pour prétexte le manque de personnel et les incertitudes juridictionnelles. Brunetti avait eu l'occasion d'en parler avec des collègues de Mestre : un cambriolage qui aurait mal tourné, aucune piste.

« Il se rendait toujours très tôt au travail, continua Guarino sans se soucier de donner le nom de l'homme, omission qui irrita Brunetti. Il arrivait au moins une heure avant les chauffeurs et les autres employés. Il a été abattu. De trois balles. » Guarino le regarda. « Vous en avez entendu parler, évidemment. C'était dans tous les journaux.

— En effet, répondit Brunetti, toujours mécontent. Mais je n'en sais pas plus que ce que j'ai pu y lire.

— Ceux qui ont fait le coup, reprit Guarino, avaient déjà fouillé le bureau, ou l'ont fouillé après. Ils ont essayé d'ouvrir un coffre mural sans y arriver, lui ont fait les poches et ont pris le liquide qu'il avait sur lui. Et sa montre.

— Ça se présente donc bien comme un cambriolage ?

— Oui.

— Des suspects ?

— Aucun.

— Il avait de la famille ?

— Une femme et deux enfants adultes.

— Ils travaillent dans l'entreprise ? »

Guarino secoua la tête. « Le fils est médecin à Vincenza. La fille est comptable et travaille à Rome. Sa femme est dans l'enseignement et doit prendre sa retraite dans deux ans. Sans lui, tout s'est écroulé. L'entreprise ne lui a pas survécu plus d'une semaine. » Le major vit Brunetti soulever un sourcil. « Je sais que cela paraît incroyable, à l'âge des ordinateurs, mais nous n'avons trouvé ni listes de commandes, ni de routages, ni de livraisons, ni de chargements – pas même une liste de chauffeurs. Il devait tout avoir en tête. Ses dossiers étaient dans le plus grand désordre.

— Qu'est-ce qu'a fait sa veuve ? demanda Brunetti d'un ton neutre.

— Elle n'avait pas le choix. Elle a tout arrêté.

— Juste comme ça ? s'étonna Brunetti.

— Que pouvait-elle faire d'autre ? demanda Guarino, presque comme s'il plaidait l'incompétence de la femme. Je vous l'ai dit, elle est enseignante. Dans une école élémentaire. Elle n'avait pas la moindre idée sur la gestion de l'entreprise. Une entreprise à un seul homme, notre spécialité, en Italie.

— Jusqu'à ce que ce seul homme meure, commenta Brunetti d'un ton mélancolique.

— Oui. » Guarino soupira. « Elle voudrait vendre, mais ça n'intéresse personne. Les camions sont anciens, et il n'y a plus de clients. Le mieux qu'elle puisse espérer est qu'un concurrent rachète les camions et que quelqu'un d'autre reprenne le bail sur le garage. Elle va finir par tout bazarder pour une bouchée de pain. » Guarino se tut, à croire qu'il avait donné toutes les informations qu'il avait eu l'intention de livrer. Pas un mot sur ce qu'ils avaient pu se dire, lui et le transporteur, pendant la période où ils s'étaient parlé et où dans une certaine mesure, ils avaient collaboré.

« Est-ce que je me trompe, demanda Brunetti, si j'ai l'impression que vous avez discuté avec lui d'autre chose que ses comptes truqués ? » Parce que sinon, le carabinier n'avait aucune raison d'être ici, ce qu'il lui paraissait inutile de préciser.

Guarino ne répondit que d'un mot. « Non.

— Et qu'il vous a donné des informations n'ayant rien à voir avec sa situation fiscale ? » Brunetti sentit son ton devenir de plus en plus sec. Pour l'amour du ciel, pourquoi le major ne lui demandait-il pas simplement ce qu'il attendait de lui ? Parce qu'il n'était tout de même pas venu jusqu'ici pour l'entretenir du délicieux silence de la ville ou des charmes de la signora Landi.

Guarino parut satisfait de garder le silence. Finalement, Brunetti lui lança, irrité : « Vous pourriez peut-être arrêter de me faire perdre mon temps et m'expliquer la raison de votre venue ? »

3

Il fut évident que Guarino avait attendu que Brunetti perde patience, car il répondit sans hésiter et avec un calme parfait. « La police a conclu que le cambriolage avait mal tourné et s'était soldé par un meurtre. » Avant que Brunetti pût objecter qu'il y avait eu trois coups de feu, l'homme ajouta : « C'est nous qui avons fait la suggestion. Je pense que ça leur était égal. Que cette explication leur facilitait même la tâche. »

Ce qui permettait aussi, probablement, que le meurtre disparaisse rapidement de la page des faits-divers, pensa Brunetti sans le dire. « D'après vous, qu'est-ce qui s'est vraiment passé ? »

De nouveau, coup d'œil rapide vers l'église, époussetage du genou. « Le ou les assassins devaient être en embuscade sur place. Il n'y avait aucun autre indice de violence sur son corps. »

Brunetti imagina des hommes attendant leur victime ; n'auraient-ils pas dû être intéressés par ce qu'elle savait ? « Pensez-vous qu'il a eu le temps de leur dire quelque chose ? »

Guarino eut un coup d'œil aigu pour le commissaire. « Ils auraient pu obtenir ce qu'ils voulaient sans avoir à le toucher, vous savez. » Il se tut un instant, comme s'il évoquait le souvenir du mort, puis ajouta à contrecœur : « J'étais son contact. »

Voilà, songea Brunetti, ce qui expliquait la nervosité du major. Celui-ci détourna les yeux, comme si se souvenir de la facilité avec laquelle il avait fait parler l'homme assassiné le mettait mal à l'aise. « Ils n'auraient pas eu de mal à lui faire peur. Il aurait suffi qu'ils menacent sa famille, et il leur aurait tout raconté.

— Et raconté quoi?

— Qu'il nous avait parlé, répondit Guarino après la plus brève des hésitations.

— Comment s'est-il trouvé mêlé à ces histoires, pour commencer? » demanda Brunetti, tout à fait conscient que Guarino n'en avait encore rien dit.

Le carabinier fit une petite grimace. « C'est la première question que je lui ai posée. Il m'a expliqué que lorsqu'il avait commencé à faire de mauvaises affaires, il y avait injecté ses économies et celles de sa femme, puis qu'il avait été demander un prêt à la banque. Ou plutôt, un nouveau prêt, car il en avait déjà souscrit un, un gros.

« La banque a refusé, bien entendu. C'est à ce moment-là qu'il a commencé à ne plus tenir sa comptabilité, même quand il était payé par chèques ou virements bancaires. » Guarino secoua la tête, manière silencieuse de critiquer cette folie. « Comme je vous l'ai dit, c'était du boulot d'amateur. Une fois le doigt dans l'engrenage, ce n'était plus qu'une question de temps pour qu'il se fasse prendre. » Avec une note de regret, comme s'il le reprochait au mort, il remarqua alors : « Il aurait dû le comprendre. »

Le carabinier se frotta machinalement le front avant de reprendre son récit. « Il m'a dit qu'il avait eu la frousse, au début. Il savait qu'il n'était pas bon en comptabilité. Mais il était acculé et... et quelques semaines plus tard – toujours d'après ce qu'il m'a raconté –, un homme est venu le voir à son bureau. Il aurait entendu dire que le transporteur était intéressé pour travailler de manière discrète, sans s'encombrer de factures, et que dans ce cas, il avait du travail pour lui. » Brunetti ne fit aucun commentaire et Guarino enchaîna : « L'homme venu lui proposer ce marché habite ici. Telle est la raison de ma présence.

— De qui s'agit-il? »

Guarino leva une main, comme pour repousser la question. « Nous l'ignorons. D'après le transporteur, l'homme n'a jamais dit son nom et il ne le lui a jamais demandé. Il y avait des documents à présenter en cas de contrôle, mais ils étaient bidons. Les marchandises, la destination, tout était faux.

— Et qu'y avait-il dans les camions ?

— Peu importe. Je suis ici parce que mon contact a été assassiné.

— Voudriez-vous me faire croire que les deux choses sont sans rapport ?

— Non. Mais je vous demande seulement de nous aider à retrouver le tueur. Le reste de l'affaire ne vous concerne pas.

— Pas plus que cet assassinat, dit Brunetti sans hausser le ton. Mon supérieur y a veillé au moment de l'enquête : il a décidé que Mestre ayant le contrôle administratif de Tessera, la juridiction, dans cette affaire, relevait de Mestre. » Il avait fait exprès d'employer un vocabulaire très officiel.

Guarino se leva, se dirigea vers la fenêtre et regarda l'église, comme le faisait parfois Brunetti dans les moments difficiles. Puis il revint s'asseoir. « La seule chose qu'il m'ait jamais dite sur cet homme était qu'il était jeune – la trentaine –, beau gosse et bien habillé. Comme s'il avait de l'argent. Je crois que l'expression qu'il a utilisée était "tape-à-l'œil". »

Brunetti faillit répondre que la plupart des Italiens de trente ans étaient beaux gosses et s'habillaient comme s'ils avaient de l'argent. « Comment savait-il qu'il habitait ici ? » préféra-t-il demander. Il trouvait de plus en plus difficile de ne pas manifester son agacement devant le peu d'empressement de Guarino à lui donner des informations précises.

« Faites-moi confiance. Il habite bien ici.

— Ce sont deux choses différentes, objecta Brunetti.

— Comment ça ?

— Vous faire confiance et croire l'information que vous avez eue. »

Le major réfléchit. « Un jour que ce jeune homme était à Tessera, il a reçu un appel sur son portable au moment où ils entraient dans le bureau de la société. Il est retourné parler dans le couloir, mais sans fermer la porte. Il donnait des indications à quelqu'un. Il lui disait de prendre le vaporetto de la ligne 1 jusqu'à San Marcuola et de l'attendre quand il serait là-bas.

— Il était sûr de San Marcuola ?

— Oui. »

Guarino sourit à Brunetti. « Je crois qu'on devrait arrêter ce petit jeu, maintenant », dit-il. Il se redressa sur son siège. « Si on reprenait à zéro, Guido ? » Brunetti acquiesça. « Mon prénom est Filippo. » La formule avait tout d'une offre de paix, et Brunetti décida de la prendre comme telle.

« Et le nom de l'homme assassiné ? » n'en demanda-t-il pas moins.

Guarino n'hésita pas, cette fois. « Ranzato. Stefano Ranzato. »

Il fallut encore quelques minutes à Guarino pour expliquer en détail la dégringolade de Ranzato, passé d'entrepreneur à fraudeur fiscal puis à indic pour la police. Pour terminer en cadavre. Quand il eut fini, Brunetti redemanda ce qu'il y avait dans les camions, comme si le major n'avait pas déjà clairement refusé de le révéler.

Le moment de vérité était arrivé. Soit Guarino parlerait, soit il s'obstinerait dans son refus. Brunetti était très curieux de savoir le choix qu'il ferait.

« Il ne l'a jamais su », dit-il enfin, avant d'ajouter, devant l'expression qu'eut Brunetti : « C'est en tout cas ce qu'il a prétendu. On ne le lui a jamais dit, et les chauffeurs sont restés bouche cousue. Il envoyait ses camions à l'adresse qu'on lui donnait par téléphone. Tout était en ordre, avec feuille d'expédition et facture. La plupart du temps, les choses lui paraissaient parfaitement légales, genre transport depuis une usine vers une gare ou depuis un entrepôt de Trieste ou de Gênes. Au début, c'était un ballon d'oxygène qui lui a sauvé la vie, parce que tout se faisait au noir. » Brunetti eut l'impression que le carabinier aurait été ravi de continuer de parler pendant des heures des affaires de l'homme assassiné.

« Rien de tout cela n'explique cependant votre présence ici, n'est-ce pas ? » l'interrompit Brunetti.

Guarino ne répondit pas à la question. « J'ai l'impression que c'est une chasse au canard sauvage.

— Si vous pouviez être plus précis, c'est ce que nous pourrions déterminer », observa Brunetti.

Guarino eut soudain l'air fatigué. « Je bosse pour Patta, dit-il. Parfois, j'ai l'impression que tout le monde bosse pour Patta. Je ne connaissais pas son nom avant aujourd'hui, mais je l'ai immédiatement reconnu en entrant dans son bureau. Il est mon patron, et il est comme tous les patrons que j'ai jamais eus. Le vôtre s'appelle juste Patta.

— J'en ai eu quelques-uns qui n'avaient pas le même nom, dit Brunetti, mais ils avaient le même tempérament. » Le sourire qu'eut Guarino les détendit davantage.

Soulagé de voir que Brunetti avait compris, Guarino poursuivit. « Le mien – mon Patta – m'a envoyé ici pour découvrir l'homme qui a reçu le coup de téléphone dans les bureaux de Ranzato.

— Ainsi, il attend de vous que vous alliez vous planter devant San Marcuola en criant le nom de Ranzato pour voir qui prend l'air coupable ?

— Non », répondit Guarino sans sourire. Il se gratta distraitement l'oreille. « Je n'ai aucun Vénitien dans mon équipe. » Devant la surprise de Brunetti, il ajouta : « Certains d'entre nous travaillent ici depuis des années, mais ce n'est pas la même chose que d'y être né. Vous le savez bien. Nous avons vérifié l'historique des arrestations pour violence dans le quartier, et les deux délinquants que nous avons trouvés sont en prison. Nous avons donc besoin d'une aide locale ; vous êtes les seuls à pouvoir trouver les informations qui nous seraient utiles.

— Autrement dit, vous ne savez pas où chercher ce que vous voudriez savoir, hein ? » dit Brunetti, tendant la main paume ouverte devant lui. « Et moi, j'ignore ce qu'il y avait dans ces camions », ajouta-t-il, tendant l'autre main. Il fit le geste de soupeser quelque chose.

Guarino le regarda, l'expression neutre. « Je ne suis pas autorisé à vous parler de ça. »

Encouragé par cet aveu, Brunetti changea de sujet et lui demanda s'il avait parlé à la famille de Ranzato.

« Non. Sa femme est effondrée. L'homme qui lui a parlé était certain qu'elle ne simulait pas. Elle n'avait aucune idée de ce qu'il faisait, depuis quelque temps, pas plus que leurs deux enfants, qui ne reviennent à la maison que deux ou trois fois par an. »

Il laissa à Brunetti le temps de digérer ces informations. « Ranzato m'avait dit lui-même qu'ils étaient dans l'ignorance, et je l'ai cru. Je le crois toujours.

— Quand lui avez-vous parlé ? Je veux dire, pour la dernière fois ? »

Guarino le regarda directement dans les yeux. « La veille de sa mort. De son assassinat.

— Et ?

— Il m'a dit qu'il voulait arrêter, qu'il nous avait déjà donné assez d'informations, qu'il ne voulait plus le faire. »

D'un ton tout à fait calme, Brunetti fit observer que d'après ce que lui avait dit le major jusqu'ici, il n'avait pas l'impression que celui-ci avait recueilli beaucoup de renseignements de son indic. Comme Guarino paraissait faire la sourde oreille, Brunetti ajouta, pour l'aiguillonner : « De même que vous ne m'en avez pas donné beaucoup. »

Une fois de plus, la remarque fut sans effet sur Guarino. « Vous paraissait-il nerveux ? demanda Brunetti.

— Pas plus que les autres fois, répondit le major d'un ton calme avant de préciser, presque à contrecœur : Il n'était pas très courageux.

— Les courageux ne sont pas légion. »

Guarino lui jeta un regard aigu et parut rejeter cette idée d'un haussement d'épaules. « Je n'en sais rien, mais Ranzato ne l'était pas.

— Il n'avait aucune raison de l'être, si ? demanda Brunetti, autant pour défendre l'homme que le principe. Il était dans la mouise jusqu'au cou : il commence par frauder le fisc, ce qui le pousse à faire quelque chose d'autre d'illégal, sur quoi il tombe dans les filets de la Finanza, qui le confie aux carabiniers, lesquels le forcent à avoir des agissements dangereux. S'il avait des raisons d'être quelque chose, ce n'était pas exactement d'être courageux.

— Je vous trouve bien conciliant », dit Guarino, d'un ton incontestablement critique.

Cette fois, ce fut Brunetti qui haussa les épaules et ne dit rien.

4

Devant le silence de Brunetti, Guarino décida de ne pas revenir sur la personnalité de l'entrepreneur assassiné. « Je vous l'ai dit. Je ne suis pas autorisé à vous donner toutes les informations dont nous disposons sur ces chargements. » Il y avait une pointe d'agacement dans sa voix.

Brunetti résista à la tentation de lui répliquer que c'était évident, au vu du peu de détails qu'il lui avait donné jusque-là. Il détourna les yeux et regarda vers la fenêtre. Guarino, de son côté, resta plongé dans le mutisme, tandis que le commissaire repassait toute la conversation qu'ils avaient eue, depuis le début, trouvant qu'elle lui plaisait de moins en moins.

Guarino ne parut pas plus nerveux à cause du silence qui se prolongeait. Après ce qui parut être, même aux yeux de Brunetti, un temps particulièrement long, celui-ci retira ses pieds du tiroir et les posa au sol. Puis il se pencha vers l'homme qui se tenait de l'autre côté du bureau. « Avez-vous l'habitude de traiter avec des demeurés, Filippo ?

— Des demeurés ?

— Oui. Des gens lents à comprendre. »

Guarino surprit un sourire sur les lèvres de Brunetti, puis il reporta son attention vers la fenêtre.

« Je suppose que oui, finit par répondre le major.

— Ça doit finir par devenir une habitude, au bout d'un certain temps. » Brunetti avait parlé d'un ton aimable, mais sans sourire.

« De croire que tout le monde est stupide ?

— Quelque chose comme ça, oui. Ou du moins de se comporter comme si tout le monde l'était. »

Guarino réfléchit. « Oui, je vois. Je vous ai insulté ? »

Les sourcils de Brunetti se soulevèrent à plusieurs reprises, comme malgré eux, tandis que sa main droite levée dessinait un cercle.

« Oui, en effet », dit Guarino, retombant une fois de plus dans le silence.

Un silence nullement gêné, qui se prolongea pendant plusieurs minutes et que Guarino finit par rompre. « Je travaille vraiment pour Patta... pour mon Patta, je veux dire. Et il m'a interdit de parler à quiconque des détails de cette affaire. »

L'absence d'une telle autorisation n'avait jamais été un obstacle bien grand, dans la vie professionnelle de Brunetti, et il dit alors, d'un ton parfaitement amical : « Dans ce cas, vous pouvez partir.

— Quoi ?

— Vous pouvez partir, répéta le commissaire avec un geste de la main, en direction de la porte, tout aussi amical que le ton de sa voix. Et je retournerai à mes affaires. Parmi lesquelles, pour les raisons administratives que j'ai déjà évoquées, ne figure pas l'enquête sur le meurtre du signor Ranzato. » Guarino resta sur son siège. « Je vous ai écouté avec beaucoup d'intérêt, mais je n'ai aucune information à vous donner, et je ne vois aucune raison de vous aider à trouver ce qu'en réalité vous cherchez. »

Brunetti l'aurait-il giflé que Guarino n'aurait pas eu l'air plus stupéfait. Ni offensé. Il commença à se lever, se rassit, regarda Brunetti. Son visage s'empourpra soudainement, d'embarras ou de colère. Brunetti n'aurait su dire et s'en moquait. Finalement, le carabinier reprit la parole. « Ne voyez-vous pas quelqu'un que nous connaîtrions tous les deux, que nous appellerions et à qui je pourrais parler ?

— Animal, végétal, minéral ?

— Pardon ?

— Un jeu auquel jouaient mes enfants. Quel genre de personne devons-nous appeler ? Un prêtre, un médecin, un travailleur social ?

— Un avocat ?

— En qui j'aurais confiance ? demanda Brunetti d'un ton qui éliminait d'emblée cette possibilité.

— Un journaliste ? »

Après quelques instants de réflexion, Brunetti admit qu'il y en avait quelques-uns.

— Bien. Voyons s'il y en a un que nous connaissons tous les deux.

— Et qui nous ferait confiance, à l'un comme à l'autre ?

— Exactement, répondit Guarino.

— Et vous croyez que ça va me suffire ? demanda Brunetti, une note d'incrédulité dans la voix.

— Tout dépendra du journaliste, j'imagine », répondit un Guarino conciliant.

Après avoir passé en revue quelques noms connus seulement de l'un d'eux, ils découvrirent qu'ils connaissaient tous les deux Beppe Avisani et qu'ils lui faisaient confiance.

« Laissez-moi l'appeler, dit Guarino en venant se placer à côté de Brunetti. »

Le commissaire se connecta sur une ligne extérieure et composa le numéro du journaliste. Puis il brancha le haut-parleur.

Il y eut quatre sonneries, et le journaliste décrocha en donnant son nom.

« *Ciao*, Beppe, c'est moi, Filippo, dit Guarino.

— Dieux du ciel ! La République serait-elle en péril et aurais-je une chance de la sauver en répondant à tes questions ? » demanda le journaliste d'un ton faussement catastrophé. Puis sa voix se fit chaleureuse. « Comment vas-tu, Filippo ? Je ne vais pas te demander ce que tu fabriques, seulement si tu vas bien.

— Très bien. Et toi ?

— Aussi bien qu'on est en droit de l'espérer », répondit Avisani, avec dans la voix le désespoir que lui connaissait Brunetti depuis des années. Mais le journaliste se ressaisit. « Tu n'appelles jamais que pour me demander quelque chose, alors gagnons du temps et dis-moi de quoi il s'agit. » Si la remarque n'était pas tendre, le ton était amical.

« Je suis avec quelqu'un qui te connaît, Beppe, et j'aimerais que tu lui dises qu'il peut me faire confiance.

— Tu me fais trop d'honneur, Filippo », répondit Avisani avec une feinte humilité. Il y eut un froissement de papier, puis sa voix sortit de nouveau du haut-parleur. « Ciao, Guido. D'après mon téléphone, l'appel vient de Venise et d'après mon carnet, c'est le numéro de la vice-questure – et Dieu sait que tu es le seul, là-bas, qui me ferait confiance.

— Et puis-je espérer t'entendre dire que je suis la seule personne, ici, en qui tu as confiance ? »

Avisani éclata de rire. « Vous ne me croirez peut-être pas, mais il m'arrive d'avoir des appels encore plus bizarres.

— Et donc ?

— Tu peux te fier entièrement à lui, dit Avisani, sans hésitation ni explication. Je connais Filippo depuis des années, et c'est quelqu'un de confiance.

— C'est tout ? dit Brunetti.

— Mais c'est suffisant », répondit le journaliste en raccrochant. Guarino retourna s'asseoir.

« Vous vous rendez compte de ce que cet appel prouve aussi ? demanda Brunetti.

— Oui. Que je peux vous faire confiance. » Il hocha la tête, l'air de digérer cette nouvelle information, puis poursuivit d'un ton plus direct. « Mon unité est chargée du crime organisé, et plus précisément de sa pénétration dans le Nord. » Guarino avait beau parler du ton le plus sérieux et même peut-être dire enfin la vérité, Brunetti restait sur ses gardes. Le major porta les mains à son visage, comme s'il se lavait les joues. Ce qui faisait penser aux ratons laveurs, songea Brunetti, toujours en train d'essayer de nettoyer quelque chose. Des créatures discrètes, les ratons laveurs.

« Le problème comportant de très nombreuses facettes, la décision a été prise de tenter une approche utilisant de nouvelles techniques. »

Brunetti leva une main apaisante. « Nous ne sommes pas dans une réunion, Filippo, tu peux employer le langage de tous les jours. »

Guarino partit d'un petit rire qui n'avait rien d'agréable. « Au bout de sept ans à travailler dans cette unité, je ne suis pas sûr de savoir encore m'en servir.

— Essaie, Filippo, essaie. Ça te fera peut-être du bien à l'âme. »

Comme s'il essayait d'effacer le souvenir de tout ce qu'il avait dit jusqu'ici, Guarino se redressa et recommença pour la troisième fois. « Certains d'entre nous tentent de les empêcher de s'infiltrer au nord. Sans doute en vain, j'en ai peur. » Il haussa les épaules. « Mon unité s'efforce de contrarier certaines activités de ceux qui sont déjà là. »

Le point essentiel, comprit Brunetti, se cachait dans l'expression « certaines activités » que Guarino n'avait toujours pas précisée. « Comme assurer le transport de choses interdites, par exemple ? »

Brunetti vit le major en proie aux affres de la réticence mais ne dit rien, tant il était peu désireux de l'encourager. Puis, comme s'il en avait soudain assez de jouer au chat et à la souris, l'homme finit par avouer : « Le transport, oui, mais pas de produits de contrebande. De déchets. »

Brunetti remit ses pieds sur le tiroir et s'enfonça dans son fauteuil. Il étudia quelque temps les portes de son placard, puis demanda : « C'est la Camorra qui a mis la main là-dessus, non ?

— Dans le Sud, certainement.

— Et ici ?

— Pas encore, mais il y a de plus en plus d'indices de sa présence. On n'en est tout de même pas encore au stade de Naples. »

Brunetti pensa aux articles qui avaient rempli les journaux pendant les vacances de Noël, aux montagnes d'ordures non ramassées s'accumulant dans les rues de la malheureuse ville, parfois jusqu'à la hauteur du premier étage des maisons. Qui n'avait pas vu les Napolitains désespérés mettre non seulement le feu aux amoncellements puants d'ordures non ramassées, mais aussi à l'effigie du maire de la ville ? Et qui n'avait pas été consterné de voir qu'en temps de paix, il avait fallu envoyer l'armée pour rétablir l'ordre ?

« Et à présent ? demanda Brunetti. Les casques bleus de l'ONU ?

— Ils pourraient avoir pire », répondit Guarino. Puis avec colère, il ajouta : « Ils ont *déjà* pire. »

Les enquêtes sur l'écomafia étant de la responsabilité des carabiniers, Brunetti avait toujours réagi à la situation en simple citoyen, c'est-à-dire comme tous les millions d'Italiens qui assistaient, impuissants, au spectacle de ces tonnes d'ordures en train de pourrir sur place tandis que le ministère de l'Écologie réprimandait les Napolitains qui ne triaient pas leurs poubelles et que le maire améliorait la situation écologique en interdisant de fumer dans les parcs publics.

« Et Ranzato était impliqué ?

— Oui, répondit Guarino. Mais pas avec les poubelles de Naples.

— Avec quoi, alors ? »

Guarino s'était calmé, ses mouvements nerveux n'étant sans doute que la manifestation physique de ses hésitations. « Certains des camions de Ranzato sont allés prendre des chargements en France et en Allemagne pour les ramener dans le Sud, et revenir ici avec des fruits et des légumes... Je n'aurais pas dû vous le dire », ne put s'empêcher de remarquer l'ancien Guarino.

Brunetti ne broncha pas. « On peut supposer qu'ils n'ont pas été ramasser les poubelles des Parisiens et des Berlinois. »

Guarino secoua la tête.

« Déchets industriels ? Chimiques ? Ou bien..., suggéra Brunetti.

— ... ou bien médicaux, souvent radiologiques, termina Guarino.

— Pour les conduire où ?

— Une partie a été débarquée dans des ports, pour être expédiée dans des pays du tiers-monde voulant bien les accueillir.

— Et le reste ? »

Avant de répondre, Guarino se redressa une fois de plus sur sa chaise. « Les ordures s'accumulent dans les rues de Naples. S'il n'y a plus de place dans les décharges et les incinérateurs de la région, c'est parce qu'ils débordent déjà de tout ce qui arrive du Nord. Non seulement de Lombardie et de Vénétie, mais de toute usine prête à payer pour en être débarrassé sans que personne ne pose de questions.

— Combien de transports de ce genre Ranzato a-t-il effectués ?

— Je vous l'ai dit, il n'était pas très bon, question tenue de comptes.

— Et vous n'avez pas pu… » Brunetti hésita sur la formule à employer : le forcer ? Le contraindre ? « … l'encourager à vous le dire ?

— Non. »

Brunetti se garda de réagir.

« L'une des dernières fois où je lui ai parlé, il m'a simplement dit qu'il en était au point de souhaiter que je l'emprisonne pour qu'il puisse arrêter de faire ce qu'il faisait.

— Des articles sur la question inondaient les journaux à cette époque, n'est-ce pas ?

— En effet.

— Je vois. »

Guarino reprit, d'une voix plus douce : « À ce moment-là nous étions devenus non pas des amis, pas vraiment, mais quelque chose d'approchant, et il me parlait ouvertement. Au début, il avait peur de moi, mais à la fin, c'était d'eux qu'il avait peur – d'eux et de ce qu'ils pourraient lui faire, s'ils apprenaient qu'il nous parlait.

— On dirait bien que c'est ce qui est arrivé. »

Le propos, ou le ton, arrêtèrent Guarino, qui adressa un regard aigu à Brunetti. « À moins que ce ne soit un cambriolage ayant mal tourné », ajouta-t-il d'une voix égale, rappel que la confiance mutuelle était l'aune de leur amitié.

« Bien entendu. »

Brunetti, tout prédisposé à la compassion qu'il fût, ne supportait pas les protestations de remords rétrospectives : il estimait que la plupart des gens, en dépit de toutes leurs dénégations, avaient une idée assez précise de ce qu'ils faisaient au moment où ils le faisaient. « Il ne pouvait pas ignorer qui étaient ces gens, ou du moins qui ils représentaient, et cela depuis le début, dit-il. Ni ce qu'ils attendaient de lui. » En dépit de toutes les assurances de Guarino, Brunetti considérait que Ranzato avait dû très bien savoir ce que transportaient ses camions. L'expression de ses regrets était exactement ce que les gens avaient envie d'entendre. La facilité avec laquelle beaucoup se laissaient volontiers charmer par l'image du pécheur repentant avait toujours amusé le commissaire.

« Cela n'a rien d'impossible, mais ce n'est pas ce qu'il m'a dit », répondit le major, rappelant à Brunetti combien lui-même avait tendance à protéger certains de ceux qu'il utilisait, de gré ou de force, comme informateurs.

Guarino continua. « Il m'a affirmé vouloir ne plus travailler pour eux. Il ne m'a pas donné ses raisons, mais il était clairement mal à l'aise… C'est à ce moment-là, ajouta-t-il après un bref silence, qu'il a parlé d'être arrêté. Pour y mettre un terme. »

Brunetti s'abstint de relever que, effectivement, un terme y avait été mis, comme de faire remarquer que l'approche du danger contribuait beaucoup à remettre les gens sur le droit chemin. Seul un anachorète aurait pu ignorer à quel point les ordures envahissantes retenaient l'attention de tout le pays, au moment de la mort de Ranzato.

Guarino eut-il l'air gêné ? Ou peut-être était-il irrité par la dureté dont le commissaire faisait preuve ? Pour relancer la conversation, Brunetti demanda à quelle date avait eu lieu leur dernier entretien.

Le major se pencha sur le côté pour sortir de sa poche un petit carnet noir. Il l'ouvrit, humecta son index et le feuilleta rapidement. « Le 7 décembre. Je m'en souviens parce qu'il m'a dit qu'il irait à la messe avec sa femme, le lendemain. » Soudain, la main de Guarino retomba et le carnet claqua contre sa cuisse. « *Oddio* », murmura-t-il. Il pâlit, ferma les yeux et serra les lèvres.

Un instant, Brunetti se demanda s'il n'allait pas s'évanouir. Ou fondre en larmes. « Qu'est-ce qu'il y a, Filippo ? » demanda-t-il, reposant les pieds par terre et se penchant vers le major, une main tendue.

Guarino referma le carnet et l'abandonna sur ses genoux, mais sans le quitter des yeux. « Ça me revient. Sa femme s'appelle Immacolata, et il allait toujours écouter la messe le 8, jour de sa fête. »

Brunetti ne comprit ce que ce détail avait de si bouleversant pour Guarino que lorsque celui-ci ajouta : « C'était la seule fois, dans l'année, où elle lui demandait de l'accompagner et où il communiait. Il aurait dû se confesser le lendemain matin, avant la messe. » Le carabinier remit le carnet dans sa poche.

« J'espère qu'il y est allé », lâcha Brunetti spontanément.

5

Ils ne surent quoi se dire ensuite. Brunetti se leva et alla à la fenêtre pour avoir un moment de tranquillité et laisser son visiteur seul quelques instants. Il se dit qu'il parlerait à Paola de sa réaction, de la manière dont le propos lui avait échappé.

Guarino s'éclaircit la gorge et reprit la parole comme si lui et Brunetti étaient tombés implicitement d'accord pour ne plus parler de Ranzato ni de ce que celui-ci aurait pu savoir. « Comme je vous l'ai dit, du fait qu'il a été tué et que le seul lien que nous avons avec l'homme pour qui il travaillait passe par San Marcuola, nous avons besoin de votre aide. Vos gens sont les seuls capables de nous dire si quelqu'un habitant là-bas peut être impliqué dans... eh bien, dans quelque chose comme ça. » Il semblait ne pas en avoir terminé, si bien que Brunetti garda le silence. Puis Guarino continua : « Nous ne savons pas qui nous cherchons.

— Cet inconnu était-il le seul homme pour qui travaillait le signor Ranzato ? demanda Brunetti en se retournant.

— C'était en tout cas le seul dont il nous avait parlé, répondit Guarino.

— Ce n'est pas tout à fait pareil, n'est-ce pas ?

— Je crois que si, en l'occurrence. Rappelez-vous : je vous ai dit que nous étions devenus sinon des amis, du moins assez proches. Nous parlions de choses et d'autres.

— Par exemple ?

— Je lui ai dit un jour qu'il avait de la chance d'avoir une épouse qu'il aimait autant. » Guarino avait parlé d'une voix normale, mais s'était un peu étranglé sur le mot « aimait ».

« Je vois.

— J'étais sincère, d'ailleurs, reprit Guarino, dans une attitude défensive que Brunetti jugea révélatrice. Ce n'était pas juste un de ces propos qu'on tient pour leur inspirer confiance. » Il attendit de voir si le commissaire avait bien saisi la nuance. « Il en allait peut-être ainsi, au début, mais avec le temps, les choses ont évolué entre nous.

— Avez-vous jamais rencontré sa femme? L'avez-vous vue?

— Non. Mais il avait sa photo sur son bureau. J'aimerais lui parler, mais nous ne pouvons pas aller la voir ni laisser soupçonner que nous étions en contact avec lui.

— S'ils l'ont tué, c'est qu'ils savaient déjà que ce contact existait, non? demanda Brunetti, ne voulant pas lui faire de cadeau.

— C'est possible », admit Guarino, un peu à contrecœur, avant de se reprendre : « Probable, même. » Sa voix se fit plus forte. « Mais ce sont les règles du jeu. Nous devons éviter tout ce qui pourrait lui faire courir un risque.

— Bien entendu », dit Brunetti, se retenant pour ne pas faire remarquer que question risque, elle avait été servie. Il retourna à son bureau. « Je ne sais pas dans quelle mesure nous allons pouvoir vous aider, mais je vais poser des questions autour de moi et jeter un coup d'œil dans les dossiers. Je dois vous dire tout de suite qu'aucun nom ne me vient spontanément à l'esprit. » À la manière dont il avait dit « autour de moi », il était clair qu'en dehors des recherches habituelles dans les archives, le reste se ferait de manière informelle et à un niveau privé : entretiens avec des informateurs, allusions, bavardages dans les bars. « Toutefois, observa Brunetti, Venise n'est pas l'endroit idéal quand on cherche des informations sur les transports routiers. »

Guarino le regarda, se demandant si c'était un sarcasme, décida que non. « Je serai heureux de toute information que vous pourrez me fournir. Nous n'avons aucune idée. C'est toujours comme ça, quand on doit travailler dans un endroit où nous ne savons pas... » La voix de Guarino faiblit.

Brunetti songea que le carabinier avait peut-être failli dire... *à qui nous fier*, aussi bien qu'autre chose. « C'est étrange qu'il ne se soit jamais arrangé pour que vous puissiez au moins voir cet homme, dit-il. Après tout, vous vous connaissiez depuis pas mal de temps. »

Guarino se tut.

Il allait falloir poser d'innombrables questions, se rendit compte Brunetti. Des camions avaient-ils été arrêtés ? Les papiers avaient-ils été demandés ? En cas d'accident, que se passait-il ?

« Vous avez parlé aux chauffeurs ?

— Oui.

— Et ?

— Ils n'ont pas été d'une grande aide.

— Que voulez-vous dire ?

— Qu'ils ont peut-être tout simplement conduit leurs bahuts à destination sans se poser de questions. » L'expression de Brunetti trahissant clairement le peu de crédit qu'il donnait à cette explication, Guarino s'empressa d'ajouter : « Ou bien que l'assassinat de Ranzato leur a fait perdre la mémoire.

— Vous pensez qu'il vaut la peine de savoir ce qu'il en est vraiment ?

— Je dirais que non. Les gens d'ici n'ont pas tellement l'expérience de la Camorra, mais ils ont déjà appris à ne pas lui marcher sur les pieds.

— Si on en est déjà là, comment espérer pouvoir l'arrêter ? » demanda Brunetti.

Guarino se leva, tendit la main à Brunetti par-dessus le bureau et dit : « Vous pouvez me joindre au poste de Marghera. »

Brunetti lui serra la main. « Je vais poser quelques questions autour de moi.

— Je vous en suis reconnaissant. » Guarino eut un regard appuyé pour le commissaire et hocha la tête, comme s'il le croyait, puis il partit rapidement vers la porte et sortit sans bruit.

« Nom d'un chien de nom d'un chien », marmonna Brunetti, qui resta assis quelques instants à son bureau, ruminant sur ce qu'il venait d'apprendre, avant de descendre consulter la signorina Elettra. Elle leva les yeux de son écran en le voyant arriver. Le soleil d'hiver filtrait par la fenêtre et illuminait les roses qu'il avait vues un peu plus tôt, de même que le chemisier de la jeune femme – à côté duquel les roses paraissaient défraîchies.

« Si vous en avez le temps, j'aimerais bien que vous cherchiez quelque chose pour moi, dit-il.

— Pour vous, ou pour le major Guarino ?

— Pour tous les deux, je crois », répondit-il, non sans avoir noté la chaleur avec laquelle elle avait prononcé le nom du carabinier. « En décembre dernier, un homme du nom de Stefano Ranzato a été assassiné dans son bureau, à Tessera. Pendant un cambriolage.

— Oui, je m'en souviens. Et le major est chargé de l'enquête ?

— En effet.

— Et comment puis-je vous aider tous les deux ? demanda-t-elle.

— Il a des raisons de penser que l'assassin pourrait habiter dans le quartier de San Marcuola. » Pas exactement ce que Guarino lui avait dit, mais assez proche de la vérité, tout de même. « Le major, comme vous l'avez remarqué, n'est pas vénitien et aucun de ses hommes ne l'est.

— Ah, s'exclama-t-elle, je reconnais là la profonde sagesse des carabiniers. »

Brunetti fit comme s'il n'avait pas entendu. « Ils ont aussi vérifié les arrestations qui ont pu avoir lieu dans le secteur de San Marcuola.

— Seulement les crimes, ou aussi les délits ?

— Les deux, j'imagine.

— Le major a-t-il dit autre chose à propos du meurtrier ?

— Qu'il avait une trentaine d'années, qu'il était bel homme et habillé avec recherche.

— Voilà qui ramène le nombre de suspects à environ un million. »

Brunetti ne prit pas la peine de répondre.

« San Marcuola, c'est ça ? » Elle garda le silence pendant quelque temps, tripotant machinalement le poignet de son chemisier. Il était onze heures passées et le vêtement ne présentait toujours pas le moindre faux pli.

Elle inclina la tête, le regard tourné vers la partie supérieure de la porte de Patta, tandis que sa main boutonnait et déboutonnait son poignet. « Les médecins sont une possibilité », dit finalement Brunetti.

Elle le regarda, sur le coup étonnée, puis sourit. « Ah, bien sûr, dit-elle, admirative, je n'y avais pas pensé.

— Je ne sais pas si Barbara... » l'encouragea Brunetti.

Le commissaire avait déjà eu l'occasion de parler avec la sœur médecin de la signorina Elettra, qui avait toujours fait une part très nette entre ce qu'elle pouvait dire ou ne pas dire à la police.

La réaction de la signorina Elettra fut immédiate. « Je ne crois pas qu'il sera nécessaire de lui poser la question. Je connais deux médecins dont les cabinets sont dans le quartier. Je leur demanderai. Les gens se confient à eux, ils auront peut-être entendu dire quelque chose. » Devant le regard dubitatif de Brunetti, elle ajouta : « C'est à eux que Barbara s'adresserait, de toute façon. »

Il acquiesça. « Je vais aller de mon côté poser quelques questions dans la salle des officiers. » Les hommes étaient souvent au courant de bien des choses, dans les secteurs qu'ils patrouillaient.

Brunetti se tourna pour partir, puis interrompit son mouvement comme si une idée venait de lui revenir à l'esprit. « Ah, encore autre chose signorina.

— Oui, commissaire ?

— C'est dans le cadre d'une autre enquête... en fait pas vraiment une enquête, mais quelque chose qu'on m'a demandé de vérifier. Voyez ce que vous pouvez trouver sur un homme d'affaires de la ville, Maurizio Cataldo.

Le « Ah » de la signorina Elettra aurait pu signifier n'importe quoi.

« Et aussi sur sa femme, s'il y a des informations sur elle.

— Franca Marinello, c'est ça ? demanda-t-elle, tête penchée sur le papier où elle notait les noms.

— Oui.

— Quelque chose de particulier ?

— Non, répondit Brunetti d'un ton dégagé, les trucs habituels, les affaires, les investissements.

— Vous intéressez-vous aussi à leur vie personnelle, monsieur ?

— Pas particulièrement, non, répondit Brunetti, ajoutant aussitôt : Mais si vous trouvez quelque chose d'intéressant, notez-le, s'il vous plaît.

— Je regarderai. »

Il la remercia et sortit.

6

Dans l'escalier, les pensées de Brunetti, délaissant le mort de Tessera, se tournèrent vers le couple qu'il avait rencontré la veille au soir chez ses beaux-parents. Il pouvait attendre jusqu'après le déjeuner pour demander à Paola quels étaient les ragots qui traînaient sur Cataldo et sa femme – autant être honnête et appeler les choses par leur nom.

Janvier avait décidé d'être rude cette année, et la ville subissait l'assaut conjoint du froid et de l'humidité. Un nuage gris s'était solidement installé sur l'Italie du Nord, il rechignait à enneiger les montagnes tout en maintenant la température assez élevée pour engendrer du brouillard mais pas de pluie.

Si bien que cela faisait des semaines que les rues n'avaient pas été nettoyées, en dépit de la couche visqueuse de condensation qui se déposait chaque nuit. L'*acqua alta*, quatre jours avant, n'avait rien arrangé, se contentant de déplacer la boue et les saletés d'un endroit à un autre, sans laisser les rues plus propres pour autant. Sans la bora ou la tramontane pour le disperser, l'air du continent s'était infiltré jusqu'à Venise, augmentant chaque jour d'un cran le niveau de la pollution et noyant la ville dans les miasmes de Dieu seul savait quels produits chimiques.

Pour parer à la situation, Paola avait demandé à tout le monde de se déchausser avant d'entrer dans l'appartement, si bien qu'on savait sur le palier qui était le dernier arrivé. « Ah, bravo Sherlock », murmura-t-il en se penchant pour délacer ses chaussures et les ranger avant d'entrer.

Il entendit des voix en provenance de la cuisine et prit leur direction. « Mais c'est dans le journal ! » protestait Chiara avec dans la voix non seulement de la perplexité, mais une bonne dose d'exaspération. « Les niveaux ont dépassé les normes légalement admises ! C'est écrit ici. » Il entendit le bruit d'une main s'abattant sur du papier.

« Qu'est-ce que ça veut dire, "les normes légalement admises" ? poursuivit-elle. Si les niveaux dépassent ce qui est autorisé, qui donc est censé faire quelque chose ? »

Brunetti aurait bien aimé déjeuner en paix pour pouvoir ensuite bavarder avec Paola. Il n'avait guère envie de se laisser entraîner dans une conversation à la fin de laquelle il se retrouverait responsable de ce que la loi permettait ou non.

« Et s'ils ne peuvent rien y changer, qu'est-ce qu'on est supposé faire ? Arrêter de respirer ? » conclut Chiara. L'intérêt de Brunetti s'éveilla, cependant, quand il reconnut un ton identique à celui de Paola dans ses envolées lyriques de dénonciation et d'indignation.

Curieux de savoir comment les autres allaient réagir, il s'approcha de la porte.

« J'ai rendez-vous avec Gerolamo à deux heures et demie, intervint Raffi d'un ton qui paraissait frivole à côté de celui de sa sœur. Je voudrais qu'on mange vite, j'aimerais bien avancer mon devoir de maths avant.

— Le monde entier s'effondre autour de toi, et c'est à ton estomac que tu penses ! s'indigna la même voix féminine.

— Oh, ça va, Chiara. C'est toujours le même vieux truc que quand on donnait son argent de poche, en primaire, pour sauver des bébés chrétiens.

— Pas question de sauver les bébés chrétiens dans cette maison », déclara Paola d'un ton professoral.

Heureusement, les deux enfants rirent et Brunetti décida que le moment était venu de faire son entrée. « Ah, la paix et l'harmonie à table », dit-il en prenant place. Il se tourna pour jeter un coup d'œil à ce qui mijotait sur le feu. Puis il se servit du vin, en prit une gorgée, le trouva bon, en prit une deuxième et reposa son verre. « Quel réconfort et quelle joie pour un homme que de retourner, après une dure journée de travail, au sein d'une famille aimante.

— La journée n'en est qu'à la moitié, papa », fit observer Chiara de sa voix rugueuse d'arbitre. Elle tapota son verre de montre.

« Et de savoir qu'il ne sera jamais contredit, enchaîna Brunetti, que chacune de ses paroles sera considérée comme une perle de savoir, que chacune de ses remarques sera respectée pour sa sagesse. »

Chiara repoussa son assiette, posa la tête sur la table et se la couvrit des mains. « On m'a enlevée quand j'étais bébé pour m'obliger à vivre avec des fous.

— Seulement avec un seul, dit Paola en s'approchant de la table avec un saladier de pâtes. Elle en servit des portions copieuses à Raffi et à Guido et en prit une plus modeste pour elle. Chiara s'était redressée et son assiette était de nouveau devant elle. Paola la servit aussi copieusement.

Elle posa le saladier, retourna chercher le couvercle et le fromage. Les autres l'attendirent. « Mangez, mangez », dit-elle.

Elle s'assit, on fit circuler le fromage râpé et tout le monde commença à manger.

Les *ruote* : Brunetti adorait ces pâtes en forme de roue. Et avec les aubergines, la ricotta et la sauce tomate, elles atteignaient la perfection. « Pourquoi les *ruote* ? » demanda-t-il.

Paola fut décontenancée. « Comment ça ?

— Pourquoi tu fais toujours des *ruote* avec ce genre de sauce ? » expliqua Guido, piquant l'une des pâtes sur sa fourchette pour l'examiner de plus près.

Paola regarda son assiette, comme surprise d'y découvrir les mêmes. « Parce que..., dit-elle en poussant les siennes du bout de sa fourchette, parce que... »

Elle reposa sa fourchette et prit une gorgée de vin. « Je n'en ai aucune idée, j'ai toujours fait comme ça. C'est simplement que les *ruote* vont bien avec cette sauce. Tu ne les aimes pas ? ajouta-t-elle avec une note d'inquiétude sincère dans la voix.

— Tout au contraire. Elles me paraissent parfaitement convenir, mais je ne comprends pas pourquoi, et je me demandais si tu ne l'aurais pas su.

— La vérité, je suppose, c'est que Luciana utilisait toujours des roues pour les sauces tomate avec de petits morceaux de légumes dedans. » Elle en piqua quelques-unes et les leva. « Je ne vois pas d'autre explication.

— Je peux en avoir encore ? » demanda Raffi, alors que les autres convives n'en étaient même pas à la moitié de leur assiette. Peu lui importait la forme des pâtes, seule comptait la quantité.

« Bien sûr, dit Paola. J'en ai fait plein. »

Pendant que Raffi se resservait, Brunetti posa une question que, se dit-il, il allait peut-être regretter. « De quoi parlais-tu quand je suis entré, Chiara ? Quelque chose sur les normes légalement autorisées, non ?

— Les microparticules, répondit Chiara sans arrêter de manger. Notre prof nous en a parlé aujourd'hui en classe, ce sont toutes les particules minuscules de caoutchouc et de produits chimiques et de Dieu sait quoi encore, prisonnières de l'air que nous respirons. »

Guido hocha la tête et se resservit à son tour.

« J'ai lu le journal en arrivant à la maison et il disait… » Elle posa sa fourchette et récupéra le journal, qui était posé au sol, resté ouvert sur l'article. Chiara le parcourut des yeux. « Ah, voilà… bla-bla-bla… “la quantité de microparticules a atteint un niveau cinquante fois supérieur aux normes légalement admises”. »

Elle laissa retomber le journal au sol et regarda son père. « C'est ce que je ne comprends pas. Si cette norme est une norme légale, qu'est-ce qui se passe quand le niveau atteint est cinquante fois supérieur ?

— Ou même simplement deux fois », ajouta Paola.

Guido reposa sa fourchette. « C'est un problème qui concerne la Protection civile, je dirais.

— Ils ne peuvent mettre personne en prison ?

— Non, je ne crois pas, répondit Brunetti.

— Ou leur faire payer une amende ?

— Ni ça non plus, il me semble.

— Mais alors, ça sert à quoi d'avoir des normes légales si on ne peut rien faire contre les gens qui ne respectent pas la loi ? » exigea de savoir Chiara d'un ton de colère.

Brunetti aimait sa fille depuis le jour où il avait appris son existence, depuis l'instant où Paola lui avait appris qu'elle attendait leur deuxième enfant. Tout cet amour se tenait entre lui et la tentation de répondre qu'ils vivaient dans un pays où il n'arrivait la plupart du temps pas grand-chose à ceux qui enfreignaient la loi.

« Je suppose, se contenta-t-il de dire, que la Protection civile va émettre une protestation officielle et qu'on va demander à quelqu'un de faire une enquête. » Ce qui l'avait empêché de faire son commentaire précédent l'empêcha de préciser qu'il serait impossible de trouver un seul coupable, avec toutes ces usines qui faisaient ce qu'elles voulaient et les bateaux de croisière déversant dans la lagune tout ce qu'ils avaient envie d'y déverser une fois à quai.

« Mais l'enquête a déjà été faite – sinon, comment ils auraient les chiffres ? » insista Chiara, comme si elle le tenait pour responsable, avant de répéter : « Et qu'est-ce que nous sommes supposés faire, en attendant ? Arrêter de respirer ? »

Brunetti éprouva une bouffée de ravissement à retrouver un écho de l'art oratoire de sa femme dans la véhémence de sa fille, même si c'était sous la forme, usée jusqu'à la corde, de la question rhétorique. Ah, elle allait faire des dégâts cette gamine si elle parvenait à garder sa passion et son sens du scandale.

Un peu plus tard, Paola vint dans le séjour avec le café. Elle lui tendit une tasse, précisant qu'il était sucré, et s'assit à côté de lui. La deuxième page du *Il Gazzettino* était ouverte devant lui sur la table. Avec un mouvement de tête vers le journal, Paola demanda : « Quelles révélations avons-nous, aujourd'hui ?

— Deux fonctionnaires de la ville font l'objet d'une enquête pour corruption, répondit Brunetti en trempant les lèvres dans son café.

— Ils ont préféré ignorer les autres ? Je me demande bien pourquoi.

— Les prisons sont surbookées.

— Ah. » Paola finit son café et posa sa tasse. « Je suis contente que tu n'aies pas jeté de l'huile sur le feu de l'enthousiasme de Chiara.

— Il ne m'a pas semblé, dit Guido en posant sa propre tasse sur la tête du Premier ministre, qu'elle ait eu tellement besoin d'encouragements. » Il s'enfonça dans le canapé, pensant à sa fille pendant quelques instants. « Je suis content qu'elle soit autant en colère.

— Moi aussi, mais il vaut sans doute mieux dissimuler notre approbation.

— Tu penses que c'est vraiment nécessaire? Après tout, elle tient sans doute cela de nous.

— Je sais bien, reconnut Paola, mais je pense qu'il est tout de même plus sage de ne pas lui laisser savoir. » Elle étudia un moment le visage de Guido avant de continuer. « À dire la vérité, je suis surprise de ton approbation; ou du moins, qu'elle soit aussi entière. » Elle lui posa la main sur la cuisse et la tapota. « Tu l'as laissée délirer, et c'est tout juste si je ne te voyais pas compter les incohérences dans ses propos.

— Ton procédé préféré, la preuve par l'absurde », dit Brunetti sans dissimuler sa fierté.

Paola arborait un sourire particulièrement idiot lorsqu'elle se tourna vers lui. « Il fait mon délice, je l'avoue.

— Crois-tu que nous fassions une bonne chose ? demanda Guido.

— En faisant quoi?

— En leur apprenant à être aussi jésuites dans leurs arguments ? »

En dépit du ton léger qu'il avait pris, Guido ne put dissimuler qu'il considérait la question sérieusement. « Après tout, si quelqu'un ignore les règles de la logique, cela peut lui paraître sarcastique et c'est quelque chose que les gens n'aiment pas.

— En particulier de la part d'une adolescente », ajouta Paola. Au bout d'un moment, comme pour calmer ses craintes, elle fit observer : « Très peu de gens font vraiment attention à ce qu'on leur dit au cours d'une conversation, de toute façon. Nous n'avons peut-être pas à nous faire trop de soucis. »

Ils gardèrent le silence quelque temps. « J'ai parlé aujourd'hui avec mon père, dit-elle alors, et il m'a dit qu'il n'avait que trois jours pour se décider, dans l'affaire avec Cataldo. Il voulait savoir si tu avais réussi à trouver quelque chose sur lui.

— Non, rien », répondit Guido, devant faire un effort pour ne pas protester que cela faisait moins de vingt-quatre heures que le comte lui avait demandé ce service.

« Veux-tu que je lui dise ça ?

— Non. J'ai chargé la signorina Elettra de faire des recherches. » Puis, restant dans le vague, il resservit l'excuse qu'il avait utilisée tant de fois. « On a été pris par un truc nouveau. Mais elle aura peut-être quelque chose demain. » Il mit un certain temps avant de poser la question qui le démangeait. « Qu'est-ce que ta mère pense d'eux ?

— Des deux ?

— Oui.

— Elle sait qu'il a fait des pieds et des mains pour divorcer de sa première femme. » Son ton était parfaitement neutre.

« Ce divorce remonte à quand ?

— À plus de dix ans. Il avait la soixantaine. » Guido crut que Paola avait terminé mais, après avoir marqué une pause – peut-être volontaire –, elle ajouta : « Et elle avait à peine trente ans.

— Ah », se contenta-t-il de dire.

Avant qu'il ait trouvé un biais pour en venir à Franca Marinello, Paola revint à son premier sujet. « Mon père ne m'a pas parlé du détail de ses affaires, mais il s'intéresse à la Chine et je pense qu'il voit là une possibilité. »

Guido préféra éviter une nouvelle discussion sur le problème moral d'investir en Chine. « Et Cataldo ? Qu'est-ce que ton père en pense ? »

Elle lui tapota la cuisse amicalement comme si Franca Marinello avait disparu de la pièce. « Il ne m'a pas dit grand-chose. Ils se connaissent depuis longtemps, mais je ne crois pas qu'ils aient jamais collaboré. Ce n'est pas le grand amour entre eux, j'en ai bien l'impression, mais ce sont les affaires, conclut-elle d'une manière qui rappelait un peu trop son père.

— Merci », dit Brunetti.

Paola récupéra les tasses, se leva et regarda son mari. « C'est l'heure de reprendre ton balai et de retourner aux écuries d'Augias, Guido. »

7

Dans les écuries en question, tout était relativement tranquille. Une de ses collègues commissaire vint vers quatre heures chez Brunetti pour se plaindre que le lieutenant Scarpa refusait de lui transmettre le dossier d'un meurtre, à San Leonardo, datant de deux ans. « Je n'arrive pas à comprendre son comportement », dit Claudia Griffoni, qui n'était affectée à la questure que depuis six mois et n'avait pas encore bien pris la mesure du personnage et de ses façons.

Napolitaine, son aspect était un défi aux stéréotypes raciaux : grande, blonde et svelte, elle avait les yeux bleus et la peau si claire qu'elle ne devait pas s'exposer au soleil. Elle aurait pu faire la publicité d'une croisière en Scandinavie même si, vu le doctorat en océanographie qu'elle possédait, elle aurait été qualifiée pour un poste nettement plus exigeant que celui d'hôtesse – comme le suggérait aussi l'uniforme qu'elle portait aujourd'hui, l'un des trois qu'elle avait fait faire sur mesure pour célébrer sa promotion. Assise en face de Brunetti, elle se tenait le dos bien droit, ses longues jambes croisées. Il examina la coupe de sa veste, courte, ajustée, aux revers surpiqués à la main. Le pantalon, d'une longueur qui ravit Brunetti, se terminait en fuseau sur les chevilles.

« Est-ce que c'est parce qu'on ne lui a pas confié l'affaire qu'il cherche à nous ralentir ? Pour qu'il nous soit plus difficile de trouver le meurtrier ? demanda Griffoni. Ou est-ce un truc personnel entre nous dont je n'aurais pas conscience ?

à moins qu'il n'aime pas les femmes... ou les femmes policiers...

— Ou un policier femme d'un grade plus élevé? » proposa à son tour Brunetti, curieux de voir comment elle allait réagir, mais aussi convaincu que telle était la raison qui poussait Scarpa à vouloir constamment saper l'autorité de la commissaire.

« Oh, doux Jésus! s'exclama-t-elle, renversant la tête comme si elle s'adressait au plafond. Il faut déjà que j'endure ça de la part des tueurs et des violeurs. Et maintenant, j'ai le même problème avec un de mes collègues?

— Je doute que ce soit la première fois », dit Brunetti, poussé par la curiosité. Il se demandait aussi comment réagirait la signorina Elettra devant la grande qualité de son uniforme.

Elle revint à Brunetti. « Nous sommes toutes en butte à ça, à un moment ou un autre.

— Qu'est-ce que vous faites, dans ces cas-là?

— Certaines essaient de s'en tirer par la séduction. Vous avez dû voir ça, j'en suis sûre. Vous demandez à quelqu'un de venir vous aider à désamorcer une querelle domestique, et il se comporte avec vous comme pour un rancart. »

Effectivement, Brunetti avait vu ça.

« Ou alors, on joue les coriaces et on essaie d'être encore plus vulgaire et violente que les hommes. »

Brunetti hocha la tête. Ça aussi, il l'avait vu. Comme elle n'ajoutait pas de troisième catégorie, il l'encouragea : « Ou encore?

— Ou encore, on essaie de ne pas y attacher d'importance et on fait notre boulot.

— Et si rien ne marche?

— J'ai bien peur qu'il ne nous reste plus qu'à descendre ces salopards. »

Brunetti éclata de rire. Depuis le peu de temps qu'il la connaissait, il n'avait jamais essayé de lui donner de conseils sur la manière de se comporter avec le lieutenant Scarpa : en fait, donner des conseils lui répugnait, d'une manière générale. Il avait appris, avec le temps, que la plupart des problèmes professionnels et sociaux étaient comme l'eau agitée ou un sol inégal : tôt ou tard, tout s'aplanit. Que les gens finissaient en général par décider qui était le mâle dominant et qui ne l'était pas. Le fait d'occuper un poste plus élevé pouvait jouer dans cette détermination, mais pas toujours. Il ne doutait pas que la commissaire Griffoni finirait par apprendre comment contrôler le lieutenant Scarpa, mais il était également certain que celui-ci trouverait le moyen de lui rendre la monnaie de sa pièce.

« Il est ici depuis aussi longtemps que le vice-questeur, n'est-ce pas ?

— Oui. Ils sont arrivés ensemble.

— Je ne devrais sans doute pas le dire, mais je n'ai jamais eu confiance dans les Siciliens. » Claudia Griffoni, comme nombre de Napolitains aisés, avait grandi en parlant l'italien et non pas le dialecte local, même si elle y avait été plus ou moins initiée à l'école et par des amis et utilisait à l'occasion des expressions napolitaines. Mais elle y ajoutait toujours des guillemets d'ironie, pour bien les mettre à part d'un italien qu'elle parlait de la manière la plus élégante. Quelqu'un qui ne l'aurait pas connue aurait pensé que sa suspicion vis-à-vis des Méridionaux tenait à ce qu'elle était du nord de l'Italie.

Brunetti avait bien conscience que sa remarque avait valeur de test : s'il était d'accord avec elle, elle le mettrait dans une catégorie ; s'il n'était pas d'accord, dans une autre. Comme il n'appartenait ni à l'une ni à l'autre, il choisit de répondre par une question : « Cela veut-il dire que vous allez finir par vous affilier à la *Lega* ? »

Cette fois-ci, c'est elle qui éclata de rire. Puis elle demanda, comme si elle n'avait pas remarqué qu'il n'avait pas mordu à l'hameçon, « Est-ce qu'il n'y compte pas d'amis ?

— Pendant un moment, il a travaillé avec Alvise sur je ne sais quel projet européen dont le financement a été interrompu avant qu'ils aient pu faire quelque chose, avant même qu'on ait eu une idée de ce qu'ils étaient supposés faire. Quant à des amis, reprit Brunetti après un temps de réflexion, je ne sais trop quoi vous dire. On ne connaît que très peu de choses de lui. Je sais seulement qu'il s'abstient de tout contact autre que professionnel avec tous ceux qui travaillent ici.

— Par ailleurs, dit-elle avec un sourire pour adoucir sa remarque, ce n'est pas comme si vous autres, Vénitiens, étiez les gens les plus accueillants du monde. »

Pris par surprise, Brunetti répondit d'un ton bien plus défensif qu'il l'aurait voulu : « Tout le monde n'est pas vénitien ici.

— Je sais, je sais, admit-elle en levant la main d'un geste d'apaisement. Tout le monde est très gentil et très amical, mais ça s'arrête à la porte, quand chacun rentre chez soi. »

S'il avait été célibataire, Brunetti aurait profité de la perche tendue pour inviter sur-le-champ Claudia Griffoni à dîner, mais ces temps-là étaient révolus, et le souvenir de la réaction de Paola à l'attitude qu'il avait eue vis-à-vis de Franca Marinello était suffisamment frais dans sa mémoire pour qu'il se garde bien d'inviter cette séduisante jeune femme quelque part.

L'arrivée de Vianello mit un terme aux louvoiements de Brunetti. « Ah, tu es ici », dit l'inspecteur en adressant en même temps à la commissaire un signe de tête complété d'une esquisse de salut.

Il s'arrêta à quelques pas du bureau de Brunetti. « J'ai vu la signorina Elettra avant de monter ici, continua Vianello, et elle m'a demandé de te dire qu'elle avait pu contacter les médecins de San Marcuola et qu'elle allait bientôt venir t'en rendre compte (Brunetti hocha la tête). En bas, les hommes m'ont dit que tu leur avez parlé. » Sur quoi, son message transmis, l'inspecteur resta planté sur ses pieds écartés, bras croisés, montrant clairement qu'il n'avait aucune intention de quitter le bureau de son supérieur tant que le sens de ce message ne lui aurait pas été expliqué.

La curiosité de Griffoni était bien visible, Brunetti fut obligé de montrer la deuxième chaise à Vianello. « Un carabinier est venu me rendre visite ce matin », dit-il. Sur quoi il leur parla de la visite de Guarino, de l'assassinat de Ranzato et de l'éventuelle implication de l'homme de San Marcuola.

Il y eut quelques instants de silence que Griffoni fut la première à rompre. « Pour l'amour du ciel, n'avons-nous pas déjà suffisamment à faire avec nos propres ordures ? Faut-il qu'on nous amène celles d'autres pays ? »

Les deux hommes furent surpris de la véhémence de leur collègue : en général, Griffoni gardait son calme quand il était question de comportements criminels. Il y eut de nouveau un silence prolongé, au bout duquel elle ajouta, d'un ton de voix entièrement différent : « Deux de mes cousines sont mortes d'un cancer, l'an dernier. L'une d'elles avait trois ans de moins que moi. Grazia habitait à moins de un kilomètre de l'incinérateur de Taranto.

— Je suis désolé », dit Brunetti, précautionneux.

Elle leva une main conciliante. « J'ai travaillé sur cette affaire avant de venir ici. On ne peut d'ailleurs pas travailler à Naples sans être au courant du problème des ordures. Elles s'entassent dans les rues, la police ne cesse de traquer les dépôts illégaux : partout où vous regardez dans la campagne autour de Naples, vous en trouvez un. »

S'adressant directement à elle, Vianello prit la parole. « J'ai lu quelque chose sur Taranto. J'ai vu des photos des moutons dans les champs.

— Il semblerait qu'eux aussi meurent du cancer », dit Griffoni de son ton habituel. Elle secoua la tête et se tourna vers Brunetti pour demander : « Est-ce que nous nous occupons de l'affaire ? N'appartient-elle pas aux carabiniers ?

— Officiellement, si, répondit Brunetti. Mais en recherchant cet homme, nous nous impliquons.

— Avez-vous le feu vert du vice-questeur ? » demanda alors Griffoni, la voix neutre.

Mais la signorina Elettra entra dans le bureau de Brunetti avant qu'il ait eu le temps de répondre. Elle salua Brunetti, sourit à Vianello et adressa un signe de tête à Griffoni. Ce qui fit penser au commissaire à un personnage de Dickens que citait souvent Paola, personnage ayant l'habitude d'évaluer une situation en termes de « d'où souffle le vent ». Du nord, soupçonnait Brunetti.

« Comme vous me l'aviez demandé, j'ai parlé à l'un des médecins, commissaire, dit-elle d'une manière un peu trop compassée. Aucun nom ne lui est venu à l'esprit. Il a dit qu'il demanderait à son collègue de cabinet quand il le verrait. » Comme ils avaient bien fait, songea Brunetti, alors qu'ils se connaissaient depuis des années, de continuer à se vouvoyer : voilà qui convenait parfaitement au formalisme de cet échange.

« Merci, signorina. Tenez-moi simplement au courant, voulez-vous ? »

Elle regarda tour à tour Griffoni, Vianello et Brunetti. « Certainement, commissaire. J'espère n'avoir rien oublié. » Elle eut un coup d'œil pour la commissaire Griffoni, comme pour la mettre au défi d'envisager une telle possibilité.

« Merci, signorina », répéta Brunetti. Il sourit et baissa les yeux sur son nouveau calendrier, tout en attendant d'entendre les pas d'Elettra, puis celui de la porte qui se refermait.

Il leva les yeux juste à temps pour ne pas voir le regard complice qu'il y eut entre Griffoni et Vianello. La commissaire se leva alors et déclara qu'elle allait retourner à l'aéroport. « Je veux parler de l'affaire, ajouta-t-elle avant qu'on puisse le lui demander, pas de l'endroit.

— Les bagagistes ? » demanda Brunetti avec un soupir fatigué. Il avait été chargé de la précédente enquête sur ce même type d'affaire.

« Interroger les bagagistes, c'est comme écouter les grands succès d'Elvis : on les a entendus cent fois, par lui et d'autres, et on en a jusque-là », dit-elle du même ton las que Brunetti. Une fois à la porte, elle se retourna pour ajouter : « Mais on sait qu'on y aura encore droit. »

Après son départ, Brunetti se rendit compte que cette journée, qu'il avait passée à écouter des gens lui raconter toutes sortes d'histoires, l'avait fatigué, alors que lui-même n'avait pas fait grand-chose. Il déclara qu'il était tard et suggéra à Vianello de rentrer chez eux. L'inspecteur consulta sa montre par acquit de conscience, se leva et dit que c'était une excellente idée. Quand il fut seul, Brunetti décida cependant de s'arrêter dans la salle des officiers pour utiliser l'ordinateur avant de quitter la questure, juste pour voir ce qu'il pourrait trouver lui-même sur Cataldo. Les policiers étaient habitués à ses visites et veillaient à ce que l'un des plus jeunes d'entre eux reste sur place quand le commissaire était là. Cette fois, il se débrouilla néanmoins très bien tout seul et trouva rapidement un lien vers un certain nombre d'articles parus dans des journaux et des revues.

Il n'en apprit guère plus que ce que lui avait déjà dit son beau-père. Dans un vieux numéro de *Chi*, il tomba sur une photo de Cataldo, Franca Marinello à son bras, prise juste avant leur mariage. Le couple posait sur une terrasse ou un balcon, avec dans le dos la mer en fond de décor. Cataldo, corpulent et sérieux, portait un costume gris en lin. Elle, un pantalon blanc et un tee-shirt noir sans manches ; elle paraissait très heureuse. L'image était suffisamment bonne pour que Brunetti se rende compte à quel point elle avait été jolie : pas tout à fait la trentaine, blonde, plus grande que son futur époux. Son visage était – Brunetti mit un moment à trouver la formule adéquate – la simplicité même. Elle avait un sourire modeste, des traits réguliers, des yeux aussi bleus que la mer derrière elle. « Jolie fille », murmura-t-il. Sur quoi il appuya sur la touche destinée à faire défiler l'article, et l'écran devint vide.

Ce fut la goutte d'eau : il fallait qu'il ait son propre ordinateur. Il se leva, dit à son voisin le plus proche qu'il y avait eu un incident sur l'appareil et partit pour son domicile.

8

Le lendemain matin, Brunetti appela les carabiniers de Marghera depuis son bureau, et apprit que le major Guarino n'était pas là et qu'il ne reviendrait pas avant la fin de la semaine. Il décida donc de s'occuper d'autre chose : se procurer un ordinateur. Mais dans ce cas-là, se dit-il, pourrait-il toujours compter sur la signorina Elettra pour trouver l'introuvable ? Attendrait-elle de lui qu'il se procure des choses simples comme les numéros de téléphone et les horaires des vaporetti ? Une fois qu'il en serait capable, elle considérerait peut-être qu'il pourrait aussi accéder aux dossiers médicaux des suspects ou traquer les transferts bancaires d'un compte numéroté à un autre. Cependant il pourrait, avec un ordinateur, outre faire de la recherche d'informations, consulter les journaux, éditions récentes comme anciennes, et choisir ses articles. Mais voilà, la sensation de tenir *Il Gazzettino* dans ses mains, son odeur sèche, la tache noire qu'il laissait dans la poche droite de son veston – tout cela n'allait-il pas lui manquer ?

Et que faisait-il de cette petite bouffée de vanité qu'il ressentait lorsqu'il en ouvrait un exemplaire sur le vaporetto et proclamait ainsi sa citoyenneté vénitienne à la face du monde ? Qui, étant sain d'esprit, s'amuserait à lire *Il Gazzettino, « Il Giornale delle Serve »*, sinon un Vénitien ? Bon d'accord, c'était le journal des servantes. Et alors ? Les grands journaux nationaux étaient souvent aussi mal écrits, aussi remplis d'inexactitudes, de phrases tronquées et de légendes de photo erronées.

Ce fut le moment que choisit la signorina Elettra pour apparaître à la porte du bureau. Il leva les yeux sur elle et déclara : « J'adore *Il Gazzettino*.

— Il y a toujours le palazzo Boldù, dottore, répliqua-t-elle, faisant allusion à l'hôpital psychiatrique voisin. Et peut-être du repos, mais certainement sans lecture.

— Merci, signorina », dit-il poliment, avant de revenir à ce qui l'intéressait ; il avait eu la nuit pour y penser. « J'aimerais que vous me procuriez un ordinateur. »

Elle ne chercha pas, cette fois, à déguiser sa stupéfaction. « Quoi ? Vous ?... Monsieur ? ajouta-t-elle avec un temps de retard.

— Oui, avec un écran plat, comme le vôtre. »

Cette explication lui donna le temps d'examiner la requête. « J'ai bien peur qu'ils soient terriblement chers, monsieur, protesta-t-elle.

— Je n'en doute pas. Mais je suis sûr qu'il y a moyen de le faire passer sur le budget du matériel de bureau. » Plus il en parlait, plus il y pensait, plus il avait envie d'un ordinateur, un ordinateur avec un écran plat, pas un de ces trucs décrépits qu'ils avaient au rez-de-chaussée et dont les policiers de base devaient se contenter.

« Si vous n'y voyez pas d'inconvénient, commissaire, j'aimerais avoir quelques jours pour y penser. Et voir comment je pourrais arranger ça. »

Brunetti subodora la victoire dans son ton conciliant. « Pas de problème, dit-il avec un grand sourire. Au fait, que vouliez-vous ?

— C'est à propos du signor Cataldo, dit-elle, brandissant une chemise en papier kraft.

— Ah, oui. Il lui fit signe d'approcher et se leva à moitié de son siège. Qu'avez-vous trouvé ? » demanda-t-il sans faire allusion à ses propres recherches.

Elle s'approcha de la chaise et, d'un geste précis, repoussa sa jupe d'un côté en s'asseyant. Elle posa le dossier sur le bureau. Eh bien, monsieur, on peut dire qu'il est très riche, mais vous le savez probablement déjà. » À peu près tous les Vénitiens devaient le savoir, songea Brunetti, mais il se contenta de l'encourager d'un signe de tête. « Il a hérité sa fortune de son père, qui est mort lorsque Cataldo n'avait pas quarante ans. Cela fait plus de trente ans, en plein milieu du boom économique. Il avait beaucoup investi et agrandi son affaire.

— Dans quel domaine ? »

Elle retourna le dossier vers elle et l'ouvrit. « Il possède une usine, du côté de Longarone, qui fabrique des panneaux de bois. Il n'y en aurait que deux en Europe qui fabriquent ce type de produit. Il a aussi une cimenterie dans le même secteur. Ils sont en train de grignoter peu à peu une montagne pour la transformer en ciment. Il a aussi une flotille de cargos basée à Trieste ; et une société de transports routiers nationaux et internationaux. Sans parler d'une boîte qui vend des bulldozers, du matériel lourd de chantier, des dragueuses. Des grues. » Comme Brunetti ne faisait aucun commentaire, elle continua : « Tout ce que nous avons pour le moment, en réalité, c'est juste la liste des sociétés lui appartenant. Je n'ai pas encore regardé leur comptabilité de près. »

Brunetti leva la main droite. « Seulement si ce n'est pas trop compliqué, signorina. » Elle sourit de l'invraisemblance de la remarque. « Et ici, dans Venise ? »

Elle tourna une page. « Quatre boutiques dans la Calle dei Fabbri et deux immeubles sur Strada Nuova. Ceux-ci sont loués à des restaurants et ont quatre appartements au-dessus.

— Tout est loué ?

— Oui. L'une des boutiques a changé de mains l'an dernier et, d'après la rumeur, le nouveau locataire aurait payé un pas-de-porte un quart de million d'euros.

— Juste pour avoir les clefs ?

— Oui. Et le loyer est de dix mille euros.

— *Par mois ?* s'étonna Brunetti.

— C'est dans la Calle dei Fabbri, monsieur, et elle est sur deux niveaux », lui fit-elle remarquer, s'arrangeant pour avoir l'air légèrement offensée qu'il puisse remettre en question ce prix – ou la justesse de ses informations. Elle referma le dossier et se réinstalla sur sa chaise.

S'il interprétait bien son expression, la jeune femme avait quelque chose à ajouter, et il joua le jeu. « Et puis ?

— Des bruits courent, monsieur.

— Des bruits ?

— À propos d'elle.

— De sa femme ?

— Oui.

— Et quel genre de bruits ? »

Elle croisa les jambes. « J'ai peut-être exagéré en parlant de bruits ; il s'agit plutôt de suggestions, de certains silences quand on mentionne son nom.

— J'ai peur que ce ne soit vrai de pas mal de gens de cette ville, dit Brunetti en essayant de prendre un ton léger.

— Je n'en doute pas, monsieur. »

Brunetti décida de ne pas s'abaisser jusqu'à écouter des ragots. Il tira donc le dossier à lui et le soupesa. « Avez-vous eu le temps de calculer combien il pèse en tout ? »

Au lieu de répondre, elle le regarda attentivement, comme s'il venait juste de lui soumettre une devinette intéressante.

« Oui, signorina ? » l'encouragea Brunetti. Comme elle ne disait toujours rien, il insista : « Qu'est-ce qu'il y a ?

— La phrase, monsieur.

— Quelle phrase ?

— "Combien il pèse en tout". »

Perplexe, Brunetti ne sut que dire. « Je voulais parler du total de ses divers avoirs, voilà.

— Oui, au sens fiscal, on peut parler comme ça, je suppose.

— Existe-t-il un autre sens ? demanda Brunetti, toujours perplexe.

— Eh bien, il y a *ce qu'il vaut en tout* comme homme, comme mari, comme employeur, comme ami. » Devant l'expression de Brunetti, elle continua : « Oui, je sais que vous ne vouliez pas faire allusion à cela, mais c'est intéressant, cette façon que nous avons de parler de la richesse financière d'une personne. » Elle laissa à Brunetti l'occasion de faire un commentaire, mais il s'en abstint. « C'est tellement réducteur, comme si la seule chose de valeur, pour chacun de nous, était notre compte en banque. »

Chez quelqu'un de moins imaginatif qu'Elettra, ces spéculations auraient pu être une manière détournée de reconnaître qu'elle n'avait pu découvrir le total des avoirs de Cataldo. Mais Brunetti, qui avait l'expérience du tour d'esprit de la jeune femme, se contenta de dire : « Ma femme parle des gens en disant qu'ils ont le virus du capitalisme coulant dans leurs veines. Nous l'avons peut-être tous. » Il reposa le dossier et le poussa loin de lui.

« Oui, dit-elle, l'air d'admettre cette idée à regret, nous l'avons tous.

— Qu'avez-vous appris d'autre ? demanda Brunetti, la ramenant à l'objet de sa visite.

— Qu'il a été marié à Giulia Vasari pendant trente ans, puis qu'il a divorcé d'elle », répondit-elle, ce qui faisait revenir la conversation sur un sujet personnel.

Brunetti préféra attendre la suite, trouvant peu convenable d'avoir l'air de trop s'intéresser à Franca Marinello ou de savoir des choses à son sujet.

« Sa deuxième femme est beaucoup plus jeune que lui, comme vous le savez ; ils ont plus de trente ans de différence. D'après la rumeur, ils se seraient rencontrés à un défilé de mode où il aurait amené sa femme. Franca Marinello était mannequin et présentait des fourrures. » Elle lui jeta un coup d'œil, mais Brunetti ne réagit pas.

« Peu importe la manière dont ils se sont rencontrés : il semble qu'elle lui ait fait perdre la tête, poursuivit la signorina Elettra. Au bout d'un mois, il avait abandonné sa femme et pris un appartement. Si je suis au courant, expliqua-t-elle alors, c'est que mon père le connaît. C'est de lui que j'ai eu une partie de mes informations.

— Le connaît ou le connaissait ?

— Le connaît, je crois. Mais ce n'est pas un ami, simplement une relation, comme on dit.

— Qu'est-ce que votre père vous a dit d'autre ?

— Que le divorce s'était mal passé.

— Ça se passe rarement bien. »

Elle acquiesça d'un signe de tête. « Il a entendu dire que Cataldo avait viré son avocat parce qu'il avait rencontré celui de sa femme.

— Moi qui croyais que c'était la procédure – les avocats se rencontrent.

— En général, c'est comme ça. Tout ce qu'il m'a dit, c'est que Cataldo s'était mal comporté, sans donner de détails.

— Je vois. »

Il remarqua qu'elle était sur le point de se lever et demanda : « Avez-vous appris quelque chose d'autre sur sa femme actuelle ? »

Étudia-t-elle son visage avant de répondre ? « Pas grand-chose, monsieur, mis à part ce que je vous ai déjà dit. On la voit peu en société, même si elle y est très bien connue. Autrefois, ajouta-t-elle après un silence songeur, elle passait pour très timide. »

Bien que trouvant cette formulation curieuse, Brunetti se contenta de répéter « Je vois ». Il jeta un coup d'œil sur le dossier mais ne le rouvrit pas. Il entendit la signorina Elettra se lever et redressa la tête. « Merci, dit-il.

— J'espère que cette lecture vous réjouira, monsieur, dit-elle, même si vous n'y retrouverez peut-être pas la rigueur intellectuelle d'*Il Gazzettino*. » Sur quoi elle partit.

9

Il s'obligea à lire dans leur intégralité les pages consacrées aux affaires financières de Cataldo : les entreprises qu'il avait possédées et dirigées, les conseils d'administration auxquels il siégeait, les actions et obligations qui flottaient de l'un à l'autre de ses nombreux portefeuilles d'investissements – tout en étant complètement ailleurs. Propriétés achetées et vendues et à quel prix officiel, dividendes et jetons de présence : il y avait des gens, pensait Brunetti, qui trouvaient ces détails passionnants. Cette seule idée le déprima sur-le-champ.

Il se souvint d'avoir joué à chat, enfant; il poursuivait ses copains, repérait les ruelles connues et inconnues qu'ils empruntaient. Non, cela ressemblait davantage aux filatures du début de sa carrière, quand on surveille quelqu'un tout en ayant l'air de s'intéresser à tout sauf à lui. Si bien que le côté comptable de son esprit enregistrait et se rappelait certaines des sommes constituant les avoirs de Cataldo, tandis que son instinct de chasseur ne cessait de retourner à Guarino, à l'histoire qu'il lui avait racontée – et aux détails qu'il avait omis.

Il mit le dossier de côté et appela Avisani à Rome. Cette fois-ci, il réduisit au strict nécessaire l'échange de plaisanteries et, ce service minimum assuré, du ton le plus affable qu'il put simuler, demanda : « Dis-moi, cet ami commun dont nous avons parlé hier… pourrais-tu entrer en contact avec lui et lui demander de me passer un coup de fil?

— Ah, répliqua le journaliste, est-ce que je ne sens pas là les premiers signes d'un certain manque de sincérité dans tes protestations d'amitié, Guido ?

— Absolument pas, se défendit Brunetti en éclatant de rire, mais il m'a demandé de lui rendre un service et les carabiniers me disent qu'il ne sera pas de retour avant la fin de la semaine. J'ai besoin de lui reparler avant de pouvoir faire ce qu'il m'a demandé de faire.

— Ce truc, c'est sa spécialité.

— Quel truc ?

— Ne pas donner assez d'informations. » Brunetti se gardant bien de renchérir, Avisani poursuivit : « Je dois pouvoir entrer en contact avec lui. Je vais lui demander de te rappeler dès aujourd'hui.

— Je suis surpris que tu ne baisses pas la voix pour ajouter, d'un ton mystérieux : "S'il peut."

— Cela va sans dire, non ? » dit le journaliste, la voix raisonnable, avant de raccrocher.

Brunetti se rendit au bar du Ponte dei Greci et commanda un café dont il n'avait pas tellement envie ; et pour être certain qu'il n'y prendrait aucun plaisir, il n'y mit pas assez de sucre et l'avala à toute vitesse. Puis il demanda un verre d'eau minérale dont il n'avait pas davantage envie, à cause du temps, et retourna à son bureau, de mauvaise humeur de ne pas pouvoir contacter Guarino.

Le mort, Ranzato, avait dû rencontrer l'inconnu de San Marcuola à plusieurs reprises, mais Brunetti était supposé croire que Guarino n'avait jamais pris la peine de faire préciser par son informateur ce que « bien habillé » voulait dire, ni rien appris sur lui. Comment cet inconnu et Ranzato communiquaient-ils pour organiser les transports ? Par télépathie ? Et pour les paiements ?

En fin de compte, il consacra beaucoup d'attention à ce seul crime. *La mort d'un homme**, et toute cette poésie dont parlait toujours Paola. Oui, c'était vrai, au moins en théorie, en un sens poétique, mais la mort d'un homme, même si elle nous diminuait tous à en croire le poète, n'avait

* Allusion à la Méditation 17 de John Donne.

plus vraiment d'importance pour le monde, non plus que pour les autorités, sauf si elle était reliée à quelque question plus importante, ou sauf si la presse l'avait prise dans ses mâchoires pour l'agiter dans tous les sens. Brunetti ne disposait pas des dernières statistiques nationales – il laissait ça à Patta – mais il savait que moins de la moitié des affaires de meurtres étaient résolues et que ce chiffre diminuait encore au fur et à mesure que le temps passait.

Celle de Ranzato datait d'un mois et ce n'était que maintenant que Guarino s'intéressait à la piste de l'homme de San Marcuola. Brunetti reposa son stylo pour s'interroger sur ce délai. Soit il s'agissait de négligence, soit quelqu'un avait...

Le téléphone sonna et au lieu de répondre par son nom, il dit : « *Si.*

— Guido, dit Guarino d'un ton joyeux. Content de t'entendre. On m'a dit que tu voulais me joindre. »

Brunetti avait beau savoir que le carabinier parlait pour le bénéfice de quiconque aurait décroché aussi bien que pour lui, cette jovialité le poussa à ne pas faire très attention à ce qu'il disait. « Il faut que nous en reparlions, Filippo. Tu ne m'as jamais dit...

— Écoute, Guido, l'interrompit Guarino, parlant très vite mais toujours du même ton joyeux, quelqu'un m'attend, mais je n'en aurais que pour quelques minutes. Si on se retrouvait à ce bar où tu vas régulièrement ?

— Ah, celui du côté du... »

Mais Guarino lui coupa une deuxième fois la parole. « Oui, c'est ça. J'y serai dans un quart d'heure, environ. » Et la communication fut coupée.

Qu'est-ce que Guarino fabriquait à Venise ? Comment était-il au courant, pour le bar près du pont ? Brunetti n'avait aucune envie d'y retourner, aucune envie de commander un autre café pas plus qu'un sandwich ou même un verre de vin. Puis l'idée d'un punch bien chaud lui vint à l'esprit et il décrocha son manteau.

Sergio venait à peine de glisser le verre de punch fumant devant Brunetti que le téléphone sonna dans l'arrière-salle. Sergio s'excusa, marmonna quelque chose à propos de sa femme et s'esquiva. Il revint au bout de quelques secondes, comme Brunetti s'y attendait. « C'est pour vous, commissaire. »

L'habitude lui fit afficher son plus grand sourire, tout comme son instinct pour la dissimulation lui fit dire : « J'espère que tu ne m'en voudras pas, Sergio. J'attendais un appel, mais j'avais besoin de boire quelque chose de chaud et j'ai demandé qu'on me joigne ici.

— Bien sûr que non, commissaire. Pas de problème. N'importe quand », répondit le barman en s'écartant pour laisser Brunetti passer dans l'arrière-salle.

Le combiné était posé à côté du téléphone gris, une antiquité avec cadran de numérotation. Brunetti porta le combiné à son oreille, résistant à l'envie de glisser l'index dans un des petits trous pour faire tourner le cadran.

« Guido ?

— Oui ?

— Désolé pour le mélo. Qu'est-ce qui se passe ?

— Ton homme mystère, le type bien habillé, celui qui devait rencontrer quelqu'un à un endroit donné.

— Oui ?

— Comment se fait-il que tout ce que tu m'en as dit était qu'il était bien habillé ?

— C'était ce qu'on m'avait dit.

— À quand remonte la dernière fois où tu as parlé au type qui est mort ?

— À longtemps.

— Et c'est tout ce qu'il t'a raconté ? Que l'autre était bien habillé ?

— Oui.

— Et tu n'as pas cherché à en apprendre davantage ?

— Je n'ai pas jugé nécessaire de…

— Finis cette phrase, et je raccroche.

— Vraiment ?

— Recommence. Qu'est-ce qu'il t'a dit d'autre sur l'homme à qui il avait parlé ?

— Est-ce que quelqu'un a une adresse courriel personnelle, chez toi ?

— Oui, mes enfants. Pourquoi ?

— Je voudrais t'envoyer une photo.

— Pas à mes enfants. Pas question.
— À ta femme, alors ?
— D'accord. À l'université.
— Paola, point, falier, arobase ca'foscari, hein ?
— Oui. Comment connais-tu cette adresse ?
— Je te l'envoie demain matin.
— Quelqu'un d'autre connaît-il l'existence de cette photo ?
— Non.
— Une raison pour ça ?
— Je préférerais ne pas en parler.
— Est-ce votre seule piste ?
— Non, pas la seule. Mais nous n'avons pas pu la recouper.
— Et les autres ?
— Chou blanc à chaque fois.
— Si je trouve quelque chose, comment je fais pour te joindre ?
— Cela veut-il dire que tu le feras ?
— Oui.
— Je t'ai donné mon numéro.
— Sauf qu'on m'a répondu que tu n'étais pas là.
— Je ne suis pas facile à joindre.
— L'adresse courriel que tu vas utiliser demain ?
— Non.
— Alors, quoi ?
— Je peux toujours t'appeler là.
— Oui, tu peux, mais je ne vais pas installer mon bureau ici juste pour attendre ton appel. Comment dois-je faire pour entrer en contact avec toi, Filippo ?
— Appelle le numéro que tu as, laisse un message au nom de Pollini et donne une heure où je pourrais te rappeler. Au même endroit.
— Pollini ?
— Oui. Mais appelle d'une cabine, d'accord ?
— La prochaine fois que nous nous parlerons, je veux que tu me dises ce qui se passe. Ce qui se passe vraiment.
— Mais je t'ai dit...
— Dois-je te menacer encore de raccrocher, Filippo ?

— Non, non. Mais il faut que j'y pense.

— Eh bien, penses-y tout de suite.

— Je te dirai ce que je peux.

— J'ai déjà entendu cette chanson.

— Je suis le premier à qui tout cela déplaît, crois-moi. Mais c'est mieux pour toutes les personnes qui sont impliquées.

— Pour moi aussi ?

— Oui, pour toi aussi. Faut que j'y aille. Merci. »

10

Brunetti, en reposant le combiné sur la fourche, regarda sa main pour voir si elle tremblait. Non, elle était d'une stabilité minérale. De toute façon, le petit jeu du genre roman d'espionnage auquel s'était livré Guarino avait plus de chances de l'irriter que de lui faire peur. Et ensuite? Allaient-ils se laisser des messages dans des bouteilles qu'ils confieraient au Grand Canal? Guarino lui avait fait l'effet de quelqu'un de bon sens, et il avait accepté le scepticisme de Brunetti avec bonne grâce : dans ce cas, pourquoi s'entêter dans ces absurdités à la James Bond?

Il alla à la porte de l'arrière-salle et demanda à Sergio s'il pouvait passer un coup de fil.

« Appelez qui vous voulez, commissaire », répondit le barman avec un large geste de la main. Sergio, le teint basané, presque aussi large que haut, rappelait toujours à Brunetti l'ours d'un des tout premiers livres qu'il avait lus, enfant. L'ours ayant l'habitude de se gorger de miel, la considérable bedaine de Sergio ne faisait qu'accentuer la ressemblance. Et comme l'ours de l'histoire, Sergio était affable et généreux, ce qui ne l'empêchait pas d'émettre aussi, de temps en temps, un grognement menaçant.

Il composa les cinq premiers chiffres du numéro de son domicile, pour finalement reposer le téléphone. Puis il sortit de l'arrière-salle et retourna à sa place, devant le bar. Son verre avait disparu. « Quelqu'un a bu mon punch?

— Non, commissaire. J'ai pensé qu'il serait trop froid.

— Je peux en avoir un autre?

— Rien de plus facile », répondit le barman en prenant une bouteille.

Dix minutes plus tard, considérablement réchauffé, Brunetti retourna à son bureau. De là, il composa à nouveau le numéro de son domicile, mais intégralement.

« *Si* », dit Paola. Quand avait-elle arrêté de répondre par son prénom ?

« C'est moi. Tu vas à ton bureau, demain?

— Oui.

— Peux-tu imprimer une photo là-bas, avec ton ordinateur?

— Bien sûr », répondit-elle, et Brunetti crut entendre le soupir qu'elle retint tout juste.

« Bien. Elle devrait arriver par courriel. Pourrais-tu en tirer une copie pour moi ? Et peut-être en faire un agrandissement ?

— Guido ! Je peux très bien accéder à mon courrier depuis ici », dit-elle avec le ton patient et étudié qu'elle réservait à l'explication de choses évidentes.

« Je sais, dit-il (en réalité, il n'y avait pas pensé), mais j'aimerais autant que…

— Que ça ne passe pas par la maison ? suggéra-t-elle.

— Oui.

— Merci, dit-elle, se mettant à rire. Je n'ai pas envie d'évaluer ce que tu comprends ou pas de la technologie, Guido, mais merci au moins pour ça.

— Je ne veux pas que les gosses…

— Tu n'as pas d'explication à me donner, le coupa-t-elle, pour ajouter d'une voix plus douce : à tout à l'heure », avant de raccrocher.

Il entendit à ce moment-là un bruit à sa porte et eut la surprise de voir apparaître l'officier Alvise. « Vous avez une minute, commissaire ? » demanda-t-il, souriant, redevenant sérieux, puis souriant à nouveau. Petit, malingre, Alvise était l'homme le moins imposant de toute la vice-questure, et son intellect était en complète harmonie avec son manque d'aptitudes physiques. Affable et amical, Alvise ne demandait en général qu'à bavarder avec les uns et les autres. Paola, la seule fois où elle l'avait rencontré, avait déclaré qu'il lui faisait penser au vers de Pope : « Son sourire éternel révèle son néant. »

« Bien sûr, Alvise. Entre donc. » Alvise venait juste de réapparaître dans la salle commune des officiers après six mois passés à travailler en symbiose avec le lieutenant Scarpa, dans le cadre d'un obscur projet européen dont personne n'avait jamais compris l'objectif.

« Je suis de retour, monsieur, dit Alvise en s'asseyant.

— Oui, je sais. » Un cerveau rapide et la concision des explications, voilà ce qui ne sautait pas à l'esprit quand on évoquait le nom d'Alvise ; si bien que sa déclaration, pour ce qu'en savait Brunetti, pouvait être une allusion à la fin de son mandat temporaire comme au fait qu'il revenait du bar du coin.

Une fois assis, Alvise regarda autour de lui dans la pièce, comme s'il la voyait pour la première fois. Brunetti se demanda si le policier n'éprouvait pas le besoin de se présenter à nouveau à son supérieur. Le silence se prolongeant, il décida d'attendre pour voir ce qu'Alvise avait à dire. L'homme se tourna vers la porte, revint à Brunetti, puis alla de nouveau à la porte. Après une minute de ce manège, il se pencha en avant et demanda : « Ça ne vous ennuie pas si je ferme la porte, commissaire ?

— Bien sûr que non, Alvise », répondit Brunetti, qui se demanda si les six mois passés en compagnie de Scarpa dans un bureau grand comme un placard ne l'avaient pas rendu particulièrement sensible aux courants d'air.

Alvise alla jusqu'à la porte, passa la tête dehors, jeta un coup d'œil dans les deux directions, referma doucement le battant et revint s'asseoir. Le silence se rétablit, mais Brunetti résista à l'envie de le rompre.

C'est finalement Alvise qui le fit. « Comme je vous l'ai dit, je suis de retour, monsieur.

— Et comme je te l'ai dit aussi, je suis au courant, Alvise. »

Alvise le regarda comme s'il se rendait soudain compte qu'il lui revenait de rompre ce cercle vicieux de non-communication. Après un dernier coup d'œil à la porte, il revint à Brunetti. « Mais c'est comme si j'étais pas revenu, monsieur.

— Qu'est-ce qui te fait dire ça, Alvise ?

— Eh bien, personne n'a rien dit, sur le fait que je suis revenu. » Il avait dit cela d'un ton à la fois surpris et peiné.

« Et à quoi t'attendais-tu, Alvise ? »

Alvise essaya de sourire, mais ce fut raté. « Vous savez bien, monsieur, quelque chose du genre *bienvenue à la maison*, ou *c'est sympa que tu sois de retour*, quelque chose comme ça. »

Mais où donc Alvise croyait-il avoir été ? En Patagonie ? « Ce n'est pas comme si tu n'avais plus été dans la maison, Alvise. Tu n'as pas pensé à ça ?

— Je sais, monsieur. Mais je ne faisais plus partie de l'équipe. Je n'étais pas un policier comme les autres.

— Pendant un certain temps.

— Oui, je sais ça aussi, monsieur, seulement pour un temps. Mais c'était une sorte de promotion, n'est-ce pas ? »

Brunetti croisa les mains et appuya les dents contre ses articulations. Quand il eut maîtrisé son envie de rire, il observa : « Je suppose qu'on pourrait le voir ainsi, Alvise. Sauf que comme tu l'as dit toi-même, tu es de retour, à présent.

— Oui, mais ce serait bien s'ils me disaient quelque chose, ou s'ils avaient l'air contents de me voir.

— Ils attendent peut-être de voir si tu vas pouvoir t'ajuster de nouveau au rythme de l'équipe, proposa Brunetti, à tout hasard.

— J'avais pensé à ça, monsieur, dit Alvise avec un sourire.

— Bien. C'est certainement ça, j'en suis sûr, dit Brunetti avec une conviction bourrue. Donne-leur un peu de temps, qu'ils s'habituent de nouveau à ta présence. Ils sont probablement curieux de savoir quelles nouvelles idées tu as ramenées avec toi. » *Ah*, pensa Brunetti, *quel acteur la scène a perdu quand je suis entré dans la police.*

Le sourire d'Alvise s'élargit et, pour la première fois depuis son entrée dans le bureau, parut sincère. « Oh, je ne voudrais pas leur faire un coup pareil, monsieur. Après tout, nous sommes dans cette bonne vieille Venise bien tranquille, n'est-ce pas ? »

Brunetti dut de nouveau se mordre les articulations. « C'est vrai. C'est bien que tu gardes cela présent à l'esprit, Alvise. En douceur. Contente-toi pour le moment de faire les choses exactement comme par le passé. Cela leur prendra peut-être un certain temps pour s'ajuster, mais je suis sûr qu'ils s'y feront. Tu devrais peut-être proposer à Riverre d'aller prendre un verre, tout à l'heure, et lui demander ce qui s'est passé pendant ton absence, histoire de te mettre à jour. Vous avez toujours été bons amis, je crois ?

— Oui, monsieur. Mais c'était avant ma prom... avant qu'on me donne cette mission.

— Eh bien, propose-le-lui tout de même. Va avec lui chez Sergio et ayez une bonne conversation. Prends ton temps. Peut-être que si tu allais en patrouille avec lui pendant quelques jours, les choses seraient plus faciles pour lui », ajouta Brunetti, prenant mentalement note de dire à Vianello de reconstituer leur binôme, et au diable l'efficacité de la police vénitienne.

« Merci, monsieur, dit Alvise en se levant. Je vais descendre et le lui demander tout de suite.

— Parfait », répondit Brunetti avec un grand sourire, satisfait de voir le policier commencer à redevenir ce qu'il avait toujours été. Il ne put cependant résister à son envie de le congédier sur un : « Bienvenue à la maison, Alvise. »

L'homme se mit au garde-à-vous et salua crânement. « Merci, monsieur. C'est bon d'être de retour. »

11

La questure et l'homme assassiné qu'il n'avait jamais rencontré l'accompagnèrent jusque chez lui et s'invitèrent même à la table du dîner. Paola remarqua leur présence pendant le repas lorsque Guido, non seulement ne la félicita pas pour la queue de lotte aux scampi et aux tomates, mais ne finit même pas son assiette et laissa la bouteille de graminé au tiers pleine quand il alla lire dans le séjour.

La vaisselle prit longtemps à Paola et, quand elle le rejoignit, elle le trouva debout à la fenêtre, le regard perdu sur l'ange au sommet du campanile de San Marco, visible au sud-ouest. Elle posa les cafés sur la table basse. « Voudras-tu une grappa, Guido ? »

Il secoua la tête sans mot dire. Elle alla à côté de lui et comme il ne passait pas le bras par-dessus son épaule, elle le poussa doucement de la hanche. « Qu'est-ce qui t'arrive ? demanda-t-elle.

— Ça ne me plaît pas de t'embringuer là-dedans », répondit-il finalement.

Elle se détourna de la fenêtre et alla s'asseoir sur le canapé. Elle prit une gorgée de café. « J'aurais pu refuser, tu sais.

— Mais tu ne l'as pas fait, observa-t-il avant de la rejoindre.

— De quoi s'agit-il ?

— L'affaire de l'homme assassiné à Tessera.

— Je suis déjà au courant par les journaux, Guido. »

Brunetti prit à son tour sa tasse de café. « Tu sais, dit-il après une première gorgée, je prendrai peut-être bien une grappa, en fin de compte. Est-ce qu'il reste de la gaja de barolo ?

— Oui. » Elle s'enfonça dans le canapé. « Sers-m'en aussi un verre, tu veux bien ? »

Il fut rapidement de retour, tenant la bouteille et deux verres, et tout en sirotant l'alcool, Guido lui répéta à peu près tout ce que lui avait confié Guarino, terminant par la photo qui devait arriver par courriel, demain. Il lui expliqua également les sentiments contradictoires qu'il éprouvait à s'être laissé impliquer dans l'enquête de Guarino. Celle-ci ne le regardait pas. C'était l'enquête des carabiniers. Il était peut-être flatté par cette demande d'aide, faisant preuve de la même vanité que Patta quand il jouait les grands patrons. Ou peut-être avait-il le désir de montrer aux carabiniers qu'il pouvait réussir là où eux échouaient.

« Ce n'est pas une photo qui permettra plus facilement à la signorina Elettra de le trouver, reconnut Guido. Mais je tenais à obliger Guarino à faire quelque chose, ne serait-ce que l'obliger à admettre qu'il m'avait menti.

— Seulement par omission, le corrigea Paola.

— Si tu y tiens, admit Guido avec un sourire.

— Et il voudrait que tu l'aides à découvrir si quelqu'un habitant du côté de San Marcuola ne serait pas capable de… de quoi, au juste ?

— De crime violent, j'imagine. Il est vraisemblable que Guarino pense que l'homme de la photo est le meurtrier. Ou qu'il a au moins quelque chose à voir avec le meurtre.

— Et toi, tu en penses quoi ?

— Je n'en sais pas assez pour penser quoi que ce soit. Je sais seulement que cet homme faisait faire des transports illégaux à Ranzato, qu'il s'habille bien et qu'il devait rencontrer quelqu'un à l'arrêt de San Marcuola.

— Je croyais que c'était là qu'il habitait.

— Pas exactement. »

Paola ferma les yeux dans une grande démonstration de patience trop sollicitée et dit : « Je n'ai jamais compris si cela voulait dire oui ou non.

— Dans ce cas précis, cela veut dire que c'est moi qui l'ai supposé.

— Pourquoi ?

— Parce qu'il dit qu'il devait rencontrer une personne un soir à cet endroit, et que c'est ce que font les Vénitiens quand quelqu'un vient les voir : nous venons l'attendre au débarcadère le plus proche de notre domicile.

— En effet, dit Paola, ajoutant au bout d'une seconde : professeur.

— Ne fais pas l'idiote, Paola. C'est évident. »

Elle se pencha vers lui et lui prit le menton entre le pouce et l'index. Avec douceur, elle l'obligea à tourner la tête vers elle. « Il est aussi évident que le fait de juger qu'une personne est bien habillée peut signifier plusieurs choses.

— Quoi ? demanda Guido, arrêtant le geste de sa main tendue vers la bouteille de grappa. Je ne comprends pas ce que tu racontes. D'autant que ce qu'il a dit exactement, c'est que l'homme était habillé de manière tape-à-l'œil – du diable si je sais ce que cela veut dire. »

Paola étudia son visage comme elle l'aurait fait de celui d'un inconnu. « Ce que nous considérons comme "tape-à-l'œil", et même "bien habillé", dépend de la façon dont nous nous habillons nous-même, tu ne crois pas ?

— Je ne pige toujours pas », dit Guido en prenant la bouteille.

Du geste, Paola refusa son offre d'un deuxième verre. « Est-ce que tu te souviens de cette affaire – elle date au moins de dix ans – où tu as dû aller tous les soirs à Favoro pour interroger un témoin ? »

Il réfléchit un instant. Les circonstances lui revinrent : une kyrielle de mensonges pour finalement échouer. « Oui.

— Et que les carabiniers te ramenaient tous les soirs Piazzale Roma, d'où tu prenais le numéro 1 pour rentrer à la maison ?

— Oui, je m'en souviens », répondit-il, se demandant où elle voulait en venir. Suggérerait-elle que l'affaire actuelle donnait la même impression d'échec, impression qu'il commençait lui-même à ressentir ?

« Et est-ce que tu te rappelles les gens que tu voyais tous les soirs sur le vaporetto et dont tu m'as parlé ? Ces types au regard fuyant, accompagnés de blondes vulgaires ? Les hommes en blouson de cuir, les filles en minijupe de cuir ?

— Oh, mon Dieu », s'exclama Guido, se donnant une telle claque sur le front qu'il retomba contre le dossier du canapé, à côté d'elle. « Ceux qui ont des yeux et ne voient pas...

— Je t'en prie, Guido, ne commence pas à me citer la Bible.

— Désolé, c'est sans doute la violence du choc, dit-il avec un sourire. Tu es un génie. Dire que je le sais depuis des années ! Bien sûr, bien sûr. Le casino. Ils se retrouvaient à San Marcuola et ils y allaient ensemble, n'est-ce pas ? Bien sûr. Génial, vraiment génial. »

Paola leva la main en un geste de protestation parfaitement hypocrite. « Ce n'est qu'une possibilité, Guido.

— C'est vrai, ce n'est qu'une possibilité, admit Brunetti. Mais ça tient debout et ça va au moins me permettre de faire quelque chose.

— De faire quelque chose ?

— Oui.

— Comme aller avec moi au casino ? demanda-t-elle.

— Avec toi ?

— Avec moi.

— Et pourquoi toi et moi ? »

Elle lui tendit son verre et il y versa un peu de grappa. Elle en prit une gorgée, eut un vigoureux hochement appréciatif de la tête, comme lui-même en avait eu un. « Pourquoi ? Parce que rien n'a plus de chance d'attirer l'attention qu'un homme seul entrant au casino. »

Guido fut sur le point de protester, mais elle prévint son objection en tendant son verre entre eux. « Il ne peut pas se promener entre les tables et examiner les gens sans jamais jouer, n'est-ce pas ? Pas de meilleur moyen pour se faire remarquer. Et s'il commence à jouer, qu'est-ce qu'il va faire ? Passer la nuit à perdre notre appartement ? » Quand elle vit qu'il commençait à sourire, elle ajouta : « Après tout, tu ne peux pas attendre de la signorina Elettra qu'elle fasse passer *ça* en frais de gestion, si ?

— Sans doute pas », dit Guido. Le mieux que pouvait dire un homme pour ce qui était de rendre les armes.

« Je suis sérieuse, Guido, reprit-elle en posant son verre sur la table. Il faut que tu paraisses à l'aise, là-bas, et si tu y vas seul, tu auras l'air d'un policier qui cherche quelque chose. Ou au moins d'un homme qui cherche quelque chose. Avec moi, tu pourras parler et rire et avoir l'air de quelqu'un qui prend du bon temps.

— Cela signifie-t-il que nous n'en aurons pas ?

— Parce que ton idée du bon temps est de regarder des gens perdre leur argent au jeu ?

— Ils ne perdent pas tous.

— Et tous les gens qui sautent d'un toit ne font pas que se casser une jambe, rétorqua-t-elle.

— Traduction ?

— Cela veut dire que le casino gagne de l'argent. Et s'il gagne de l'argent, c'est parce que les gens en perdent. En jouant. Ils ne perdent peut-être pas chaque soir, mais au bout du compte, ils sont toujours perdants. »

Brunetti joua avec l'idée de prendre encore une goutte de grappa mais rejeta fermement celle-ci. « Très bien. Mais on pourra tout de même avoir du bon temps, hein ?

— Pas avant demain soir. »

Brunetti avait décidé de compter sur le hasard, espérant que quelqu'un, au casino, identifierait ou au moins reconnaîtrait le jeune homme sur la photo que Paola avait ramenée de l'université – même si invoquer la Fortune n'était pas la meilleure idée, dans ces circonstances, celle-ci ayant sans aucun doute à répondre à des sollicitations plus urgentes et sérieuses. Il avait aussi conscience que s'il découvrait l'identité de l'homme, ou même trouvait celui-ci, la seule chose qu'il pouvait faire, après, peut-être, avoir vérifié s'il n'avait pas un casier, était de passer l'information à Guarino. Même avec la droite de nouveau au gouvernement, ce n'était pas un crime d'être pris en photo.

Brunetti avait beau vouloir jouer le citoyen ordinaire venu s'amuser au casino en compagnie de son épouse, il savait pertinemment qu'en ayant déjà eu la responsabilité de deux enquêtes de la police dans l'établissement, ces dernières années, il n'avait guère de chance de passer inaperçu.

À leur arrivée, l'homme de la réception le reconnut sur-le-champ ; apparemment, l'administration ne lui gardait pas rancune, car il eut droit à l'entrée des VIP, même s'il refusa les *fiches* qui allaient avec. Il acheta pour cinquante euros de jetons dont il donna la moitié à Paola.

Il n'était pas entré ici depuis des années, en tout cas pas depuis la fois où il avait arrêté le directeur. Peu de choses avaient changé : il reconnut certains des croupiers, dont deux qu'il avait également arrêtés la dernière fois, sous l'accusation d'avoir organisé une escroquerie ayant fait perdre au casino une somme qui n'avait jamais pu être évaluée, peut-être des millions, mais au moins des centaines de milliers d'euros. Mis en examen, jugés et condamnés, ils étaient de nouveau à leur place de croupier aux tables de jeu. En dépit de la présence de Paola à ses côtés, Brunetti commença à se dire qu'il n'allait peut-être pas avoir le bon temps escompté.

Ils se dirigèrent vers les tables de roulette, seul jeu que Brunetti se sentait capable de jouer : il n'exigeait aucune aptitude particulière pour compter les cartes ou calculer les chances de quoi que ce soit. On posait son argent sur la table. On gagnait. On perdait.

Circulant entre les tables, il étudia les gens qui se pressaient autour, cherchant à voir de face ceux qu'il n'avait vus qu'en profil perdu. La photo qui lui était parvenue le matin même n'était pas particulièrement bonne et ne comportait aucune indication sur la date, le lieu et l'identité du photographe. Peut-être prise par un téléphone portable, elle montrait un homme dans la trentaine, rasé de près. Il se tenait devant un bar, un café à la main, s'entretenant avec une personne qui n'apparaissait pas sur le cliché. Cheveux courts et sombres, bruns ou noirs : la définition de la photo rendait impossible de le dire. On ne voyait qu'une de ses joues et qu'un de ses sourcils, faisant un angle si marqué qu'il rappelait ceux d'un personnage de dessin animé. De stature moyenne, sa taille était difficile à déterminer. De même que la qualité de ses vêtements : cravate, veston, chemise de couleur claire.

Brunetti et Paola restèrent un moment à la périphérie des groupes attirés par la puissance magique de la roue, écoutant les *clic* des rebonds de la bille. Puis le claquement plus sourd à l'instant où elle tombait en place, et le silence : pas un soupir quand c'était perdu, pas un cri quand c'était gagné. À quel point ils étaient dépourvus d'enthousiasme, pensa Brunetti, à quel point leur joie était insipide...

Pris dans l'implacable tourbillon du jeu, quelques joueurs se voyaient refoulés, à sec, de l'ovale magique ; d'autres venaient prendre leur place, ce que firent Guido et Paola. Sans prendre la peine de regarder où il le mettait, Brunetti posa un jeton sur la table. Il attendit, observant ceux qui étaient en face de lui, lesquels n'avaient d'yeux que pour le croupier, puis pour la roue dès que la petite bille avait quitté sa main.

À côté de lui, Paola s'accrocha à son bras lorsque la bille tomba dans le numéro 7 et que son jeton alla en rejoindre beaucoup d'autres dans l'étroite fente de l'oubli ; elle se sentait aussi déprimée que si elle avait perdu dix mille euros et non pas dix. Ils restèrent là pendant deux ou trois autres tours, puis furent chassés par la poussée bovine de ceux qui attendaient derrière, avides de se ruiner.

Ils gagnèrent une autre table, restant à sa périphérie pendant un quart d'heure et observant les allées et venues des joueurs. L'attention de Brunetti fut attirée par un jeune homme – il ne devait pas être beaucoup plus vieux que Raffi – qui se trouvait en face de lui, de l'autre côté de la table. À chaque dernier appel du croupier à miser, il poussait une pile de jetons sur le numéro 12 et, à chaque fois, les jetons étaient balayés.

Brunetti étudia ce visage où restait encore quelque chose de la douceur de l'enfance. Il avait des lèvres pleines et brillantes, rappelant celles des saints brutaux peints par le Caravage. Ses yeux, des yeux qui auraient dû briller, ne serait-ce que de la déconvenue de pertes répétées, étaient aussi distants et opaques que ceux d'une statue. Ils n'allaient jamais jusqu'à la pile de jetons, qu'il choisissait au hasard : rouges, jaunes, bleus. Si bien qu'il ne pariait jamais la même somme, même si la pile de jetons – une dizaine – avait à peu près toujours la même hauteur.

Il perdait avec constance, et lorsqu'il n'y avait plus de jetons devant lui, il puisait dans la poche de sa veste et en tirait une nouvelle poignée qu'il empilait n'importe comment devant lui, sans les regarder, sans faire la moindre tentative de les classer par valeur.

Brunetti en vint du coup à se demander si le garçon n'était pas aveugle et ne jouait pas seulement à l'aide de son ouïe et de son toucher. Il l'observa un moment avec cette possibilité à l'esprit, puis le garçon se tourna dans sa direction avec une telle sinistre aversion dans le regard que Brunetti se sentit obligé de détourner les yeux, comme s'il venait de le surprendre à commettre un acte répugnant.

« Allons-nous-en d'ici », dit Paola. Il sentit qu'elle l'empoignait très fermement par le coude et l'entraînait dans l'étroit espace entre les tables. « Je ne peux pas supporter de regarder ce garçon, ajouta-t-elle, se faisant l'écho de ses réflexions.

— Viens, je te paie un verre.

— Dépensier, va ! » protesta-t-elle, mais elle se laissa conduire au bar où Brunetti réussit à la convaincre de prendre un whisky, boisson qu'elle n'aimait pourtant pas. Il lui passa le lourd verre carré, le heurta au sien et la regarda prendre une première gorgée. Elle fit la grimace, en en rajoutant sans doute plus qu'un peu, et déclara avec un soupir : « Je ne sais pas pourquoi, à chaque fois, j'accepte de goûter ce truc.

— Si ma mémoire est bonne, cela fait dix-neuf ans que tu me dis la même chose – depuis notre premier voyage à Londres.

— Et tu essaies toujours de me convertir, répliqua-t-elle en prenant une deuxième gorgée.

— Tu bois bien de la grappa, non ? demanda-t-il gentiment.

— Oui, mais *j'aime* la grappa. Tandis que ce machin (elle leva son verre), autant boire du diluant à peinture. »

Brunetti finit son whisky et reposa le verre sur le bar. Puis il commanda une *grappa di moscato* et prit le verre de Paola.

S'il s'était attendu à des protestations, il fut déçu. Elle le remercia et prit le verre de grappa que lui apporta le barman. Puis, se retournant vers la salle qu'ils venaient juste de quitter, elle dit : « C'est déprimant, ce spectacle. Dante a écrit quelque chose sur ces âmes-là. » Elle prit une gorgée de grappa. « Ce n'est pas plus gai, dans les bordels ? »

Brunetti faillit s'étouffer au point de recracher le whisky dans son verre. Il prit son mouchoir et s'essuya les lèvres. « Qu'est-ce que tu as dit ?

— Je parle sérieusement, Guido, répondit-elle d'un ton tout à fait charmant. Je ne suis jamais entrée dans un de ces… établissements, et je me demande si, au moins là, les gens arrivent à s'amuser un peu.

— Et c'est à moi que tu poses la question ? » Ne sachant sur quel ton protester, il avait fini par adopter un mélange d'indignation et d'amusement.

Paola ne dit rien, sirotant sa grappa. C'est finalement Guido qui reprit la parole. « Je suis allé dans deux, non, trois. » Il fit signe au barman, puis lui montra son verre avec un geste circulaire de l'index.

Quand arriva la nouvelle consommation, Brunetti continua. « La première fois, c'est quand j'étais à Naples. J'avais été chargé d'arrêter le fils d'une maquerelle qui habitait chez maman tout en poursuivant des études universitaires.

— Qu'est-ce qu'il étudiait ?

— Le management.

— Bien entendu, dit-elle avec un sourire. Et il y en avait qui avaient l'air de s'amuser ?

— J'avoue ne pas y avoir prêté attention. Nous y sommes allés à trois pour l'arrêter.

— Pour quel crime ?

— Homicide.

— Et les autres fois ?

— Une fois, à Udine. Pour y interroger une des pensionnaires.

— C'était pendant les heures de travail ? » question qui évoqua pour elle le tableau imaginaire de femmes pointant comme à l'entrée de l'usine, puis prenant des bas résille et des talons hauts dans leur casier, ayant des pauses café régulières et assises autour d'une table à bavarder, fumer et manger.

« Oui, répondit-il, comme si trois heures du matin était une heure ouvrable normale.

— Et les gens s'amusaient ?

— Il était probablement trop tard pour le dire. Presque tout le monde dormait.

— Même celle que tu étais venu interroger ?

— Il s'avéra que ce n'était pas la bonne.

— Et la troisième fois ?

— Une affaire à Pordenone, dit-il de sa voix la plus distante. Mais quelqu'un avait dû les prévenir, parce que la maison était vide quand nous sommes arrivés.

— Ah, soupira-t-elle avec nostalgie, j'aurais tellement aimé savoir.

— Désolé de ne pouvoir t'éclairer. »

Elle posa son verre vide sur le bar et se mit sur la pointe des pieds pour l'embrasser sur la joue. « Tout bien considéré, je suis plutôt contente que tu ne puisses pas… On y retourne, pour perdre les jetons qui nous restent ? »

12

Ils retournèrent dans la salle de jeu, se contentant de rester à la périphérie des gens massés autour des tables, bien plus attentifs aux visages des joueurs qu'aux sommes qu'ils pouvaient perdre ou gagner. Semblable à sainte Catherine d'Alexandrie, le jeune homme était toujours attaché à sa roue : l'indicible tristesse qui se dégageait de lui obligea Brunetti à détourner les yeux. Il aurait dû être en train de courir les filles, ce jeune homme, d'encourager de ses cris quelque stupide équipe de foot ou un groupe de rock déchaîné, d'escalader une montagne, bref de faire quelque chose – n'importe quoi – d'excessif, de téméraire, de fou, pour brûler son énergie juvénile et se constituer d'inoubliables souvenirs.

Brunetti empoigna Paola par le coude et l'entraîna, sinon la traîna, jusque dans la salle suivante où d'autres personnes, assises autour d'une table ovale, soulevaient les angles de leurs cartes pour y jeter des coups d'œil furtifs. Brunetti se prit à évoquer les bars de sa jeunesse, où des ouvriers d'aspect rude se retrouvaient après le travail pour d'interminables parties de *scopa*. Il se rappelait les verres minuscules, évasés, d'un vin rouge si foncé qu'il paraissait noir, que chaque joueur avait à portée de la main et dont ils prenaient une gorgée entre deux levées de cartes. Le niveau ne semblait jamais diminuer, alors que Brunetti n'avait aucun souvenir que ces hommes aient commandé plus d'un verre par soirée. Ils jouaient avec exubérance, faisaient claquer les cartes gagnantes avec une telle vigueur que les pieds de la table en tremblaient et se penchaient parfois avec des cris de joie pour tirer à eux les gains de la soirée. Gains qui ne devaient guère s'élever à plus d'une centaine de lires, soit le prix de la tournée pour tous les joueurs.

Il se rappelait aussi les cris d'encouragement de ceux qui se tenaient debout au bar, des joueurs de billard qui, appuyés sur leur queue, regardaient des copains s'adonnant à un autre jeu et lançaient au besoin des commentaires. Certains s'étaient lavé le visage et avaient enfilé un veston propre avant de venir ; d'autres arrivaient directement du travail et étaient encore en bleu de chauffe et lourdement bottés. Qu'étaient devenus ces vêtements et ces bottes ? Qu'était-il advenu de tous ces hommes, en réalité, qui travaillaient avec leur corps et leurs mains ? Avaient-ils été remplacés par les délicats gringalets qui géraient les boutiques chics et donnaient l'impression qu'une valise un peu lourde ou un coup de vent un peu fort les renverseraient ?

Il sentit la pression du bras de Paola autour de sa taille. « On va devoir endurer ça encore longtemps ? » demanda-t-elle. Il consulta sa montre et constata qu'il était minuit passé. « Il n'est peut-être venu ici qu'une fois », ajouta-t-elle en essayant, sans succès, d'étouffer un bâillement.

Brunetti parcourut des yeux les personnages qui se tenaient autour des tables. Ces gens auraient pu être au lit, en train de lire ou de faire autre chose. Mais non, ils étaient ici, à regarder de petites billes, ou des morceaux de carton, ou des petits cubes blancs emporter ce qu'ils avaient mis des semaines, voire des années à gagner au travail. « Tu as raison, dit-il, se penchant pour l'embrasser sur le crâne. Dire que je t'avais promis un bon moment – regarde-moi ça ! »

Il sentit, plus qu'il ne vit, son haussement d'épaules.

« Il faut que j'aille voir le directeur pour lui montrer cette photo et voir s'il reconnaît notre homme. Veux-tu venir avec moi ou préfères-tu m'attendre ici ? »

Plutôt que de répondre, elle se tourna et prit la direction de la porte conduisant à l'escalier. Il la suivit. Une fois en bas, elle s'assit sur une banquette située en face des bureaux de la direction, ouvrit son sac, en sortit un livre et ses lunettes, et se mit à lire.

Brunetti frappa à la porte, mais personne ne répondit. Il alla alors à la réception et demanda à parler au responsable de la sécurité, lequel arriva une minute plus tard après un discret coup de téléphone. Grand, plus jeune de quelques années que Brunetti, Claudio Vasco portait un smoking tellement élégant qu'il aurait pu faire concurrence à la commissaire Griffoni. Il avait été engagé pour remplacer l'un des hommes arrêtés, si bien qu'il sourit à Brunetti quand celui-ci donna son nom en lui serrant la main.

Vasco le ramena dans le couloir, ce qui les fit passer devant Paola – laquelle ne prit pas la peine de lever les yeux de son livre –, et ils entrèrent dans le bureau du directeur. Sans prendre la peine de s'asseoir, il étudia la photo et Brunetti, en le regardant, eut l'impression de le voir faire défiler un catalogue de visages dans sa tête. Puis Vasco laissa retomber la main qui tenait la photo et regarda Brunetti. « C'est bien vous qui avez arrêté les deux, là-haut ? demanda-t-il en levant les yeux vers le plafond et l'étage où travaillaient les deux croupiers.

— En effet. »

Vasco sourit et rendit la photo à Brunetti.

« Alors je suis votre débiteur. J'espère simplement que vous avez fait assez peur à ces deux salopards pour qu'ils se tiennent tranquilles au moins pendant un moment.

— Un moment seulement ? »

Vasco regarda Brunetti comme s'il s'était mis à parler le langage des oiseaux. « Eux ? C'est juste une question de temps – le temps qu'ils trouvent une nouvelle combine. Ou bien que l'envie leur prenne d'aller se dorer aux Seychelles. Nous consacrons plus de temps à leur surveillance qu'à celle des clients », répondit-il d'un ton fatigué. Il montra la photo d'un mouvement de tête. « Il est venu à plusieurs reprises, une fois avec un autre type. Il a une trentaine d'années, il est un peu plus petit que vous et plus mince.

— Et l'autre ? demanda Brunetti.

— Je ne m'en souviens pas bien, admit Vasco. Toute mon attention était concentrée sur le premier », dit-il en donnant une chiquenaude à la photo.

Brunetti souleva un sourcil. « Je vous en parlerai quand j'aurai consulté le registre », expliqua Vasco. Brunetti savait que toutes les personnes fréquentant le casino étaient enregistrées, mais il ignorait pendant combien de temps les dossiers étaient conservés.

« Comme je l'ai dit, je suis votre débiteur, commissaire, reprit Vasco en se dirigeant vers la porte, où il se retourna. Mais même si ce n'était pas le cas, je ne demanderais qu'à vous aider à retrouver ce salopard, en particulier si cela doit lui valoir des ennuis. » Sur quoi Vasco eut un sourire qui le faisait paraître plus jeune de dix ans et s'éclipsa, laissant ouverte la porte du bureau.

Du coup, par l'ouverture, Brunetti voyait Paola qui n'avait pas non plus levé le nez quand Vasco était parti. Il alla s'asseoir à côté d'elle, sur la banquette du couloir. « Qu'est-ce que tu lis, ma chérie ? » demanda-t-il d'une voix grave.

Elle l'ignora et tourna la page.

Il se rapprocha et passa la tête entre le livre et elle. « C'est qui ça, la princesse Machin ?

— Casamassima*, dit-elle en se dégageant.

— C'est bien ? demanda-t-il, se rapprochant de nouveau.

— Passionnant », répondit-elle. Voyant qu'elle était à l'extrémité de la banquette, elle lui tourna le dos.

« Tu lis beaucoup de livres, n'est-ce pas, mon ange ? » insista-t-il de la même fois rauque et intrusive – la voix de tous les dingues qui viennent vous faire la conversation sur le vaporetto.

« Oui, je lis beaucoup de livres, répliqua-t-elle, ajoutant poliment : Mon mari est policier, alors vous avez peut-être intérêt à me laisser tranquille.

— Tu n'es pas obligée de te montrer revêche, mon ange. » Il avait pris un ton geignard.

« Je sais. Mais j'ai un revolver dans mon sac et je vais vous tirer dessus si vous ne me fichez pas la paix.

— Oh », dit Brunetti en s'éloignant. Une fois à l'autre bout de la banquette, il croisa les jambes et se perdit dans la contemplation de la gravure du pont du Rialto, sur le mur

* *La Princesse Casamassima*, roman de Henry James.

en face. Paola tourna une page et se retrouva de nouveau à Londres.

Il changea de position et appuya sa tête contre le mur. Il se demanda si Guarino ne l'avait pas délibérément conduit à penser que son suspect vivait dans le secteur. Peut-être le carabinier craignait-il que la participation de Brunetti ne compromette sa maîtrise de l'enquête. Ou peut-être était-il incertain, quant à la fiabilité de son collègue. Et qui aurait pu le lui reprocher? Brunetti n'avait qu'à évoquer le lieutenant Scarpa pour se rappeler que la meilleure sécurité était la confiance apparente. Et ce pauvre Alvise qui avait passé six mois à travailler avec Scarpa, apprenant à rechercher ses louanges. Si bien que maintenant on ne pouvait plus faire confiance à Alvise, non seulement à cause de sa stupidité foncière, mais parce que sa tête de piaf avait été tournée par l'attention que lui avait portée le lieutenant et qu'on pouvait compter sur lui pour qu'il se précipite chez Scarpa pour lui rapporter la moindre chose qu'il apprenait.

Il eut vaguement conscience d'une main se posant sur son épaule gauche; croyant que c'était Paola qui délaissait un instant la princesse Casamassima, il posa la sienne dessus et la serra. La main se retira précipitamment et quand il rouvrit les yeux, il vit Vasco qui se tenait devant lui, l'air choqué.

« Je vous ai pris pour ma femme », fut tout ce que Brunetti trouva à dire, tournant la tête vers Paola. Elle observait de son côté les deux hommes, n'ayant pas l'air de les trouver plus intéressants que son livre.

« Nous parlions avant qu'il ne s'endorme », expliqua-t-elle à Vasco, qui cligna des yeux pour digérer l'information, puis sourit, se pencha sur Brunetti et lui donna une tape sur l'épaule.

« Vous n'imaginez pas les choses que j'ai pu voir dans cet endroit », dit-il. Puis il brandit deux feuilles de papier. « J'ai les copies de leur passeport », dit-il avant de retourner dans le bureau.

Brunetti se leva et le suivit.

Les deux documents étaient posés sur le bureau, et il vit deux hommes qui le regardaient : celui de la photo et un autre, plus jeune, aux cheveux lui retombant sur les épaules et apparemment dépourvu de cou. « Ils sont venus ensemble », dit Vasco.

Brunetti prit la première. « Antonio Terrasini, lut-il, né à Plati. » Brunetti leva les yeux sur Vasco. « C'est où, Plati ?

— J'ai pensé que ça vous intéresserait, répondit l'homme avec un sourire. J'ai fait vérifier par les filles. Aspromonte, juste au-dessus du parc National.

— Qu'est-ce qu'un Calabrais fabrique ici ?

— Je suis des Pouilles, répondit Vasco d'un ton neutre. Vous pourriez me poser la même question.

— Désolé », dit Brunetti en reposant la première feuille pour prendre la seconde. « Giuseppe Strega. Né dans la même ville, mais huit ans plus tard.

— Je l'ai remarqué, dit Vasco. Les filles de l'accueil partagent votre curiosité pour le premier, mais sans doute pour d'autres raisons : elles le trouvent beau gosse. L'autre aussi, d'ailleurs. » Vasco reprit les documents et étudia les visages, celui de Terrasini avec ses sourcils en accent circonflexe et ses yeux en amande, celui de l'autre avec sa tignasse de poète encadrant son visage comme deux ailes. « Moi, ça ne me saute pas aux yeux », conclut Vasco en reposant les deux feuilles sur le bureau.

Ça ne sautait pas davantage à ceux de Brunetti. « Étranges créatures, les femmes, n'est-ce pas ? Pourquoi un salopard ?

— Parce qu'il est mauvais perdant, répondit Vasco. Personne n'aime perdre, évidemment. Même si quelque chose me dit que pour certains, ça leur est égal, à ceci près qu'ils ne s'autorisent pas à le penser. » Il regarda Brunetti pour voir s'il était suivi, et continua dès que le policier eut acquiescé. « Un soir, il a perdu – pas loin de cinquante mille euros. Je ne sais pas exactement combien, car un de mes hommes de la sécurité m'a appelé pour m'avertir qu'il y avait un gros perdant à une des tables de black jack et qu'il craignait des histoires. C'est là que ceux qui s'imaginent plus malins que les autres croient toujours qu'ils vont gagner : en comptant les cartes, en utilisant une martingale ou une autre. Ils sont tous cinglés : ceux qui gagnent toujours, c'est nous. » Voyant l'expression de Brunetti, il dit : « Désolé, c'est sans importance, n'est-ce pas ? Bref, quand je suis arrivé, je l'ai tout de suite repéré. Le type avait tout d'une bombe à retardement. Il dégageait autant d'énergie qu'un fourneau.

« J'ai vu qu'il ne lui restait plus que quelques jetons. J'ai donc décidé de rester jusqu'à ce qu'il ait tout perdu. Cela lui a pris deux donnes et dès que le croupier a eu ratissé son dernier jeton, il a commencé à crier, en disant que les cartes étaient truquées, que le croupier n'avait pas donné de seconde main. »

Vasco haussa les épaules pour exprimer son irritation et sa résignation. « Ça n'arrive pas souvent, mais dans ces cas-là, ils disent tous la même chose. Ils font les mêmes menaces.

— Qu'avez-vous fait ?

— Giulio – l'homme qui m'avait appelé – se tenait à ce moment-là juste à côté de lui et nous l'avons encadré, et... nous l'avons aidé à quitter la table et à regagner l'escalier. Puis à le descendre. Il s'est un peu calmé en chemin, mais nous estimions toujours qu'il fallait nous débarrasser de lui.

— Et vous l'avez fait ?

— Oui. Nous avons attendu qu'il reprenne son manteau et nous l'avons accompagné – escorté – jusqu'à la porte.

— Il a dit quelque chose ? Il vous a menacés ?

— Non, mais vous auriez dû sentir ça », répondit Vasco qui parut alors se souvenir de la manière dont Brunetti lui avait touché la main, et se reprit : « Il fallait le voir. On aurait dit qu'il était traversé par un courant électrique. On l'a donc conduit jusqu'à la porte en l'appelant *signore* et en étant ultrapolis avec lui, comme nous devons le faire, et nous avons attendu qu'il se soit éloigné.

— Et ensuite ?

— Ensuite, nous sommes retournés le mettre sur la liste.

— La liste ?

— Oui, la liste des tricards. Quand les gens ont ce genre de comportement, ou lorsqu'un parent nous appelle et nous demande de ne pas les laisser entrer, nous leur interdisons notre porte. » Il haussa de nouveau les épaules. « Ce qui ne change pas grand-chose. Ils peuvent toujours aller à Campione, ou à Jesolo, sans parler de toutes les maisons privées de la ville où on peut flamber, en particulier depuis que les Chinois se sont installés ici. Mais au moins, nous nous sommes débarrassés de lui.

— L'incident remonte à quand ?

— Je ne me souviens pas exactement. La date devrait figurer là, dit-il en montrant le papier. Oui, le vingt novembre.

— Et celui qui l'accompagnait ?

— À l'époque, j'ignorais qu'ils étaient venus ensemble. Je l'ai appris plus tard, quand j'ai été consulter la liste. Je ne me souviens pas d'avoir vu le second type.

— Il est tricard, lui aussi ? demanda Brunetti.

— Aucune raison pour ça. »

Brunetti montra les photocopies. « Puis-je les prendre ?

— Bien sûr. Je vous ai dit que je vous devais une faveur.

— Pouvez-vous m'en faire une deuxième ?

— Si c'est possible, oui.

— Enlevez-le de la liste des tricards et appelez-moi s'il vient.

— Donnez-moi votre numéro et je le ferai, répondit Vasco. Je dirai aux filles de vous appeler si je ne suis pas là.

— D'accord, dit Brunetti, pensant alors à demander : Vous croyez qu'on peut faire confiance à des femmes qui le trouvent si séduisant ? »

Un sourire vint éclairer le visage de Vasco. « Je leur ai raconté que vous aviez arrêté ces deux bâtons merdeux, là-haut. Vous pouvez dorénavant leur faire entièrement confiance.

— Merci.

— Sans compter, ajouta Vasco en prenant les documents et en les tendant à Brunetti, que ce sont des flambeurs et que pas une ne voudrait les toucher, même avec des pincettes. »

13

Le lendemain matin, Brunetti se rendit avec les photocopies dans le bureau de la signorina Elettra. Comme pour être en harmonie avec les journaux, elle était en noir et blanc, portant ce qui semblait un Levi's noir – mais un Levi's noir qui serait passé par les mains d'un tailleur – et un haut à col roulé d'une telle blancheur qu'il se mit à craindre qu'elle ne se tache en touchant les documents. Elle étudia les photos des deux hommes, allant de l'un à l'autre à plusieurs reprises, et déclara finalement : « La beauté du diable, hein ?

— Oui », répondit Brunetti, se demandant pourquoi telle était la première réaction des femmes devant ces deux hommes. On soupçonnait l'un d'eux d'être impliqué dans un meurtre, mais qu'ils étaient « beaux gosses » était tout ce que les femmes trouvaient à dire. De quoi douter, pour un homme, de la présence du simple bon sens chez les femmes. La meilleure part de lui-même l'empêcha néanmoins d'ajouter, à la liste de ses griefs, le fait que les deux hommes étaient méridionaux et qu'au moins l'un d'eux portait le nom d'une famille bien connue de la Camorra.

« Je me demandais si vous aviez accès, ou pourriez avoir accès, aux archives du ministère de l'Intérieur, dit Brunetti avec le calme du criminel endurci. Les archives des passeports. »

La signorina Elettra approcha les photos de sa lampe et les étudia de plus près. « C'est difficile de dire, à partir d'une photocopie, si un passeport est authentique ou non, répondit-elle avec le calme de ceux qui sont habitués au comportement des criminels endurcis.

— Pas de ligne directe avec les bureaux du ministère? s'étonna-t-il avec une fausse jovialité.

— Non, malheureusement », répliqua-t-elle sans broncher. D'un air absent, elle prit un crayon, le pointa vers le bureau, fit coulisser ses doigts dessus, le mit dans l'autre sens et répéta le mouvement à plusieurs reprises avant de le laisser retomber. « Je vais commencer par le service des passeports », dit-elle comme si leurs archives étaient juste devant elle et qu'elle n'avait qu'à les feuilleter. D'un geste machinal, elle tapota les photos avec le côté gomme du crayon. « S'ils sont authentiques, je vérifierai dans nos dossiers pour voir si nous n'avons rien sur eux… Et pour quand voulez-vous tout ça, dottore?

— Pour hier?

— Difficile.

— Pour demain? proposa-t-il alors, décidant de ne pas être trop exigeant en ne répondant pas “pour aujourd'hui”.

— Si ce sont leurs vrais noms, je devrais avoir quelque chose dès demain. Ou s'ils ont utilisé ces noms assez longtemps pour être quelque part dans notre système. » Ses doigts coulissaient de nouveau sur le crayon et Brunetti eut l'impression de voir son esprit glisser d'une possibilité à l'autre.

« Il n'y a pas autre chose que vous pourriez me dire sur eux? demanda-t-elle.

— L'homme qui a été assassiné à Tessera était en relation avec celui-ci, répondit Brunetti en pointant un doigt vers la photo d'Antonio Terrasini. L'autre l'a accompagné au casino, où Terrasini a perdu une grosse somme d'argent. Il a fallu le mettre dehors quand il a commencé à s'en prendre aux croupiers.

— Les gens perdent toujours, observa-t-elle, peu intéressée par le sujet. La question est de savoir d'où il tenait tout cet argent, n'est-ce pas?

— C'est toujours intéressant de savoir d'où provient la fortune des gens, et encore plus quand ils la dilapident en jouant. »

Elle regarda les photos encore un moment. « Je vais voir ce que je peux trouver.

— Je vous en serai reconnaissant.

— Bien sûr. »

Il quitta le petit bureau pour regagner le sien. Au pied de l'escalier, il leva les yeux et aperçut Pucetti avec, à ses côtés, une femme habillée d'un manteau long. Un coup d'œil à ses chevilles lui rappela immédiatement la première fois où il avait vu Franca Marinello, dont il avait justement remarqué les élégantes chevilles pendant qu'elle franchissait le pont, devant lui.

Ses yeux remontèrent jusqu'à la tête de la femme, mais elle portait un bonnet de laine qui cachait ses cheveux, mis à part deux ou trois mèches qui en dépassaient. Des mèches blondes.

Brunetti accéléra le pas et appela Pucetti quand il fut deux marches derrière eux.

Le jeune policier se tourna et eut un sourire embarrassé quand il aperçut son supérieur. « Ah, commissaire », dit-il. La femme se tourna à son tour, et Brunetti vit que c'était en effet Franca Marinello.

Le froid avait coloré ses joues d'une bizarre nuance violacée, tout en laissant à son menton et à son front la pâleur de celle qui ne s'expose jamais au soleil. Ses yeux s'adoucirent et Brunetti reconnut l'expression qu'elle utilisait en guise de sourire. « Ah, signora, dit-il, sans cacher son étonnement. Qu'est-ce qui vous amène ici ?

— J'ai pensé me prévaloir du fait que nous nous sommes rencontrés l'autre soir, commissaire, dit-elle de sa voix grave. Il y a quelque chose que j'aimerais vous demander, si vous le voulez bien. Ce jeune homme s'est montré très aimable. »

Mis ainsi sur la sellette, Pucetti s'expliqua. « La signora m'a dit qu'elle était une amie à vous, commissaire, et a demandé à vous parler. J'ai appelé deux ou trois fois à votre bureau mais vous n'y étiez pas, et j'ai pensé que le mieux était d'y conduire la signora. Plutôt que de la faire attendre au rez-de-chaussée. Je savais que vous étiez dans le bâtiment. » Il se tut, à court de mots.

« Merci, Pucetti. Tu as très bien fait. » Brunetti franchit les quelques marches qui les séparaient et échangea une poignée de main avec Franca Marinello. « Allons donc dans mon bureau », dit-il avec un sourire, avant de remercier à nouveau Pucetti et de la précéder dans l'escalier.

En entrant, il vit son antre comme elle devait le voir : un bureau couvert de petites piles de papier écroulées, avec un téléphone, une grosse tasse en porcelaine ornée d'un blaireau (cadeau de Noël de Chiara) remplie de crayons et de stylos, un verre vide. Les murs, remarqua-t-il pour la première fois, auraient eu besoin d'un bon coup de peinture. Une photo solitaire du président de la République était accrochée au mur, derrière le bureau, et il y avait sur la gauche un crucifix que Brunetti n'avait jamais pris la peine d'enlever. Le calendrier de l'an passé était toujours accroché à l'autre mur, et la porte de la penderie était ouverte, son foulard traînant sur le sol. Brunetti prit le manteau de Franca Marinello, l'accrocha et expédia le foulard à l'intérieur d'un coup de pied tant qu'il était là. Elle mit ses gants dans son bonnet et les lui tendit. Il posa le tout sur l'étagère et partit vers son bureau.

« J'aime bien voir l'endroit où les gens travaillent », dit-elle en regardant autour d'elle tandis qu'il lui présentait une chaise. Il lui demanda si elle désirait un café, mais elle déclina son offre et il s'assit sur l'autre chaise, tourné vers elle.

Elle poursuivit son examen de la pièce, puis regarda par la fenêtre ; Brunetti en profita pour l'étudier. Elle était habillée simplement, d'un chandail beige et d'une jupe sombre qui lui tombait à mi-mollet. Ses chaussures avaient des talons bas et privilégiaient le confort sur l'élégance. Elle tenait son sac à main en cuir sur ses genoux et le seul bijou qu'elle portait était son alliance. Il remarqua que la chaleur avait pratiquement fait disparaître la nuance violacée de ses joues.

« Et c'est pour cette raison que vous êtes venue ici ? demanda finalement Brunetti, pour voir où je travaillais ?

— Non, pas du tout », répondit-elle en se penchant pour poser son sac sur le sol. Quand elle releva la tête, il observa une certaine tension dans son visage, mais il renonça à l'interpréter : c'était avant tout sa voix qui trahissait ses émotions, une voix riche et profonde, l'une des plus suaves qu'il ait jamais entendues.

Brunetti croisa les jambes et afficha un demi-sourire intéressé. Il avait tenu tête à des maîtres du silence et lui tiendrait tête, s'il le fallait.

« C'est en fait à propos de mon mari que je suis venue, dit-elle. De ses affaires. »

Brunetti acquiesça mais ne dit rien.

« Hier soir, il m'a dit que quelqu'un avait essayé d'entrer dans les dossiers de certaines de ses sociétés.

— Une tentative d'effraction ? » demanda-t-il, sachant très bien que ce n'était pas le cas.

Ses lèvres bougèrent et sa voix s'adoucit. « Non, non, pas du tout. J'aurais dû être plus claire. Il m'a confié que l'un de ses informaticiens – je sais qu'ils ont des titres, ces gens-là, mais j'ignore lesquels – lui a dit hier qu'il y avait des preuves que quelqu'un avait fait intrusion dans leurs ordinateurs.

— Et volé quelque chose ? » demanda Brunetti. Puis il ajouta, parlant tout à fait sérieusement : « Je crains de ne pas être celui à qui vous devez vous adresser pour ces questions. Je n'ai que des connaissances des plus sommaires sur ce qu'on peut faire avec un ordinateur. » Il sourit pour montrer sa bonne foi.

« Vous connaissez la loi, cependant, non ?

— Sur ces questions-là ? demanda Brunetti qui fut bien obligé d'avouer, quand elle hocha la tête : Non, j'ai bien peur que non. Il vaudrait mieux s'adresser à un magistrat, ou à un avocat. » Puis, comme si l'idée venait juste de lui venir, il dit : « Votre mari doit bien avoir un avocat à qui il pourrait le demander. »

Elle regarda ses mains, qu'elle tenait croisées sur ses genoux. « Oui, il en a un. Mais il préfère ne pas lui demander. En réalité, après m'avoir raconté ça, il m'a dit, en quelque sorte, qu'il n'allait rien faire du tout. » Elle leva les yeux sur Brunetti.

« Je ne suis pas certain de bien comprendre, dit Brunetti en croisant son regard.

— L'homme qui l'a averti, l'informaticien, lui a expliqué que l'intrus n'avait fait qu'ouvrir certains dossiers, concernant ses actifs bancaires et ses parts dans des entreprises, comme s'il essayait d'évaluer ce qu'il possédait et ce qu'il pesait. » Elle abaissa de nouveau les yeux sur ses mains; Brunetti suivit cette fois son regard et vit que c'était les mains d'une jeune femme. « Il lui a dit aussi qu'il se pouvait que ce soit une enquête de la *Guardia di Finanza*.

— Dans ce cas, puis-je savoir pourquoi vous êtes venue me voir ? » demanda-t-il, sa curiosité non feinte.

Elle avait des lèvres bien rouges et pleines ; elle fit passer nerveusement ses incisives sur l'inférieure, la mordillant légèrement. Elle chassa d'une main une mèche de cheveux blonds égarée sur son visage et il se demanda presque malgré lui si sa peau avait une sensibilité normale ou si elle avait vu la mèche plutôt que de la sentir.

Au bout d'un moment – Brunetti ayant l'impression qu'elle cherchait aussi comment s'expliquer à ses propres yeux –, elle répondit : « L'idée qu'il ne veuille rien faire m'inquiète. Ce qui s'est passé est illégal. En tout cas, je le suppose. C'est une intrusion ; d'une certaine manière, c'est un cambriolage. Il m'a dit que son informaticien s'en occuperait, mais j'ai bien compris qu'en réalité, il n'allait rien faire.

— Je ne suis toujours pas certain de comprendre pourquoi vous êtes venue m'en parler, insista Brunetti. Je ne peux strictement rien faire tant que votre mari ne dépose pas officiellement plainte. À ce moment-là, un magistrat devra examiner le cas, étudier les preuves et constater s'il y a eu délit – et si oui, quelle sorte de délit ou de quelle gravité. » Il se pencha vers elle, parlant d'un ton amical. « Et tout cela prendra un certain temps, j'en ai peur.

— Non, non, ce n'est pas ce que je souhaite. Si mon mari veut laisser tomber, c'est sa décision. Ce qui m'inquiète, c'est la *raison* pour laquelle il préfère laisser tomber. » Il n'y eut pas d'hésitation dans son regard quand elle ajouta : « J'ai pensé que je pouvais vous le demander. » Elle ne s'expliqua pas davantage.

« Si c'est la *Guardia di Finanza*, observa Brunetti au bout d'un certain temps, ne voyant pas de raison de ne pas s'exprimer honnêtement, au moins sur ce point, c'est sans doute une question d'ordre fiscal, autre domaine dans lequel je n'ai aucune compétence. » Elle acquiesça de la tête. « Seuls votre mari et ses comptables sont au courant, dans ce cas.

— Oui, je sais, admit-elle rapidement. Je ne pense pas qu'il y ait du souci à se faire de ce côté. »

Réponse, comprenait Brunetti, qui pouvait signifier plusieurs choses. Soit que son mari ne pratiquait pas d'évasion fiscale, ce que le policier aurait eu du mal à croire, soit que ses comptables étaient des experts dans l'art du maquillage, explication déjà beaucoup plus convaincante. Ou encore, et tout aussi facilement, vu la fortune et la position de Cataldo, celui-ci avait une relation haut placée, à la *Guardia di Finanza*, en mesure de faire disparaître les irrégularités compromettantes. « Envisagez-vous d'autres possibilités ? demanda-t-il.

— Il pourrait y en avoir plusieurs, répondit-elle avec un sérieux que Brunetti trouva inquiétant.

— Telles que ? »

Elle repoussa la question d'un geste, mit à nouveau les mains sur ses genoux, doigts croisés, et le regarda. « Mon mari est un homme honnête, commissaire. » Elle attendit un commentaire qui ne vint pas et répéta alors : « Honnête. » Nouvelle attente, nouvelle déception. « Je sais que cela doit paraître peu crédible, en parlant de quelqu'un qui connaît une telle réussite. » Soudain, comme si Brunetti avait émis une objection, elle ajouta : « Je vous donne l'impression de parler de ses affaires, mais ce n'est pas ça. Je n'en sais d'ailleurs que peu de chose, et c'est très bien comme ça. Elles regardent son fils – c'est son droit – et je ne veux pas m'en mêler. Je ne saurais vous parler de ce qu'elles sont. Mais je le connais comme homme, et je sais qu'il est honnête. »

En l'écoutant, Brunetti avait dressé la liste mentale de tous les hommes honnêtes qu'il connaissait, poussés à la malhonnêteté du fait de multiples bonnes raisons. Dans un pays où les fausses banqueroutes n'étaient plus qu'un délit mineur, il fallait peu de choses pour qu'on considère qu'un homme était honnête.

« … s'il était romain, on le considérerait comme un homme honorable », conclut-elle. Brunetti n'eut guère de difficultés à reconstituer la partie que, distrait par ses pensées, il n'avait pas écoutée.

« Signora, commença-t-il, décidant de voir ce que donnerait un ton un peu plus formel, je ne suis toujours pas sûr de pouvoir vous aider en quoi que ce soit. » Sur quoi il sourit pour montrer sa bonne volonté. « Vous m'aideriez considérablement si vous me disiez plus précisément de quoi vous avez peur. »

Elle se mit, dans un geste qui parut tout à fait machinal à Brunetti, à se frotter le front de sa main droite. Ce faisant, elle se tourna vers la fenêtre et Brunetti vit, mal à l'aise, la traînée blanche laissée par le passage de ses doigts sur la peau. Elle le surprit en se levant soudain pour aller à la fenêtre, puis de nouveau en lui lançant, sans se retourner : « C'est San Lorenzo, n'est-ce pas ?

— En effet. »

Elle continua à contempler, de l'autre côté du canal, l'église éternellement en restauration. « On l'a mis sur un gril et on l'a fait rôtir, si je me rappelle bien ? dit-elle au bout d'un moment. On voulait le faire renoncer à sa foi, je crois.

— C'est la légende, oui. »

Elle fit demi-tour et revint vers Brunetti. « Toutes ces souffrances, chez les chrétiens. Ils adoraient vraiment ça, il n'y en avait jamais assez. » Elle se rassit et le regarda. « Je crois que c'est l'une des raisons pour lesquelles j'admire les Romains. Ils n'aiment pas souffrir. Apparemment, mourir ne leur posait pas de problème, ils avaient une attitude d'une réelle noblesse vis-à-vis de la mort. Mais ils ne prenaient pas de plaisir à la souffrance, du moins quand elle les concernait, pas comme les chrétiens.

— Avez-vous terminé Cicéron et entrepris d'attaquer l'ère chrétienne ? demanda-t-il ironiquement, dans l'espoir d'alléger l'atmosphère.

— Non, les auteurs chrétiens ne m'intéressent pas vraiment. Comme je l'ai dit, ils aiment trop la souffrance. » Elle se tut un instant, lui adressant un long regard calme. « En ce moment, je lis les *Fastes* d'Ovide. Je ne l'avais jamais fait

– je n'en avais jamais éprouvé le besoin. » Puis avec conviction, comme si elle pensait que Brunetti pourrait avoir envie de rentrer chez lui pour se jeter sur Ovide, elle ajouta : « Le Livre II. Tout est là. »

Brunetti sourit. « Cela remonte à tellement longtemps que je ne me rappelle même pas si je les ai lus ou non. Vous devez me pardonner. » Ce fut le mieux qu'il put trouver à répondre.

« Oh, il n'y a rien à pardonner, commissaire, pour ne pas les avoir lus », dit-elle, esquissant elle aussi un sourire. Puis la voix soudain différente et son visage reprenant sa fixité, elle ajouta : « Rien à pardonner non plus de ce qu'il y a d'écrit là-dedans. » De nouveau le long regard appuyé. « Vous aurez peut-être envie de les lire, un jour. »

Puis, sans transition, comme si cette incursion dans la littérature romaine n'avait pas eu lieu ou comme si elle avait senti qu'il s'impatientait, elle dit : « C'est le kidnapping que je crains. » Elle hocha la tête avec conviction à plusieurs reprises. « Je sais que ça peut paraître délirant, d'autant que c'est quelque chose qu'on n'a jamais vu à Venise, mais c'est la seule explication que j'ai pu trouver. L'intrusion a peut-être été faite par quelqu'un voulant savoir combien Maurizio pourrait payer.

— Si vous étiez enlevée ? »

Elle eut une expression de surprise qui n'était nullement feinte. « Qui pourrait vouloir m'enlever, moi ? » Se rendant sans doute compte de ce qu'elle venait de dire, elle se hâta d'ajouter : « C'est à son fils que je pensais. Matteo. C'est lui l'héritier. » Elle eut un haussement d'épaules comme si elle jugeait qu'elle ne comptait pour rien. « Ou encore à son ex-femme. Elle est très riche, et elle possède une villa dans la campagne, du côté de Trévise. »

Brunetti adopta un ton léger pour répondre. « Il semble que vous ayez beaucoup réfléchi à la question, signora.

— Bien sûr. Mais je ne sais pas quoi en conclure. J'ignore tout de ce genre d'affaires : c'est pourquoi je suis venue vous voir, commissaire.

— À titre professionnel, en somme ? » demanda-t-il, souriant.

Ce ton badin réussit au moins à briser la tension qui montait en elle, et elle se détendit visiblement. « Il y a de ça, je suppose, répondit-elle avec un petit rire. Sans doute avais-je besoin de quelqu'un de confiance pour me dire que je m'inquiétais pour rien. »

Et telle était sa requête, en effet : Brunetti, même s'il l'avait voulu, ne pouvait plus l'ignorer. Heureusement, il pensait pouvoir la satisfaire. « Comme je vous l'ai dit, signora, je ne suis pas un spécialiste de ce genre de choses. En tout cas, j'ignore tout de la façon dont la *Guardia di Finanza* mène ses enquêtes. Mais je crois que dans ce cas précis, c'est l'hypothèse la plus évidente qui a des chances d'être la bonne et que c'est probablement à elle que votre mari a eu affaire. » Brunetti ne pouvait pas, ne serait-ce que vis-à-vis de lui-même, se montrer plus affirmatif.

« La *Guardia di Finanza*? répéta-t-elle du ton dont un patient apprend que le diagnostic est plus favorable que ce qu'il redoutait.

— C'est ce que je pense. Oui. Je ne sais rien des affaires de votre mari, mais je suis sûr que ses données sont protégées et que seul un expert a pu franchir ces protections. »

Elle secoua la tête et haussa les épaules, reconnaissant sa propre ignorance. Brunetti choisit alors ses mots avec soin. « D'après mon expérience, les kidnappeurs sont des gens plutôt frustes, agissant en général de manière impulsive. » Il vit qu'elle le suivait attentivement. « Les seules personnes capables de faire une telle intrusion ont forcément de solides aptitudes techniques pour avoir pu casser les codes d'accès créés par les informaticiens de votre mari. » Il sourit, s'autorisant même un petit reniflement ironique. « Je dois avouer que c'est bien la première fois de toute ma carrière que j'ai plaisir à suggérer à quelqu'un qu'il a été la cible d'un examen par la *Guardia di Finanza*.

— Et la première fois, dans l'histoire de ce pays, que quelqu'un est soulagé de l'apprendre », acheva-t-elle, riant de bon cœur, cette fois. Son visage prit cet aspect marbré que Brunetti avait remarqué quand elle était venue du froid et il comprit qu'elle rougissait.

Franca Marinello se leva vivement, se pencha pour récupérer son sac et tendit la main à Brunetti. « Je ne sais pas comment vous remercier, commissaire, dit-elle, gardant la main du policier dans la sienne.

— Voilà un homme heureux – votre mari.

— Pourquoi donc ?

— D'avoir quelqu'un qui se soucie autant de lui. »

Devant un tel compliment, la plupart des femmes auraient souri ou joué les modestes. Au lieu de cela, Franca Marinello recula d'un pas et le regarda avec une intensité qui était presque féroce. « Il est mon unique souci, commissaire », dit-elle. Elle le remercia encore, attendit qu'il sorte ses affaires de la penderie et quitta la pièce avant que Brunetti ait le temps d'aller lui tenir la porte.

Il reprit sa place normale, derrière le bureau, résistant à la tentation de téléphoner à la signorina Elettra pour lui demander si, par hasard, son incursion dans les ordinateurs du signor Cataldo n'aurait pas été détectée. Mais il aurait dû expliquer les raisons de sa curiosité, chose qu'il préférait ne pas faire. Il n'avait pas menti, par ailleurs : une enquête discrète de la *Guardia di Finanza* était bien plus vraisemblable que la tentative d'un criminel cherchant à se renseigner sur la fortune de Cataldo en vue d'un enlèvement. En revanche, l'enquête de la *Guardia di Finanza* était une hypothèse beaucoup moins vraisemblable que ce qui lui était aussitôt venu à l'esprit, à savoir les recherches qu'avait menées la signorina Elettra pour son compte – information que n'aurait guère appréciée Franca Marinello. Il devait trouver un moyen d'avertir la secrétaire que son habileté avait été prise en défaut lors de son incursion dans les ordinateurs de Cataldo.

S'il était compréhensible qu'une épouse s'inquiète d'apprendre qu'on s'en prenait aux intérêts de son mari, Brunetti trouvait néanmoins excessive la réaction de Franca Marinello. La conversation qu'il avait eue avec elle, au cours du dîner chez les Falier, lui avait révélé une femme intelligente et pleine de finesse : mais sa réaction, dans cette affaire, montrait un tout autre aspect de sa personnalité.

Au bout d'un moment, Brunetti estima qu'il consacrait beaucoup trop de temps et d'énergie à une question n'ayant aucun rapport avec les dossiers qu'il avait à traiter. Et afin de marquer la rupture avant de se remettre au travail, il allait sortir prendre un café, ou peut-être *un'ombra*, pour s'éclaircir les idées.

Sergio le vit arriver et, au lieu de lui adresser son sourire habituel, plissa les yeux et eut un mouvement minimaliste du menton vers la droite, la direction des box situés près de la fenêtre. Dans le dernier, Brunetti aperçut l'arrière d'une tête d'homme : crâne étroit, cheveux courts. Sous cet angle, la silhouette lui cachait le visage de son vis-à-vis, dont il ne voyait que les cheveux plus longs et le contour d'une tête plus grosse. Il reconnut les oreilles, déformées par des années à porter une casquette de policier. Celles d'Alvise. Du coup, l'homme qui lui tournait le dos ne pouvait être que le lieutenant Scarpa. Manifestement, Alvise n'avait pas encore rejoint le troupeau pour se mêler à ses collègues sur un pied d'égalité.

En s'approchant du bar, Brunetti eut un hochement de tête tout aussi minimaliste pour Sergio et lui demanda un café d'une voix paisible. Quelque chose dans l'expression qu'eut Alvise dut alerter Scarpa, qui se tourna et découvrit le commissaire. Le visage du lieutenant resta impassible, mais Brunetti vit s'afficher quelque chose de plus fort que de la surprise sur celui d'Alvise – de la culpabilité ? La machine chuinta, puis il y eut le bruit d'une tasse dans sa soucoupe qui frottait sur le zinc.

Personne ne parla ; Brunetti adressa un signe de tête aux deux hommes, leur tourna le dos et ouvrit un sachet de sucre. Il versa le sucre dans le café, remua lentement, demanda le journal à Sergio puis étala *Il Gazzettino* sur le comptoir, à côté de lui. Il décida d'attendre leur départ et commença à lire.

Après avoir jeté un coup d'œil à la première page, où figuraient quelques allusions au monde au-delà des limites de Venise, il sauta directement page sept, ne se sentant pas assez d'énergie – aussi bien mentale que physique – pour endurer cinq pages de baratin politique ; comment appeler cela des nouvelles ? C'était les mêmes visages, c'était les mêmes événements, les mêmes promesses faites, le tout saupoudré de quelques légères modifications dans la distribution et les accessoires – depuis quarante ans. Les revers de veston devenaient larges ou étroits en fonction de la mode du moment, mais c'était toujours les mêmes groins dans l'auge. Ils s'opposaient à ci, ils s'opposaient à ça et ils se vouaient, désintéressés, à une cause simple : abattre le gouvernement actuel. Et alors, quoi ? Alors, l'année prochaine, il se retrouverait debout à ce même bar, à boire un café tout en lisant les mêmes mots, mais dans la bouche de la nouvelle opposition ?

C'est presque avec soulagement qu'il tourna la page. La femme convaincue d'infanticide, toujours chez elle, toujours clamant son innocence via le porte-voix d'une nouvelle équipe d'avocats. Mais qui donc, dans son esprit, était alors responsable du meurtre de son fils, des extraterrestres ? Encore des fleurs déposées dans le virage mortel où quatre ados s'étaient tués une semaine auparavant. Encore des montagnes d'ordures s'accumulant dans les rues de la banlieue de Naples. Encore un ouvrier écrasé par un engin de terrassement sur un chantier. Encore un juge transféré dans une autre ville, juste au moment où il lançait une enquête sur un ministre.

Brunetti fit donc glisser la section vénitienne par-dessus. Un pêcheur de Chioggia, arrêté pour agression au couteau et voie de fait sur son voisin alors qu'il rentrait ivre chez lui. Nouvelles manifestations contre les dégâts engendrés par les bateaux de croisière empruntant le canal de la Giudecca. Deux étals de poissonniers de plus fermés au marché du Rialto. Un nouvel hôtel cinq étoiles ouvrait cette semaine. Le maire s'insurgeait contre l'afflux incontrôlable des touristes.

Brunetti montra les deux derniers articles à Sergio. « Génial : l'administration de la ville délivre à tour de bras des permis pour les hôtels et lorsqu'elle a une minute de libre, c'est pour se plaindre qu'il y a trop de touristes.

— *Votta a petrella e tira a manella* », répondit Sergio en levant les yeux du verre qu'il essuyait.

— C'est en quoi, en napolitain? demanda un Brunetti surpris.

— Oui. Et ça veut dire "lance la pierre et cache la main". »

Brunetti éclata de rire. « Incompréhensible que les nouveaux partis politiques ne prennent pas ça comme devise. C'est parfait : vous faites un truc, vous cachez la preuve que vous l'avez fait. Du grand art. » Il continua à rire, ravi de la franchise du proverbe.

Il perçut un mouvement sur sa gauche, puis entendit un bruit de pieds frottant sur le plancher. Il tourna la page du journal pour s'attarder sur un article concernant la soirée d'adieu donnée à Giacinto Gallina par un professeur qui avait enseigné quarante ans dans le même établissement.

« Bonjour, commissaire, dit Alvise d'une petite voix, derrière lui.

— 'jour, Alvise », dit Brunetti, s'arrachant à la photo de la soirée pour se tourner et saluer le policier.

Scarpa, comme pour souligner l'égalité qui régnait entre eux du fait de leurs grades supérieurs, se limita à un bref mouvement de tête que Brunetti lui rendit avant de revenir à son passionnant article. Les enfants avaient apporté des fleurs et des cookies faits maison.

Les deux hommes partis, Brunetti replia le journal et demanda : « Ils viennent souvent ici?

— Une ou deux fois par semaine, je dirais.

— Et toujours comme ça? demanda Brunetti avec un geste vers les deux hommes qui se dirigeaient côte à côte vers la questure.

— Comme si c'était un premier rancard, c'est ce que vous voulez dire? » Sergio se tourna et rangea soigneusement le verre à l'envers sur l'étagère.

« Quelque chose comme ça, en effet.

— Oui, et ça dure depuis six mois. Au début, le lieutenant le traitait de haut et le pauvre Alvise devait se démener pour lui faire plaisir. » Sergio prit un autre verre, le tendit vers la lumière et entreprit de l'essuyer. « Le pauvre idiot. Il ne voyait pas ce que Scarpa manigançait. » Sur quoi, d'un ton neutre, il ajouta cette réflexion : « Un vrai salopard, celui-là. »

Brunetti repoussa sa tasse vide et le barman la mit dans l'évier.

« Une idée de ce qu'ils se racontent? voulut savoir Brunetti.

— Je crois que c'est sans importance, en réalité.

— Comment ça ? »

Le haussement d'épaules de Sergio fut éloquent. « Tout d'abord, parce que c'est un salopard. Et parce qu'il a besoin d'un souffre-douleur, de quelqu'un qui le traite comme s'il était un chef, un officier important, et pas comme vous autres, qui le traitez comme le sale petit merdeux qu'il est. »

À aucun moment, au cours de cette conversation, Brunetti ne se fit la réflexion qu'il poussait un civil à parler en mal d'un membre des forces de l'ordre. Pour dire la vérité, il trouvait lui-même que Scarpa était un sale petit merdeux, si bien que le civil ne faisait que confirmer ce qui était l'opinion générale dans les forces de l'ordre.

Changeant de sujet, Brunetti demanda si personne ne l'avait appelé la veille.

Sergio secoua la tête. « Je n'ai eu que deux coups de téléphone, hier, le premier de ma femme, pour me dire que si je n'étais pas à la maison à dix heures, j'allais avoir des ennuis, et l'autre de mon comptable, pour me dire que j'en avais déjà.

— Avec qui ?

— Avec l'inspecteur des services de santé.

— Et pourquoi ?

— Parce que je n'ai pas de toilettes pour handicapés. Je veux dire, pour des gens ayant des capacités différentes. » Il prit la tasse et la soucoupe et les rangea dans le lave-vaisselle, derrière lui.

« Je n'ai jamais vu le moindre handicapé ici, observa Brunetti.

— Ni moi non plus. Ni l'inspecteur. Ce qui ne change rien au fait que je dois avoir des toilettes pour eux.

— Ce qui signifie ?

— Une rampe. Un siège différent, avec bouton sur le mur pour la chasse.

— Et pourquoi ne pas le faire ?

— Pourquoi? Parce que ça me coûterait la bagatelle de huit mille euros. Voilà pourquoi.

— Ça me paraît une somme démesurée, pour des toilettes.

— Permis inclus », dit un Sergio laconique.

Brunetti préféra ne pas le suivre dans cette voie. « J'espère que ces ennuis vous seront évités », dit-il. Il posa un euro sur le comptoir, remercia Sergio et retourna dans son bureau.

14

Brunetti s'approchait de la questure lorsqu'il vit Griffoni en sortir. Il lui adressa un signe amical de la main et accéléra le pas. Le temps de la rejoindre, il avait compris que quelque chose n'allait pas. « Qu'est-ce qui se passe ?

— Patta a besoin de vous. Il a appelé pour savoir où vous étiez. Il a dit qu'il ne pouvait pas trouver Vianello, alors il m'a demandé de vous chercher.

— C'est à quel sujet ?

— Il ne me l'a pas dit.

— Comment est-il ?

— Dans un état… je ne l'ai jamais vu comme ça.

— Furieux ?

— Non, pas furieux, pas vraiment, répondit-elle comme si elle en était la première surprise. Enfin, plus ou moins, mais c'est comme s'il savait qu'il n'avait pas le droit d'être furieux. C'est plutôt de la frousse. »

Brunetti prit la direction de la porte de la questure, Griffoni ajustant son pas sur le sien. Il ne voyait pas ce qu'il aurait pu lui demander. Patta était infiniment plus dangereux quand il avait peur que lorsqu'il était en colère, et elle le savait aussi bien que lui. Ses colères étaient en général provoquées par l'incompétence des autres, alors que la seule idée qu'il courait lui-même un risque lui donnait des vapeurs, ce qui ne faisait qu'augmenter le danger pour quiconque serait impliqué.

À l'intérieur, ils montèrent la première volée de marches ensemble. « Et est-ce qu'il veut vous voir, vous aussi ? » demanda-t-il à Griffoni.

Elle secoua la tête et, sans déguiser son soulagement, prit la direction de son bureau, laissant Brunetti rejoindre celui de Patta.

Pas trace de la signorina Elettra, sans doute déjà partie déjeuner; Brunetti frappa et entra aussitôt.

Un Patta au visage fermé était assis derrière le bureau, poings serrés et posés sur le sous-main. « Où étiez-vous ? exigea-t-il de savoir.

— J'interrogeais un témoin, monsieur, répondit sans broncher Brunetti. La commissaire Griffoni m'a dit que vous vouliez me voir. De quoi s'agit-il ? » Son ton mêlait inquiétude et urgence.

« Asseyez-vous, asseyez-vous. Ne restez pas planté là à ouvrir un œil rond. »

Brunetti s'assit directement en face du vice-questeur mais ne dit rien.

« J'ai reçu un coup de téléphone », reprit Patta. Il regarda Brunetti, qui faisait de son mieux pour prendre un air attentif et intéressé, avant de poursuivre. « À propos de l'homme que vous avez vu l'autre jour.

— Vous voulez parler du major Guarino, monsieur ?

— Oui. Guarino. Puisqu'il s'appelle comme ça. » La voix de Patta s'était faite plus stridente en prononçant le nom du carabinier : celui-ci était donc à l'origine de sa colère. « Quel abruti ! Quel salopard ! » marmonna-t-il. Inhabituel chez le vice-questeur, ce langage grossier surprit Brunetti sans pour autant l'éclairer – Patta parlait-il de Guarino ou de la personne lui ayant donné le coup de fil ?

Guarino ne lui avait peut-être pas dit toute la vérité, mais de l'avis de Brunetti, il n'était ni un abruti ni un salopard. Sans faire allusion à ce jugement, il demanda, d'une voix neutre : « Qu'est-ce qui s'est passé, monsieur ?

— Il s'est arrangé pour se faire descendre, voilà ce qui s'est passé. D'une balle tirée dans la nuque », répondit Patta sans que faiblisse sa colère – colère qui semblait bel et bien dirigée contre Guarino pour s'être fait tuer. Assassiner.

Toutes sortes de possibilités se bousculèrent dans la tête de Brunetti, mais il les repoussa, attendant que Patta s'explique. Il continuait d'afficher la même expression attentive et ne quittait pas son supérieur des yeux. Le vice-questeur leva le poing puis l'abattit sur son bureau. « Je ne sais quel capitaine des carabiniers a appelé, tout à l'heure. Il voulait savoir si j'avais eu un visiteur, la semaine dernière. Il était très circonspect, il n'a pas donné le nom du visiteur en question, juste demandé si une personnalité officielle n'étant pas de Venise ne serait pas venue me voir. » L'irritabilité prit la place de la colère sur le visage et dans la voix de Patta. « Je lui ai répondu que j'avais eu des tas de visiteurs. Comment voulait-il que je me souvienne de tous ? »

Brunetti n'ayant rien à répondre à ça, Patta continua. « Sur le coup, je n'ai pas compris à qui il faisait allusion. Cependant, quelque chose m'a fait penser qu'il voulait parler de Guarino. Je n'ai pas tant de visiteurs que ça, n'est-ce pas ? » Voyant la confusion de Brunetti devant cette contradiction flagrante, Patta eut la bonté de s'expliquer. « Il était la seule personne que je ne connaissais pas parmi tous les visiteurs que j'ai eus la semaine dernière. Ça ne pouvait être que lui. »

Le vice-questeur bondit soudain sur ses pieds, s'éloigna de quelques pas de son bureau, y revint et se rassit. « Il m'a demandé s'il pouvait m'envoyer une photo. » Brunetti n'eut pas besoin de simuler la confusion. « Imaginez ça. Ils l'avaient prise avec un téléphone portable et ils me l'ont envoyée. Comme s'ils s'attendaient à ce que je le reconnaisse, avec ce qui restait de son visage ! »

Cette explosion stupéfia Brunetti au point qu'il lui fallut un certain temps avant de pouvoir demander : « Et vous l'avez reconnu ?

— Oui. Bien sûr. La balle l'a traversé selon un angle descendant. Seul le menton a été endommagé.

— Comment a-t-il été tué ?

— Je viens juste de vous le dire, tonna Patta. Vous ne m'écoutiez pas ? Abattu. D'une balle dans la nuque. Vous en connaissez qui en réchapperaient ? »

Brunetti leva une main apaisante. « Je ne me suis peut-être pas exprimé assez clairement, monsieur. La personne qui vous a appelé a-t-elle donné des détails sur les circonstances ?

— Non, rien. Tout ce qu'elle voulait savoir était si je le reconnaissais ou non.

— Qu'avez-vous répondu ?

— Que je n'en étais pas sûr », répondit Patta avec un regard circonspect pour le commissaire.

Brunetti dut se retenir pour ne pas demander à son supérieur pourquoi.

« Il n'était pas question que je lui dise quoi que ce soit tant que je n'en savais pas davantage », enchaîna Patta.

Il ne fallut qu'une seconde à Brunetti pour traduire cette formule du pattalangue en italien. Elle signifiait que le vice-questeur avait l'intention de refiler la responsabilité de la chose à quelqu'un d'autre. D'où cette conversation.

« Vous a-t-il dit pourquoi il vous appelait ? demanda Brunetti.

— Ils paraissaient savoir que Guarino avait eu un rendez-vous à la questure de Venise, et ils ont donc voulu prendre contact avec son patron pour vérifier qu'il était bien venu.

— À quand remonte leur coup de fil, monsieur ?

— À une demi-heure. » Patta ne fit aucun effort pour cacher son irritation. « J'essaie de vous localiser depuis. Mais vous n'étiez pas à votre bureau. » Marmonnant comme s'il se parlait, Patta ajouta : « Interroger un témoin… »

Brunetti ignora la pique. « Quand est-ce arrivé ?

— Il ne l'a pas dit », répondit vaguement Patta, comme s'il ne voyait pas en quoi la question importait.

Brunetti dut faire un effort conscient pour effacer toute trace d'intérêt dans l'expression de son visage, alors que son esprit fonçait à bride abattue. « A-t-il dit d'où il appelait ?

— De la scène, répondit Patta du ton dont on parle aux simples d'esprit. De l'endroit où ils l'ont trouvé.

— Ah, dit Brunetti, c'est donc de là qu'il vous a envoyé la photo.

— Très fort, Brunetti, rétorqua Patta. Bien sûr que c'est de là qu'il m'a envoyé la photo.

— Je vois, je vois, dit Brunetti pour gagner du temps.

— J'ai appelé le lieutenant, reprit Patta et de nouveau, Brunetti afficha un masque d'une totale neutralité. Mais il est à Chioggia et ne pourra pas être ici avant cet après-midi. »

Brunetti sentit son cœur se serrer à l'idée que Patta voulait mêler Scarpa à cette affaire. « Excellente idée, dit-il, perdant une partie de son enthousiasme pour ajouter : J'espère seulement que... » Puis il s'arrêta et répéta, « Excellente idée.

— Qu'est-ce qui vous gêne là-dedans ? » voulut savoir Patta.

Au masque de la neutralité succéda, sur le visage de Brunetti, celui de la confusion. Il ne répondit pas.

« Dites-moi, Brunetti, demanda Patta d'un ton qui contenait une menace voilée.

— En fait, c'est une question de rang, monsieur », dit un Brunetti hésitant, ne s'exprimant que pour éviter de ne pas se faire arracher les ongles. Il n'attendit pas la question de Patta pour continuer. « Vous avez dit que celui qui vous a appelé avait rang de capitaine. Ce qui me gêne ici, c'est de quoi nous aurons l'air si nous sommes représentés par quelqu'un d'un rang inférieur. » Il étudia Patta et vit les premiers signes de contractions musculaires.

« Ce n'est pas que j'aie des doutes sur le lieutenant. Mais nous avons déjà eu des conflits de juridiction avec les carabiniers ; en envoyant une personne de rang supérieur, on en éliminerait la possibilité. »

Patta fronça aussitôt les sourcils et plissa les yeux, prenant une expression méfiante. « De qui voulez-vous parler, Brunetti ? »

Adoptant un air on ne peut plus surpris, le commissaire répondit : « Mais de vous, monsieur. Évidemment. Qui mieux que vous peut nous représenter ? Après tout, comme vous l'avez dit vous-même, vice-questeur, vous êtes le patron, ici. » Cela rendait le questeur caduc, mais Brunetti était sûr que Patta n'y penserait même pas.

Patta eut un regard féroce, rempli de soupçons informulés, des soupçons dont il n'avait sans doute pas lui-même conscience. « Je n'avais pas pensé à ça », admit-il.

Brunetti haussa les épaules, comme pour dire que tôt ou tard l'idée lui serait venue. Patta adopta son expression la plus sérieuse. « Vous pensez donc que c'est important?

— Que vous y alliez, monsieur? demanda un Brunetti soudain réveillé.

— Que quelqu'un d'un rang supérieur à un capitaine y aille.

— C'est certainement votre cas, monsieur, et très largement.

— Ce n'était pas à moi que je pensais, Brunetti », répliqua Patta.

Brunetti ne fit pas mystère de son incompréhension. L'air candide, il dit : « Mais c'est à vous d'y aller, dottore. » Brunetti soupçonnait qu'une affaire de cette nature avait des chances de faire grand bruit dans tout le pays, mais il préférait ne pas y faire penser Patta.

« Vous ne croyez pas que l'enquête risque de traîner? »

Brunetti s'autorisa l'esquisse d'un haussement d'épaules. « Je n'ai aucun moyen de le savoir, monsieur, mais c'est souvent le cas dans ce genre d'affaires. » Brunetti n'avait qu'une très vague idée de ce qu'il voulait dire par « genre d'affaires », mais la perspective d'un effort de réflexion soutenu suffirait à décourager Patta.

Le vice-questeur se pencha en avant et sourit. « Voici ce que je pense, Brunetti. Étant donné que vous êtes la personne à avoir été en liaison avec lui, vous devriez nous représenter, vous. »

Brunetti en était encore à chercher le ton de protestation modéré qui convenait lorsque Patta ajouta : « Il a été tué à Marghera, Brunetti. C'est notre territoire, c'est donc notre juridiction. C'est le genre de cas où l'on mandate un commissaire et il est donc tout à fait logique que vous y alliez pour jeter un coup d'œil. »

Brunetti ouvrit la bouche pour protester mais, une fois de plus, Patta le précéda. « Faites-vous accompagner par la nouvelle, Griffoni. De cette façon, il y aura deux commissaires. » Patta eut un sourire de satisfaction carnassier, comme s'il venait de faire un coup décisif aux échecs. Ou aux dés. « Je veux que vous alliez là-bas tous les deux voir ce que vous pouvez trouver. »

Brunetti se leva, faisant de son mieux pour avoir l'air contrarié et peu enthousiaste. « Très bien, vice-questeur. Mais je ne pense pas...

— Ce que vous pensez n'est pas important, commissaire. Je vous ai donné un ordre. Et une fois là-bas, il vous reviendra de montrer au capitaine qui est le patron. »

Le bon sens prévalut, et Brunetti réfréna son envie de surjouer la contrariété : il arrivait parfois à Patta de le remarquer, quand c'était trop évident. « Très bien », se limita-t-il à dire. Prenant un ton *question réglée*, il demanda : « D'où appelait exactement le capitaine, monsieur ?

— Il m'a dit qu'il se trouvait dans le complexe pétrochimique de Marghera. Je vais vous donner son numéro. Vous n'aurez qu'à l'appeler pour lui demander des précisions. » Patta prit son portable, posé juste à côté de l'éphéméride, sur le bureau, que Brunetti n'avait pas encore remarqué. Il l'ouvrit avec une aisance négligée. C'était le dernier modèle, évidemment, avec boîtier ultraplat. Le vice-questeur n'avait que mépris pour le BlackBerry fourni par le ministère de l'Intérieur, prétendant qu'il ne voulait pas être esclave de la technologie, mais Brunetti pensait plutôt que son supérieur craignait que l'appareil ne déformât ses poches.

Patta appuya sur quelques touches et tendit soudain le téléphone vers Brunetti, sans rien dire. Le visage de Guarino remplissait le minuscule écran. Ses yeux profondément enfoncés dans leurs orbites étaient ouverts, mais son regard détourné de côté, comme s'il se sentait gêné d'être vu allongé ainsi, si indifférent à la vie. Comme Patta l'avait dit, le menton avait été endommagé – « détruit » aurait mieux convenu. L'homme restait cependant parfaitement reconnaissable. Ses cheveux ne deviendraient jamais gris, se prit à penser Brunetti, et il n'appellerait jamais la signorina Elettra, si telle avait été son intention.

« Eh bien ? » demanda Patta. Brunetti faillit répliquer quelque chose d'un ton vif, tant la question était inutile, tant le mort était facilement identifiable.

« Je dirais que c'est bien lui », se limita à dire Brunetti. Il referma le téléphone et le rendit à Patta. Un long moment passa, pendant lequel Brunetti vit Patta faire disparaître tout ce qui n'était pas affabilité et désir désintéressé de coopérer de son expression. Et dès qu'il ouvrit la bouche, la même transformation se fit dans sa voix. « J'ai décidé qu'il serait plus prudent de leur dire qu'il est effectivement venu ici. »

Tel un coureur de relais, Brunetti fit de son mieux pour s'élancer et acquérir assez de vitesse pour prendre le bâton de la main du porteur, lui permettant ainsi de ralentir et de quitter honorablement la course.

Un instant, Brunetti redouta que Patta n'appuie sur la touche rappel et ne lui passe à nouveau le téléphone. Il craignait ce qu'il pouvait dire. Patta le comprit peut-être. Il rouvrit le portable, tira une feuille de papier à lui, inscrivit le numéro affiché à l'écran et glissa le papier sur le bureau en direction de Brunetti. « Je ne me souviens pas de son nom. Je sais simplement qu'il est capitaine. »

Brunetti prit le papier et lut le numéro à plusieurs reprises. Quand il fut évident que le vice-questeur n'avait rien à ajouter, Brunetti se leva et se dirigea vers la porte en disant : « Je vais l'appeler.

— Bien. Tenez-moi informé », répondit Patta, avec dans la voix tout le soulagement de celui qui croit avoir réussi à se débarrasser élégamment de la patate chaude.

Une fois dans son bureau, il composa le numéro. Au bout de deux sonneries, une voix d'homme répondit. « *Si?*

— C'est à propos du coup de téléphone que vous avez donné au vice-questeur Patta, dit Brunetti d'un ton neutre, bien décidé à utiliser le poids (quel qu'il fût) que pouvait avoir le rang de Patta. « Une personne a appelé de ce numéro et parlé au vice-questeur, puis envoyé une photo. » Il se tut, mais il n'y eut ni question ni la moindre manifestation de curiosité de la part de celui qui était à l'autre bout de la ligne. « La photo montre le visage d'un homme apparemment mort, et d'après ce que m'a dit le vice-questeur, il aurait été tué sur notre territoire, poursuivit Brunetti de son ton le plus officiel. Le vice-questeur m'a chargé de me rendre sur place et de lui en rendre compte.

— C'est inutile, répondit son correspondant d'un ton froid.

— Je ne suis pas d'accord, répliqua Brunetti tout aussi froidement, et c'est la raison pour laquelle je vais venir. »

Faisant de son mieux pour avoir l'air de celui qui ne fait que son travail, l'autre observa : « Nous avons fait une identification positive. Nous l'avons reconnu. C'est un collègue qui travaillait sur une de nos enquêtes. »

Brunetti répondit comme s'il n'avait pas entendu. « Dites-moi où vous vous trouvez, et j'arrive.

— C'est inutile. Je vous l'ai dit, le corps a déjà été identifié. Je crains, ajouta-t-il après une seconde d'hésitation, que cette affaire ne soit que de notre ressort.

— Et du ressort de qui, exactement ?

— Des carabiniers, commissaire. Guarino travaillait en coopération avec la NAS, ce qui renforce notre légitimité dans cette enquête.

— Je suis tout à fait prêt à en discuter avec un magistrat. »

Égalité.

Brunetti attendit, certain que l'autre en faisait autant. Il se dit qu'attendre était ce qu'il avait fait avec Guarino, ce qu'il avait fait avec Patta, ce qu'il passait trop de temps à faire.

Toujours rien en provenance de l'autre bout de la ligne. Brunetti raccrocha. C'était évident que Guarino travaillait pour la NAS – mais comment pouvait-on se souvenir de tous ces acronymes ? La section *Nuclei Anti-Sofisticazione* des carabiniers avait pour rôle de veiller au respect des lois sur l'environnement. Brunetti se souvint des rues de Naples débordant d'ordures, mais cette image fut repoussée par le souvenir de la photo de Guarino.

Il composa le numéro de Vianello. Un officier lui apprit que son adjoint était sorti. Brunetti essaya sans plus de succès le portable de l'inspecteur, qui ne comportait apparemment pas de messagerie. Il appela alors Griffoni pour lui dire qu'ils étaient chargés de se rendre tous les deux sur la scène d'un meurtre à Marghera, qu'il lui expliquerait les choses en chemin.

Il passa ensuite par le bureau de la signorina Elettra.

« Oui, commissaire ? »

Ça ne lui paraissait pas le bon moment pour lui parler de Guarino, mais il n'y avait pas de bon moment pour annoncer une mort à quelqu'un.

« Je viens juste d'apprendre une mauvaise nouvelle », dit-il.

Le sourire de la jeune femme devint incertain.

« Le vice-questeur Patta a reçu un appel, tout à l'heure », commença Brunetti. Il vit sa réaction à l'usage du titre de Patta : cela suffisait à l'avertir que ce qu'elle allait entendre risquait de ne pas lui plaire. « Un capitaine des carabiniers lui a dit que l'homme venu ici un peu plus tôt cette semaine, le major Guarino, avait été tué. Abattu d'une balle dans la tête. »

Elle ferma les yeux quelques instants, assez longtemps pour cacher l'émotion qu'elle avait pu ressentir, mais pas assez pour cacher le fait qu'elle en avait éprouvé une.

Brunetti enchaîna. « Le capitaine a envoyé une photo. Il voulait savoir si le major était bien venu nous parler.

— C'est... c'est bien lui ?

— Oui. » La miséricordieuse vérité.

« Je suis désolée, fut tout ce qu'elle trouva à dire.

— Moi aussi. Il m'avait fait l'effet de quelqu'un de bien. Avisani s'était porté garant pour lui.

— Vous aviez besoin que quelqu'un se porte garant pour lui ? demanda-t-elle sèchement, comme si elle cherchait une issue à sa colère.

— Si je voulais pouvoir lui faire confiance, oui. Je n'avais aucune idée des affaires auxquelles il était mêlé ni de ce qu'il voulait. Je ne le sais d'ailleurs toujours pas, ajouta-t-il, peut-être irrité par la réaction de la jeune femme.

— Que voulez-vous dire ?

— Je veux dire que j'ignore si l'histoire qu'il m'a racontée est vraie ou fausse, je veux dire que j'ignore pourquoi l'homme qui a appelé tenait tellement à savoir pour quelle raison le major était venu ici.

— Mais il est mort ?

— Oui.

— Merci de m'avoir avertie. »

Brunetti alla retrouver Griffoni.

15

Les chantiers navals, les raffineries et les autres industries qui souillaient le paysage de Marghera exerçaient une véritable fascination sur l'imagination de Brunetti, et ce depuis qu'il était enfant. Pendant deux ans – entre ses sixième et huitième anniversaires, en gros –, son père avait travaillé dans l'entrepôt d'une fabrique de peintures et de solvants. Il s'en souvenait comme d'une des périodes les plus calmes et les plus heureuses de son enfance ; son père ayant pour une fois un emploi stable, éprouvait la fierté de celui qui fait vivre correctement sa famille.

Puis il y avait eu les grèves, après lesquelles son père n'avait pas été repris. Les choses avaient changé, la paix avait fui leur foyer ; pendant quelques années, cependant, son père était resté en contact avec quelques-uns des ouvriers de l'usine. Brunetti n'avait pas oublié ces hommes, ce qu'ils racontaient du travail et les uns des autres, leur jovialité fruste, leurs blagues et leur patience sans borne devant les sautes d'humeur de son père. Le cancer les avait tous emportés comme il avait emporté, au fil des années, tant de ceux qui avaient travaillé dans les autres usines ayant poussé comme des champignons au bord de la lagune et de ses eaux accueillantes et si mal protégées.

Cela faisait des années que Brunetti ne s'était pas rendu dans la zone industrielle, même si les fumées de ses cheminées constituaient un fond de décor immuable pour tous ceux qui arrivaient en bateau à Venise, même si on pouvait parfois apercevoir les panaches les plus hauts depuis la terrasse des Brunetti. Il avait toujours été frappé par leur blancheur, en particulier la nuit, quand les volutes de fumée se déployaient majestueusement sur le velours du ciel. Elles paraissaient si inoffensives, si pures, lui faisant toujours penser à la neige, aux robes des communiantes ou des mariées. Aux ossements.

Avec les années, tous les efforts pour faire fermer ces usines avaient échoué, ceux dont ces fermetures auraient permis de sauver la vie, ou au moins de la prolonger, étant les premiers à protester, souvent violemment, contre ce projet. Si un homme n'est pas capable d'entretenir sa famille, est-il encore un homme ? Pour le père de Brunetti, la réponse était non. Et Brunetti ne comprenait que maintenant pourquoi son père avait pensé ainsi.

Une fois dans la voiture qui les avait attendus Piazzale Roma, Brunetti commença à raconter à Griffoni ce qu'il savait de l'homme dont ils allaient reconnaître le corps à Marghera. Ils sortirent de la digue par une série de manœuvres incompréhensibles pour Brunetti, qui avait l'impression que le conducteur prenait la direction opposée à celle des usines. Quand ils arrivèrent à la hauteur d'un grand portail, Brunetti avait pratiquement terminé ses explications.

Un homme en uniforme sortit d'une petite guérite sur la gauche et leur fit tout de suite signe de passer, comme s'il avait l'habitude de voir des véhicules de la police. Brunetti fit arrêter la voiture pour demander au gardien où se trouvaient les autres. Il fallait prendre à gauche, puis aller tout droit, franchir trois ponts, tourner à droite après un bâtiment rouge. De là, ils verraient les autres voitures.

Le conducteur suivit ces indications et, après avoir tourné à hauteur du bâtiment rouge – structure isolée à un carrefour –, ils virent effectivement un certain nombre de véhicules, y compris une ambulance dont les gyrophares envoyaient des éclairs ; un peu plus loin se tenait un groupe de personnes tournées dans l'autre direction. La chaussée était défoncée et inégale. Au-delà des véhicules stationnés, on voyait quatre énormes réservoirs de produits pétroliers, répartis par deux de part et d'autre de la voie. Leurs parois étaient par endroits attaquées par la rouille ; on avait découpé, dans le haut de l'un d'eux, un carré qui faisait une sorte de fenêtre ou de porte. Tout autour, le sol, stérile et désolé, était jonché de papiers et de sacs en plastique. Rien n'y poussait.

Le chauffeur s'arrêta à proximité de l'ambulance, et Brunetti et Griffoni descendirent. Les têtes qui ne s'étaient pas tournées au bruit du moteur le firent en entendant les portières claquer.

Brunetti reconnut l'un des carabiniers ; il avait collaboré avec lui quelques années auparavant mais à l'époque, l'homme était lieutenant. Rubini ? Rosato ? Finalement, le nom lui revint : Ribasso. Très certainement la voix qu'il n'avait pas reconnue au téléphone, comprit-il alors.

Un carabinier se tenait à côté de Ribasso, ainsi que deux hommes et une femme que leur tenue blanche en papier désignait comme des techniciens de la police scientifique. Les deux ambulanciers, debout à côté de leur véhicule, avaient déjà déployé une civière. Ils fumaient tous les deux. Tout le monde était à présent tourné vers les nouveaux arrivants.

Ribasso s'avança et tendit la main à Brunetti, disant : « J'avais cru vous reconnaître, au téléphone, mais je n'étais pas sûr. » Il sourit, mais ne commenta pas davantage leur échange.

« C'est peut-être que je regarde trop de séries mettant en scène des gros durs de flics à la télé », dit Brunetti (qui n'en était pas un), en guise d'explication et d'excuse. Ribasso lui tapota l'épaule et se tourna pour saluer Griffoni, l'appelant par son nom. Les autres imitèrent Ribasso, saluèrent les deux policiers, puis se déplacèrent pour leur ménager un peu d'espace.

À environ trois mètres gisait un corps, sur le dos, au milieu du cercle formé par une bande de plastique rouge et blanc attachée à de petits piquets métalliques. Sans la photo qu'il avait vue, Brunetti n'aurait pas reconnu Guarino, à cette distance. Une partie de sa mâchoire manquait, et ce qui restait de son visage était tourné de côté. Son manteau était de couleur sombre, si bien qu'on n'y distinguait pas de sang, pas plus que sur les revers de son veston. Pour sa chemise, il en allait autrement.

De la boue séchée constellait son pantalon à hauteur des genoux et à son épaule droite ; et ce qui paraissait être des fibres de plastique était collé à la semelle de son soulier droit. Le piétinement avait brouillé les traces de pas dans la boue séchée, autour du cadavre.

« Il est sur le dos, fut la première chose que dit Brunetti.

— Exactement, répondit Ribasso.

— Dans ce cas, d'où a-t-il été amené ?

— Aucune idée, dit Ribasso, sans dissimuler sa colère. Ces crétins ont marché partout avant de nous appeler.

— Quels crétins ? demanda Griffoni.

— Ceux qui l'ont trouvé. » Il était toujours furieux. « Deux hommes en camion venu livrer un chargement de tubulures en cuivre. Ils se sont perdus et ont abouti dans cette voie », ajouta-t-il avec un geste vers la route par laquelle Brunetti et Griffoni étaient arrivés. « Ils étaient sur le point de faire demi-tour quand ils l'ont vu allongé sur le sol. Ils sont descendus voir. »

Il était facile de décrypter ce qui avait dû s'ensuivre, à voir la quantité d'empreintes de pied autour du cadavre et les deux creux en forme de sein à l'endroit où l'un des hommes s'était agenouillé.

« Est-il possible qu'ils l'aient retourné ? demanda Griffoni, avec beaucoup d'incrédulité dans la voix.

— Ils ont dit que non, fut le mieux que Ribasso put répondre. Et il ne semble pas qu'ils l'aient fait, même s'ils ont tellement piétiné autour qu'ils ont détruit tous les indices qu'il y aurait pu avoir.

— Ils l'ont touché ? » C'était Brunetti qui avait posé la question, cette fois.

« Ils ne s'en souvenaient plus très bien. » L'écœurement de Ribasso était sensible. « Mais comme lorsqu'ils nous ont appelés, ils nous ont dit qu'ils avaient trouvé le corps d'un carabinier, c'est qu'ils avaient dû ouvrir son portefeuille. »

L'argument était définitif.

« Vous le connaissiez ? demanda Brunetti.

— Oui. En fait c'est moi qui lui ai conseillé d'aller vous voir pour vous parler.

— À propos de l'homme qu'il recherchait ?
— Oui. J'ai pensé que vous pourriez l'aider.
— J'ai essayé. » Brunetti se détourna du mort.
La femme en blanc qui paraissait être la responsable de l'équipe technique appela alors Ribasso, qui alla la rejoindre et échangea quelques mots avec elle. Puis lc capitaine fit signe aux ambulanciers qu'ils pouvaient emporter le corps. Il irait à la morgue de l'hôpital.
Les deux hommes jetèrent leur cigarette au sol, où elles rejoignirent les mégots qui s'y trouvaient déjà. Ils déposèrent le cadavre sur la civière et tout le monde s'écarta pour les laisser rejoindre l'ambulance. Le claquement du hayon arrière rompit le silence général que cette procédure avait provoqué.
Ribasso alla parler à l'autre carabinier. Ce dernier regagna leur voiture, s'adossa à la carrosserie et sortit un paquet de cigarettes. Les trois techniciens se débarrassèrent de leurs survêtements de papier, les roulèrent et les mirent dans un sac en plastique, puis ils replièrent le tripode et rangèrent les appareils photo dans des mallettes métalliques capitonnées. Il y eut une série de claquements de portières, des bruits de démarreur et l'ambulance s'éloigna, suivie du véhicule des techniciens.
Le silence se prolongeant, Brunetti demanda : « Pourquoi avez-vous appelé Patta ? »
Un grognement d'exaspération précéda la réponse de Ribasso. « J'avais déjà eu affaire à lui », dit-il, regardant l'emplacement où avait été Guarino, avant de revenir à Brunetti. « Il était plus prudent de procéder officiellement dès le début. Sans compter que je savais qu'il refilerait le bébé à quelqu'un avec qui, avec un peu de chance, nous pourrions travailler. »
Brunetti hocha la tête. « Qu'est-ce que Guarino vous a dit ?
— Que vous alliez essayer d'identifier l'homme de la photo.
— Cette enquête est aussi la vôtre ?
— Plus ou moins, répondit Ribasso.

— Voyons, Pietro, l'admonesta Brunetti, profitant du lien créé entre eux la fois précédente. Guarino a déjà essayé ce truc avec moi.

— Et vous avez menacé de le virer de votre bureau, continua Ribasso. Il me l'a raconté.

— Alors ne commencez pas », dit Brunetti, intraitable.

On aurait dit que Griffoni regardait un match de ping-pong.

« D'accord. J'ai dit *plus ou moins*, parce qu'il me parlait avant tout de l'affaire en ami. »

Apparemment, c'était tout ce que Ribasso donnerait en manière d'explication et Brunetti l'aiguillonna d'une question. « Vous avez mentionné qu'il travaillait pour la NAS, non ? »

C'était la raison pour laquelle Guarino s'intéressait au transport des déchets : la NAS s'occupait de tout ce qui avait un rapport avec la pollution ou la destruction du patrimoine physique du pays. Depuis toujours, Brunetti considérait le fait que la NAS soit basée à Marghera, source de pollutions majeures depuis des décennies, comme un choix ironique et non accidentel.

Ribasso hocha la tête. « Filippo avait étudié la biochimie, et je crois qu'il avait rejoint cette branche parce qu'il pensait pouvoir faire quelque chose d'utile. Peut-être même d'important. Ils avaient été heureux de le recruter.

— Cela remonte à quand ?

— Huit ou neuf ans, peut-être. Je ne le connais que depuis cinq ou six ans. Nous n'avons jamais travaillé ensemble sur une affaire, ajouta Ribasso avant que Brunetti ne lui pose la question.

— Sur celle-ci non plus ? » demanda Griffoni.

Ribasso fit passer son poids d'un pied sur l'autre. « Je vous l'ai dit, il m'en parlait.

— Et qu'est-ce qu'il vous a dit d'autre, Pietro ? »

Mais Griffoni intervint avant que le carabinier puisse répondre. « Ça ne changera rien pour lui, à présent. »

Ribasso fit quelques pas en direction de sa voiture, puis se tourna pour leur faire face. « Il m'a dit que toute cette affaire empestait la Camorra à plein nez. L'homme qui a été tué – Ranzato – n'était qu'un comparse. Filippo essayait de découvrir comment toute cette merde circulait.

— De quelles quantités parlons-nous ? demanda Griffoni. De tonnes ?

— De centaines de tonnes, plutôt, ajouta Brunetti.

— De centaines de *milliers* de tonnes serait plus proche de la vérité », le corrigea Ribasso, réduisant les deux commissaires au silence.

Brunetti essaya de faire un peu de calcul mental, mais n'ayant aucune idée du chargement que pouvait emporter un camion, il ne put même pas arriver à un chiffre approximatif. Il évoqua brièvement ses enfants, parce que c'était ceux-ci et leurs descendants qui hériteraient le contenu de ces camions.

Ribasso, comme mortifié par ce qu'il venait de dire lui-même, poussait la boue solidifiée de la pointe de sa botte. Puis il releva la tête. « Quelqu'un a essayé de lui faire quitter la route, il y a une semaine.

— Il ne m'en a pas parlé, dit Brunetti. Qu'est-ce qui s'est passé ?

— Il a réussi à les éviter. Ils se sont placés à sa hauteur – c'était sur l'autoroute de Trévise – et quand ils ont commencé à se rapprocher, il a écrasé le frein et s'est rangé sur le bas-côté. Les autres ont continué.

— Vous l'avez cru ? »

Ribasso haussa les épaules et se tourna vers l'endroit où avait été le corps. « Quelqu'un a fini par l'avoir. »

Encore sous la pesante impression de la vue de la mort, du froid auquel ils avaient été longuement exposés et du sinistre décor de Marghera, Brunetti et Griffoni ne parlèrent presque pas pendant le trajet du retour jusqu'à Piazzale Roma. Griffoni demanda simplement à Brunetti pourquoi il n'avait pas dit à Ribasso qu'il avait identifié l'homme, sur la photo envoyée par Guarino ; Brunetti répondit que le capitaine, qui devait certainement être au courant de certaines choses, n'avait pas jugé bon de lui dire quoi que ce soit. Étant au fait de la rivalité qui existait entre les différentes branches des forces de l'ordre, elle n'insista pas.

Brunetti avait appelé en repartant, et une vedette les attendait pour les ramener à la questure. Mais même à l'intérieur de la cabine du bateau et alors que le chauffage était poussé au maximum, ils n'arrivaient pas à se réchauffer.

Une fois dans son bureau, il se tint près du radiateur, répugnant à appeler Avisani en prenant prétexte qu'il devait d'abord se réchauffer. Finalement il alla s'asseoir à son bureau, trouva le numéro et le composa. « C'est moi, dit-il, s'efforçant de prendre un ton naturel.

— Qu'est-ce qui est arrivé ?

— Le pire, répondit Brunetti, tout de suite gêné par son ton mélodramatique.

— Filippo ? demanda Avisani.

— Je viens juste de voir son corps », dit Brunetti. Aucune question ne vint. « Il a été abattu, reprit-il dans le silence qui se prolongeait. On l'a trouvé ce matin, dans le complexe des raffineries de Marghera. »

C'est Avisani, cette fois, qui rompit le silence. « Il disait toujours que c'était une possibilité. Mais je ne le croyais pas. Et comment aurait-on pu le croire. Mais… c'est différent. Quand ça arrive. Comme aujourd'hui.

— Il ne t'a rien dit d'autre ?

— Je suis journaliste, n'oublie pas, répliqua un peu sèchement Avisani.

— Je pensais que tu étais son ami.

— Oui. Oui. » Puis d'un ton plus calme : « C'est toujours la même histoire, Guido. Plus il découvrait de choses, plus on lui mettait des bâtons dans les roues. Le magistrat chargé du dossier a été muté. Son successeur ne paraissait pas très intéressé. Puis deux de ses meilleurs assistants ont été transférés dans une autre unité. Tu sais comment c'est. »

Oui, pensa Brunetti, il savait comment c'était. « Rien d'autre ?

— Non, juste ça. Rien que je pouvais utiliser : c'était devenu une banalité. » Et la ligne fut coupée.

Comme nombre de ses collègues de la police, Brunetti avait compris depuis longtemps que les tentacules des différentes mafias pénétraient profondément et partout, y compris dans la plupart des institutions publiques et dans le monde des entreprises. Incalculable était le nombre de policiers et magistrats transférés brusquement dans quelque cul-de-sac provincial juste au moment où leur enquête commençait à établir des liens gênants avec le gouvernement. Les gens avaient beau s'efforcer de l'ignorer, les preuves de la profondeur et de l'étendue de cette infiltration étaient confondantes. Les journaux n'avaient-ils pas récemment proclamé qu'avec un chiffre d'affaires de quatre-vingt-treize milliards d'euros, les mafias étaient la troisième plus grande entreprise du pays ?

Brunetti avait vu la Mafia et ses clones, la N'Dragheta et la Camorra, devenir de plus en plus puissantes, passer de la périphérie obscure de ses enquêtes au rôle de moteur principal dans l'univers du crime. Cela lui rappelait le héros du *Mouron rouge*, livre qu'il avait lu adolescent. Il essaya de se rappeler le poème décrivant ceux qui le recherchent pour l'abattre : « Ils le cherchent ici, ils le cherchent là, ces maudits Français le cherchent partout. »

L'Hydre de Lerne n'était-elle pas une meilleure image encore, avec ses têtes multiples qui repoussaient dès qu'elles étaient coupées ? Il se souvint de la jubilation de la presse après les arrestations de Riina, de Provenzano, de Lo Piccolo ; enfin le gouvernement triomphait dans sa longue bataille contre le crime organisé, ne cessait-elle de répéter. Comme si la mort du PDG de General Motors ou de BP suffirait à mettre ces géants à genoux. N'avait-il jamais entendu parler des conseils d'administration ?

Tout au plus, l'arrestation de ces dinosaures favorisait-elle la promotion d'hommes plus jeunes, d'hommes diplômés des meilleures universités, mieux formés pour diriger ces organisations comme les multinationales qu'elles étaient devenues. De plus, il ne fallait pas oublier que deux de ces arrestations s'étaient produites au moment de l'*indulto*, mesure d'indulgence légale qui s'était traduite par la libération de 24 000 criminels dont beaucoup étaient des hommes de main de la Mafia. Ah, comme la loi pouvait se montrer accommodante, quand elle était aux mains de ceux qui savaient le mieux comment s'en servir.

16

Brunetti décida qu'il était plus prudent de parler de Guarino à Patta, mais lorsqu'il arriva, il apprit que le vice-questeur était sorti une heure auparavant. Soulagé, il monta dans son bureau et fit venir Vianello. À l'arrivée de l'inspecteur, il lui rapporta son déplacement à Marghera et comment il avait trouvé Guarino mort, sur le dos, au milieu d'un terrain vague.

« D'où l'avaient-ils amené ? demanda aussitôt Vianello.

— Aucun moyen de le savoir. Les hommes qui l'ont trouvé ont piétiné l'emplacement comme s'ils pique-niquaient.

— Bien pratique, observa l'inspecteur.

— Avant d'en venir aux théories de la conspiration, dit Brunetti, qui avait lui-même commencé à le faire – mais il fut coupé par Vianello.

— Tu as confiance en ce Ribasso ?

— Oui, il me semble.

— Dans ce cas, ça n'avait pas de sens de ne pas lui dire que tu as mis un nom sur la photo que t'as envoyée Guarino.

— L'habitude.

— L'habitude ?

— Ou la préservation du pré carré.

— Classique, soupira Vianello, avant d'ajouter : Nadia dit que c'est à cause des chèvres.

— Des chèvres ? Qu'est-ce que tu racontes ?

— En réalité, à cause des héritages. À qui on laisse les chèvres, aux personnes qui en héritent à notre mort. »

Vianello perdait-il les pédales, ou Nadia faisait-elle pousser autre chose que des fleurs, dans le petit jardin derrière leur appartement ?

« Il vaudrait peut-être mieux présenter les choses d'une manière compréhensible pour moi, Lorenzo, dit-il, toutefois heureux de cette diversion.

— Tu sais que Nadia lit beaucoup, n'est-ce pas ?

— En effet. » Il ne put s'empêcher de penser à une autre femme qui lisait aussi beaucoup.

« Eh bien, elle s'est lancée dans une introduction à l'anthropologie, ou quelque chose comme ça. À la sociologie, peut-être. Elle en parle pendant les repas.

— Elle parle de quoi ?

— Récemment, elle en était aux histoires des règles d'héritage. Bref, il y a une théorie qui explique pourquoi les hommes sont si agressifs et compétitifs – et pourquoi il y a tant de salopards parmi nous. D'après elle, c'est parce que nous voulons avoir accès aux femelles les plus fertiles. »

Brunetti, accoudé à son bureau, se prit la tête dans les mains et gémit. Il avait souhaité une diversion, il était servi.

« D'accord, d'accord, mais il fallait partir de là, dit Vianello. Une fois qu'ils ont les femmes les plus fertiles, ils les engrossent et comme ça ils sont sûrs que les enfants qui hériteront les chèvres sont vraiment les leurs. » Vianello regarda si son supérieur suivait, mais Brunetti avait toujours la tête dans les mains. « Ça me paraissait cohérent quand elle me l'a expliqué, Guido. Nous voulons tous que nos biens aillent à nos enfants, pas à un coucou. »

Le silence persistant de Brunetti – qui avait toutefois cessé de gémir – poussa Vianello à ajouter : « C'est pour cette raison que les hommes sont en compétition. Nous sommes programmés pour cela par l'évolution.

— Et tout ça à cause des chèvres ? demanda Brunetti en relevant la tête.

— Oui.

— Tu veux bien que nous en reparlions plus tard ?

— Comme tu voudras. »

Leur enjouement parut soudain déplacé à Brunetti qui, regardant les papiers sur son bureau, se trouva à court de réplique. Sur quoi Vianello se leva, marmonna qu'il avait quelque chose à dire à Pucetti et partit. Brunetti continua à contempler les papiers.

Son téléphone sonna. C'était Paola, pour lui rappeler qu'elle participait ce soir au dîner d'adieu d'une collègue partant à la retraite et que les enfants allaient à un festival de films d'horreur et ne dîneraient pas non plus à la maison. « Tu auras quelque chose au four », ajouta-t-elle avant qu'il ait le temps de poser la question.

Il la remercia, puis lui demanda, se souvenant de la requête de son beau-père à laquelle il n'avait pas encore donné suite : « Ton père ne t'a pas parlé de Cataldo ?

— La dernière fois que j'ai parlé avec ma mère, elle m'a dit qu'il allait y renoncer, mais elle ne m'a pas dit pour quelle raison. Tu sais, mon père aime bien parler avec toi. Alors fais semblant d'être un gendre attentif et appelle-le pour lui demander toi-même. S'il te plaît, Guido.

— Je *suis* un gendre attentif, protesta spontanément Brunetti.

— Guido, répliqua-t-elle, marquant un long temps d'arrêt après le prénom. Tu sais bien que tu ne t'es jamais intéressé à ses affaires. En tout cas, tu n'as jamais manifesté d'intérêt pour elles. Je suis sûre que ça lui fera plaisir de voir qu'enfin tu te sens concerné. »

Brunetti se sentait mal à l'aise sur la question des activités professionnelles de son beau-père. Comme ses enfants allaient un jour hériter la fortune des Falier, toute manifestation de curiosité de sa part, aussi innocente qu'elle soit, pouvait être interprétée comme intéressée au sens péjoratif du terme : cette seule idée, déjà, lui était désagréable.

Interroger le comte sur Cataldo, se rendait-il compte pendant que Paola attendait sa réaction, était compliqué car l'homme avait pour épouse une femme qui avait tellement intéressé Brunetti que cela s'était vu. « Très bien, se força-t-il à dire. Je vais l'appeler.

— Parfait. » Et elle raccrocha.

Se retrouvant le téléphone à la main, Brunetti composa le numéro du bureau de son beau-père, donna son nom et demanda à parler au comte Falier. Il n'y eut pas les clics, les bourdonnements ni les attentes habituelles, cette fois-ci, et la voix du comte lui parvint au bout de quelques secondes. « C'est gentil d'appeler, Guido. Tu vas bien ? Les enfants ? » Qui n'aurait pas bien connu leur famille et qui n'aurait pas su que Paola parlait à ses parents tous les jours aurait sans doute cru qu'Orazio Falier était depuis quelque temps sans nouvelles d'eux.

« Tout le monde va bien, merci, répondit Brunetti qui ajouta, sans autre préambule : Je me demandais ce que tu avais décidé, à propos de cet investissement. Je suis désolé de ne pas t'avoir rappelé plus tôt, mais je n'ai rien appris – en tout cas rien appris que tu ne saches certainement déjà. » L'habitude de la discrétion au téléphone l'imprégnait tellement, même pour parler de choses anodines avec un membre de sa famille, qu'il avait respecté la consigne : pas de noms, donner aussi peu de précisions que possible.

« Pas de problème, Guido, fit la voix de son beau-père, interrompant ses réflexions. J'ai pris ma décision. » Il marqua une pause. « Si tu veux, je peux t'en dire un peu plus. Serais-tu libre, d'ici une heure ? »

Devant la perspective d'une maison vide, Brunetti n'hésita pas à dire oui.

« J'aimerais aller jeter un coup d'œil à une peinture que j'ai vue hier soir. Si cela t'intéresse, tu pourrais m'accompagner. Dis-moi ce que tu en penses.

— Avec plaisir. Où nous retrouvons-nous ?

— Pourquoi pas à San Bartolo ? On pourra y aller ensemble de là. »

Ils tombèrent d'accord pour sept heures et demie, le comte étant certain que le galeriste resterait ouvert s'il le prévenait. Brunetti consulta sa montre. Il avait le temps de s'occuper d'une partie du déluge de papiers qui s'était abattu sur son bureau aujourd'hui. Il arrêta de rêvasser et entreprit le pensum. En moins d'une heure, toute une pile était passée de sa droite à sa gauche et s'il était très satisfait de son efficacité, il ne se rappelait pas grand-chose de ce qu'il avait lu. Il se leva, s'approcha de la fenêtre, regardant l'église, de l'autre côté du canal, sans vraiment la voir. Il relaça ses chaussures puis ouvrit sa penderie, à la recherche des bottes doublées de laine qui y étaient abandonnées depuis des années : la dernière fois qu'il les avait portées, c'était pour une *acqua alta* particulièrement haute. Il avait remarqué – des mois auparavant – que l'une d'elles était couverte de moisissures et il avait décidé de les jeter, en espérant ne pas se retrouver sans bottes à la questure au moment d'une autre inondation. Il espérait encore plus que la signorina Elettra ne découvrirait pas qu'il avait mis des objets en caoutchouc dans la poubelle des papiers.

De nouveau à son bureau, il jeta un coup d'œil à l'emploi du temps du personnel et constata qu'Alvise devait assurer la réception pendant toute la semaine prochaine. Il le mit, à la place, en patrouille en tandem avec Riverre.

L'heure de partir arriva finalement. Il décida de s'y rendre à pied, idée qu'il regretta dès qu'il se fut engagé dans Borgoloco S. Lorenzo ; si bien que, sentant la température dégringoler, il s'en voulut d'avoir laissé son écharpe dans la penderie. Le vent tomba quand il arriva Campo Santa Maria Formosa, mais la vue des éclaboussures prises par la glace, autour de la fontaine, le gela un peu plus.

Il contourna l'église, descendit San Lio et gagna, par le passage couvert, le Campo où l'attendait de nouveau le vent. Le comte Orazio Falier, la gorge confortablement protégée par un foulard en laine rose que peu d'hommes de son âge auraient osé porter l'attendait également.

Les deux hommes s'embrassèrent, comme ils en avaient pris l'habitude avec le temps, et le comte passa un bras autour de celui de son gendre, lui faisant tourner le dos à la statue de Goldoni pour l'entraîner vers le Ponte del'Ovo.

« Alors, c'est quoi, cette peinture ? » demanda Brunetti.

Le comte salua un passant, puis s'arrêta pour serrer la main d'une femme âgée dont le visage disait quelque chose à Brunetti.

« C'est un portrait. Il n'a rien de spécial, mais il y a quelque chose que j'aime dans ce visage.

— Où est-il ?

— Chez Franco. Nous pourrons parler là-bas », répondit le comte, saluant un couple âgé d'un signe de tête.

Approchant le Campo San Luca, ils passèrent devant le bar qui avait remplacé Rosa Salva, puis franchirent les ponts en direction de la Fenice massacrée. Ils tournèrent à gauche devant le théâtre et passèrent devant Antico Martini, déçus l'un et l'autre qu'il ne soit pas encore l'heure d'y aller dîner, pour entrer dans la galerie qui se trouvait au pied du pont. Franco, que tous les deux connaissaient depuis longtemps, montra d'un geste les tableaux alignés sur les murs, les invitant à les regarder, et replongea dans son livre.

Le comte entraîna son gendre devant un portrait qui, à vue d'œil, paraissait dater du XVIe siècle vénitien. Ne faisant pas plus de soixante par cinquante centimètres, le tableau représentait un jeune homme barbu, la main droite artistiquement posée sur le cœur. Sa main gauche tenait un livre ouvert et son regard intelligent paraissait jauger le spectateur. Derrière son épaule droite, une fenêtre donnait sur un paysage de montagne qui fit penser à Brunetti que le peintre était peut-être originaire de Cornegliano, voire de Vittorio Veneto. Ce beau visage, souligné par un haut col de chemise blanc, se détachait sur un rideau brun foncé. Dessous, il portait un vêtement rouge et un mantelet noir. Deux éclairs blancs apparaissaient à ses poignets, la dentelle et les plis peints avec art, comme l'étaient son visage et ses mains.

« Il te plaît ? demanda le comte.

— Beaucoup. En sais-tu un peu plus sur ce tableau ? »

Avant de répondre, Orazio Falier s'approcha de la toile et attira l'attention de Brunetti sur le blason, juste à côté de l'épaule droite du sujet. « À ton avis, n'aurait-il pas été peint plus tard ? » demanda-t-il en le montrant du doigt.

Guido recula d'un pas pour avoir une meilleure vue d'ensemble. Tendant la main pour cacher le blason, il eut l'impression que les proportions du tableau s'amélioraient. Il étudia encore le portrait quelques instants avant de répondre. « Je crois. Oui. Mais je n'y aurais pas fait attention si tu ne me l'avais pas fait remarquer. »

Le comte eut un murmure d'approbation.

« Qu'est-ce qui s'est passé, à ton avis ?

— Je ne sais pas trop, répondit le comte. Et je ne vois pas comment on pourrait le savoir. Je suppose que cet homme a dû recevoir un titre après l'achèvement du portrait, qu'il l'a ramené chez le peintre et lui a demandé d'ajouter le blason.

— Un peu comme on antidate un chèque ou un contrat, hein ? » demanda Guido, notant avec intérêt que le besoin de tromper était une constante séculaire. « Le goût d'arnaquer est de tous les temps, j'imagine.

— Est-ce là ta façon d'amener Cataldo sur le tapis ? demanda le comte, ajoutant tout de suite : Et je parle tout à fait sérieusement, Guido.

— Non, répondit Brunetti d'un ton égal. Tout ce que j'ai appris, c'est qu'il est riche. Rien ne laisse soupçonner un comportement délictueux. » Il regarda son beau-père. « Saurais-tu quelque chose que j'ignore ? »

Le comte se déplaça pour aller regarder un autre tableau, le portrait grandeur nature d'une femme au visage empâté, couverte de brocart et de parures. « Si seulement elle n'était pas aussi vulgaire, dit-il avec un coup d'œil à Guido. C'est remarquablement peint et j'aurais été prêt à l'acheter. Mais je ne pourrais pas supporter de l'avoir dans la maison. » Il prit Guido par l'épaule et le tira littéralement devant le tableau. « Tu pourrais, toi ? »

Les modes, pour ce qui est de la beauté et des proportions du corps, changent avec les siècles et les cultures, comme le savait Brunetti, et peut-être le considérable tour de taille de la dame avait-il été séduisant pour son mari ou son amant, au XVIIe siècle. Mais son expression d'avidité porcine devait avoir été répugnante à toutes les époques. Sa peau brillait de graisse, pas de l'éclat de la santé ; ses dents, blanches et régulières, étaient celles d'une carnivore insatiable ; les replis gras de ses poignets laissaient imaginer la crasse qu'ils contenaient. La robe d'où débordait son imposante poitrine avait peine à contenir ses chairs.

Mais, comme l'avait observé Orazio Falier, c'était divinement bien peint, avec le juste coup de pinceau pour capter le reflet de ses yeux, l'opulence de sa chevelure blonde et jusqu'à la sensation tactile du tissu de la robe de brocart qui exposait un peu trop ses seins.

« C'est une peinture remarquablement moderne », reprit le comte, en entraînant à nouveau Brunetti, mais cette fois vers deux fauteuils en velours qui avaient peut-être été jadis des sièges réservés au haut clergé.

« Je ne vois pas en quoi, dit Brunetti surpris de trouver aussi confortables les imposants fauteuils. En quoi elle est moderne.

— Elle est l'incarnation de la consommation, expliqua Orazio avec un geste vers la peinture. Il suffit de la regarder et on se demande quelles quantités de nourriture elle a pu ingurgiter au cours de sa vie pour obtenir cette masse de chair, sans parler de ce qu'elle a dû avaler pour rester dans cet état. Et regarde la couleur de ses joues : elle devait boire, aussi. Là encore, imagine les quantités. Et le brocart ? Combien de vers à soie ont péri pour qu'on puisse fabriquer cette robe et ce manteau, ou la soie de son siège ? Regarde aussi ses bijoux. Combien d'hommes sont morts dans des mines pour retirer tout cet or ? Combien, pour extraire le rubis qui est à son doigt ? Et le bol de fruits, sur la table voisine ? Qui a cultivé ces pêches ? Qui a fait le verre, à côté des fruits ? »

Brunetti regarda la peinture de ce nouveau point de vue, y voyant une manifestation de la richesse qui alimente la consommation et en est en retour alimentée. Son beau-père avait raison : on pouvait sans peine la décrypter ainsi, mais y voir tout aussi facilement un exemple de la virtuosité et des goûts de l'époque.

« Et tu vas finir par montrer qu'il y a un rapport dans tout ça avec Cataldo ? demanda Brunetti d'un ton léger.

— La consommation, Guido, continua Orazio Falier comme si son gendre n'avait rien dit. La consommation. Nous en sommes obsédés. Nous désirons avoir non pas une, mais six télés. Avoir un portable neuf tous les ans, sinon tous les six mois – au fur et à mesure que les nouveaux modèles sont mis sur le marché. Et vantés par la pub. Améliorer nos ordinateurs dès la sortie d'un nouveau système d'exploitation, ou dès que l'écran devient plus grand, ou plus petit, ou plus plat ou plus rond, pour ce que j'en sais. » Brunetti pensa à l'ordinateur qu'il avait requis et se demanda sur quoi ce monologue allait déboucher.

« Si tu te demandes où je veux en venir, dit alors le comte à l'étonnement de Guido, c'est à la question des déchets. » Le comte se tourna vers lui comme s'il venait d'asséner la conclusion validant un syllogisme ou une formule algébrique. Guido le regarda, l'œil rond.

En comédien consommé, Orazio Falier laissa passer quelques secondes. Ils entendirent, à l'autre bout de la galerie, le propriétaire tourner une page de son livre.

Finalement, le comte reprit : « Les déchets, Guido. Les déchets. C'était ça que voulait me proposer Cataldo. »

Brunetti se rappela alors la liste des entreprises de Cataldo et commença à les envisager d'une autre manière. « Ah-ah, se permit-il de marmonner.

— Tu as tout de même fait quelques recherches sur lui, n'est-ce pas ?

— En effet.

— Et tu sais dans quel genre d'entreprises il possède des intérêts ?

— Oui, dit Brunetti. Ou du moins j'en connais quelques-unes. Les transports, par mer ou par terre.

— Les transports, mais aussi les équipements lourds d'excavation. Il possède une compagnie maritime et des camions. Des engins de terrassement. Et également – je l'ai découvert grâce à mes gens, qui peuvent être aussi bons que les tiens, Guido – une entreprise de traitement des déchets qui se charge de nous débarrasser de tout ce à quoi je viens juste de faire allusion : les téléphones portables, les ordinateurs, les machines à fax, les répondeurs. » Le comte eut un coup d'œil pour le portrait de la femme. « Le modèle à la mode cette année, bon pour la casse l'année prochaine. »

Brunetti, qui avait compris où tout ceci menait, décida de garder le silence.

« C'est le secret, Guido : à la mode une année, périmé la suivante. Du fait que nous sommes si nombreux, du fait que nous consommons tant de matériel de pacotille et que nous en jetons autant, il faut bien que quelqu'un s'occupe à notre place de le récupérer et d'en disposer. Autrefois, il y avait des gens contents de profiter d'appareils un peu vieux : nos enfants récupéraient nos vieux ordinateurs, nos vieilles télés. Mais de nos jours, tout le monde veut avoir le dernier modèle, la dernière cochonnerie à la mode. Si bien que maintenant, nous devons non seulement payer pour l'acheter, mais payer aussi pour en être débarrassé. » Le comte parlait d'un ton calme, descriptif. Brunetti avait entendu la fille et la petite-fille de Falier faire la même mercuriale, mais avec des accents rageurs et non pas avec cette froideur dépourvue de passion.

« Et c'est ce que fait Cataldo ?

— Oui. Cataldo est l'homme des rebuts. Des gens en récupèrent des montagnes, et quand ils ne savent plus quoi en faire, c'est lui qui les en débarrasse. »

Comme Brunetti restait sans réaction, le comte continua, baissant un peu le ton. « Telle est l'unique raison de son intérêt pour la Chine, Guido. La Chine, montagne de détritus de la planète. Mais il a attendu trop longtemps.

— Trop longtemps pour quoi ?

— Il a surestimé les Africains », répondit le comte. En réponse au petit bruit interrogatif de son gendre, Falier ajouta : « Trois bateaux qu'il a sous contrat ont quitté Trieste, il y a un mois – oui, des bateaux chargés de déchets. Remplis d'un matériel dont le démantèlement serait très coûteux ici. Il a travaillé pendant des années avec les Somaliens. S'il faut croire ce que mes gens ont appris, il leur en a envoyé des centaines de milliers de tonnes. En les payant assez, il pouvait leur refiler tout ce qu'il voulait : personne ne posait de questions sur l'origine et le contenu. Mais les temps changent, et ces méthodes ont provoqué une telle levée de boucliers dans la presse – en particulier après le tsunami d'Indonésie – que l'ONU cherche à interdire ce trafic, si bien qu'il est devenu presque impossible d'envoyer quoi que ce soit là-bas. » Impossible de dire, au ton du comte, ce que lui-même en pensait.

« Sans compter que c'est devenu aujourd'hui sans objet. On devait payer les Africains pour qu'ils les prennent, ajouta-t-il, secouant la tête à l'idée de ces pratiques commerciales caduques. Les Chinois, eux, paient pour qu'on leur apporte la plupart des choses. Ils les démantèlent et récupèrent tout ce qui est récupérable. Et je soupçonne qu'ils envoient les trucs vraiment dangereux dans des décharges au Tibet. » Il haussa les épaules. « Il n'y a pas grand-chose qu'ils ne récupèrent pas. »

Il eut un regard appuyé pour son gendre, comme s'il évaluait ce qu'il pouvait encore lui révéler. Sans doute fut-il satisfait de ce qu'il vit. « T'es-tu jamais demandé pourquoi les Chinois se sont donné autant de mal pour construire une ligne de chemin de fer reliant Pékin au Tibet, Guido ? Crois-tu qu'il y ait assez de touristes pour justifier une telle dépense ? Pour un train de "passagers" ? »

Brunetti ne put que secouer la tête.

« Je parlais de Cataldo, reprit Orazio. Et de ses bateaux. Il a fait un mauvais calcul. Il y a certaines choses que même les Chinois renâclent à prendre, aujourd'hui. Et il en a trois bateaux pleins. Ils n'ont nulle part où aller et ils ne peuvent revenir tant qu'ils ne se seront pas débarrassés de leur cargaison – aucun port d'Europe ne les autoriserait à venir à quai. »

Pendant que le comte mettait de l'ordre dans ses pensées, Brunetti se demanda comment il se faisait que des ports européens, pour commencer, laissent appareiller de tels bateaux – question qu'il jugea plus prudent de ne pas poser à son beau-père. « Qu'est-ce que ces chargements vont devenir ? préféra-t-il demander.

— Il n'a pas eu d'autre choix que de contacter les Chinois et de s'entendre avec eux. Mais il est certain qu'ils sont au courant de l'histoire. Ils apprennent tout, tôt ou tard. Si bien qu'ils lui tiennent la dragée haute et que cela va lui coûter une fortune pour s'en débarrasser. » Devant la réaction de Guido, il s'expliqua plus clairement. « N'oublie pas que ces bateaux sont des charters, ils ne lui appartiennent pas. Ils font des ronds dans l'eau de l'océan Indien en attendant de trouver un endroit où décharger. Si bien que chaque jour qui passe lui coûte une somme non négligeable. Et plus les choses s'éternisent, plus les gens sont nombreux à être au courant et plus le prix augmente.

— De quoi s'agit-il ?

— À mon avis, de déchets nucléaires et de produits chimiques hautement toxiques », répondit Orazio du ton le plus parfaitement neutre et froid que Brunetti l'ait jamais entendu employer. Orazio Falier se tut et reporta son attention sur le portrait de la femme, l'étudiant de nouveau. Puis – à croire qu'il lisait dans l'esprit de son gendre – il reprit la parole, mais sans quitter le portait des yeux. « Te connaissant, Guido, je sais ce que tu penses. C'est pourquoi je soupçonne que ce que je viens de te raconter t'a fait plus ou moins espérer que je venais de connaître une sorte d'épiphanie. »

Brunetti ne laissa transparaître aucune émotion sur son visage qui serait venue nier ou confirmer la remarque de son beau-père.

« J'ai bien connu une illumination, Guido, mais je crains bien qu'elle ne soit pas celle que tu aurais aimé me voir avoir. » Avant que Brunetti ne s'interroge sur la personne qu'était vraiment son beau-père, celui-ci reprit : « Je ne me suis pas engagé sur le chemin du repentir, Guido, et je n'ai pas adopté ta vision du monde – ni celle de Paola.

— Dans ce cas, qu'est-ce qui s'est passé ? demanda Brunetti, le ton neutre.

— J'ai eu un contact avec les avocats de Cataldo – voilà mon illumination. Ou, pour être plus près de la vérité, un de mes avocats a parlé avec l'un de ceux de Cataldo. Et il a appris que Cataldo avait beaucoup trop de découvert, qu'il avait même commencé à vendre des biens immobiliers ici, à Venise, que son banquier lui avait dit qu'il ne fallait pas lui demander une nouvelle ligne de crédit. » Le comte se détourna alors du portrait pour regarder son gendre. Il lui posa une main sur le bras. « Je crois qu'il s'agit d'une information privilégiée, et j'aimerais que tu la gardes pour toi, Guido. »

Brunetti acquiesça, comprenant à présent pourquoi la signorina Elettra n'avait pas été en mesure d'évaluer l'étendue des difficultés financières de Cataldo.

« L'avidité, Guido, l'avidité », reprit Orazio Falier, faisant l'étonnement de Brunetti. Il constatait, il ne jugeait pas.

« Mais alors, qu'est-ce qui va lui arriver ?

— Aucune idée. Sa situation n'a pas encore été rendue publique, mais lorsque cela arrivera – et ce n'est qu'une question de temps – il ne pourra plus trouver d'associé pour son aventure chinoise. Il a trop attendu.

— Ce qui veut dire ?

— Qu'il va connaître des pertes énormes.

— Pourrais-tu l'aider ?

— Sans doute, si je le voulais, répondit le comte, se tournant pour croiser le regard de Guido.

— Mais ?

— Mais je commettrais une erreur.

— Je vois », dit Brunetti, comprenant que la question ne le regardait pas. « Que vas-tu faire ?

— Oh, je vais faire affaire avec les Chinois, mais pas en m'associant avec Cataldo.

— Seul ? »

Le sourire du comte fut minimaliste. « Non, en partenariat avec quelqu'un d'autre. » Brunetti ne put s'empêcher de se demander si ce quelqu'un d'autre ne serait pas l'avocat de Cataldo. « Tout ce que m'a raconté Cataldo était faux. Il m'a dressé un tableau idyllique de ses contacts avec les Chinois, mais il n'y avait pas un mot de vrai. Il m'a donné une chance de mettre un pied dans le pays. » Il ferma les yeux, comme si le fait qu'on puisse faire une telle offre sans s'attendre à ce qu'il y ait une enquête le dépassait.

« Qu'est-ce que tu lui as dit ?

— Que j'étais moi-même un peu juste en ce moment et que je ne disposais pas des capitaux nécessaires pour constituer le partenariat qu'il suggérait.

— Pourquoi n'avoir pas tout simplement refusé, sans donner d'explications ? demanda Guido, ne se sentant pas qu'un peu idiot de poser une telle question.

— Parce que, pour dire la vérité, j'ai toujours eu un peu peur de cet homme, mais cette fois-ci, je me sentais désolé pour lui.

— Et pour ce qui va lui arriver.

— Exactement.

— Mais pas assez pour l'aider ?

— Voyons, Guido. »

17

Si Brunetti avait eu le temps d'une génération pour s'habituer à l'éthique du comte en matière d'affaires, il n'en fut pas moins surpris. Il détourna le regard, comme s'il s'intéressait soudain au portrait de la femme, puis revint à son beau-père. « Et s'il est ruiné ?

— Ah, Guido, les gens comme Cataldo ne sont jamais ruinés. Disons qu'il va subir des pertes, mais elles ne le ruineront pas. Cela fait longtemps qu'il est dans les affaires et il a des relations de poids dans le monde politique. Ses amis s'occuperont de lui. » Orazio Falier sourit. « Ne perds pas ton temps à te sentir désolé pour lui. Si tu veux te sentir désolé pour quelqu'un, sois-le plutôt pour sa femme.

— Je le suis, avoua Brunetti.

— Je sais. Mais pourquoi ? À cause de la sympathie que tu éprouves pour une personne qui aime la lecture ? » demanda Orazio, sans trace de sarcasme dans la voix. Lui-même était un grand lecteur, et la question était naturelle de sa part. « Quand Cataldo me faisait la cour – parce que c'était exactement cela –, je suis allé dîner chez eux. J'étais assis à côté d'elle, non de lui, et elle m'a parlé de ses lectures comme elle l'a fait avec toi, l'autre soir. Et pendant tout le temps qu'elle commentait *Les Métamorphoses*, j'ai eu le sentiment qu'elle était très seule. Ou très malheureuse.

— Pourquoi ? » demanda Brunetti, frappé par l'idée que le choix de cet ouvrage était une allusion à son visage et aux transformations qu'il devait avoir subies.

— Eh bien, il y a le choix de ses lectures, mais aussi sa figure. Les gens pensent tout de suite des tas de choses sur elle à cause de tous ces liftings.

— Et que crois-tu qu'ils pensent ? »

Le comte se tourna vers le portrait de la femme et l'étudia quelque temps. « Nous trouvons ce visage étrange, répondit-il avec un geste négligent vers le tableau, mais à son époque il était parfaitement acceptable, peut-être même séduisant. Alors que pour nous, elle n'est qu'un tonneau de saindoux à la peau graisseuse. » Puis, incapable de résister à la tentation, il ajouta : « Pas très différente des épouses de nombre de mes associés en affaires. »

Brunetti voyait tout à fait ce qu'il voulait dire, mais s'abstint de commenter.

« À notre époque, Franca Marinello est mal acceptée à cause de son aspect. Ce qu'elle a fait à son visage est tellement inhabituel que rares sont les gens qui peuvent la voir sans se faire des réflexions. » Il se tut. Guido attendit. Orazio Falier ferma les yeux et soupira. « Dieu seul sait le nombre de femmes, parmi les épouses de mes amis, qui ont fait la même chose : les yeux, le menton, puis tout le visage. » Il rouvrit les yeux pour regarder le portrait. « Si bien qu'elle n'a fait que ce que les autres ont fait, mais poussé à un degré qui rend toute la chose grotesque. Je me demande, continua-t-il en se tournant vers son gendre, quand les femmes parlent d'elle, si elles ne pensent pas à elles-mêmes et si, en parlant d'elle comme si elle était une sorte de monstre, ce n'est pas pour se persuader que jamais elles ne feraient une chose pareille, que jamais elles n'iraient aussi loin.

— Ce qui n'explique pas pourquoi elle l'a fait, elle, n'est-ce pas ? dit Brunetti, évoquant le visage étrange, ayant un air venu d'ailleurs.

— Dieu seul le sait, répondit le comte, ajoutant au bout d'une seconde : Elle l'a peut-être dit à Donatella.

— Tu crois ? » s'étonna Guido, se demandant pourquoi Franca Marinello aurait raconté ça à quelqu'un et à la comtesse en particulier.

« Elles sont amies depuis l'université. Donatella avait un cousin prêtre dans la région d'où Franca est originaire, et

Franca le connaissait, je ne sais comment. Il lui a donné le nom de Donatella quand elle est venue à Venise, où elle ne connaissait personne. Et elles sont devenues de grandes amies. Ne me pose pas la question, ajouta Orazio Falier, levant la main devant l'expression de son gendre. Je ne sais rien, sinon que Donatella a la plus grande estime pour elle. » Il prit une expression à la fois malicieuse et enfantine. « Tu ne t'es pas demandé pourquoi elle s'est retrouvée en face de toi ? »

Bien sûr que si, Brunetti se l'était demandé. « Non, pas vraiment.

— Parce que Donatella savait à quel point il lui manque de pouvoir parler de ce qu'elle lit. Et toi aussi. Elle a donc accepté quand je lui ai dit que tu aurais plaisir à parler avec elle.

— Ce fut le cas.

— Bien. Donatella sera contente.

— Et elle ?

— Qui ?

— La signora Marinello. Ça lui a fait plaisir ? »

Orazio Falier lui adressa un regard étrange, comme s'il était surpris à la fois par la question et par son formalisme, et se contenta de répondre qu'il ne le savait pas. Puis comme s'il en avait assez de parler d'une femme vivante, il eut un geste vers le tableau et dit : « Mais nous parlions de la beauté. Quelqu'un a bien dû trouver cette femme suffisamment belle pour la peindre ou commander son portrait, pas vrai ? »

Brunetti réfléchit à la question, puis songea à la peinture pour finalement répondre par oui, mais à contrecœur.

« Alors il y aura bien quelqu'un, ou Franca elle-même, pour trouver beau ce qu'elle a fait à son visage, observa le comte. J'ai entendu dire que c'était le cas d'une certaine personne. Tu sais bien comment c'est, dans cette ville, Guido, les rumeurs vont bon train.

— Tu veux dire qu'il est question d'un autre homme ? »

Le comte acquiesça de la tête. « Donatella a laissé échapper quelque chose l'autre soir, mais lorsque je lui ai demandé ce qu'elle avait voulu dire, elle s'est rendu compte qu'elle avait trop parlé et s'est refermée comme une huître. J'imagine que c'est un comportement auquel tu es habitué avec Paola, ne put-il s'empêcher d'ajouter.

— À peine », répliqua Brunetti. Au bout d'un moment de réflexion, il demanda : « Tu as entendu dire autre chose ?

— Non, rien. Il est plutôt rare qu'on me raconte ce genre de ragots. »

N'ayant soudain plus envie de poursuivre cette conversation sur Franca Marinello, Brunetti demanda *ex abrupto* de quoi Orazio avait voulu lui parler en l'invitant à se joindre à lui.

De la déception – pouvait-il s'agir de mortification ? – passa comme un éclair sur le visage d'Orazio Falier. Brunetti le vit qui préparait une réponse. « Il n'y avait aucune raison précise, Guido, dit-il finalement. J'aime bien parler avec toi, c'est tout. Et nous avons rarement l'occasion de le faire, de nous entretenir ainsi de choses et d'autres. » Il chassa un grain de poussière de sa manche, revint à Guido et dit : « J'espère que ça ne t'ennuie pas. »

Brunetti se pencha et posa une main sur l'avant-bras du comte. « Au contraire, Orazio, j'en suis ravi », dit-il, incapable de s'expliquer vraiment pour quelle raison il était autant touché par la remarque de son beau-père. Puis il reporta son attention sur le tableau. « Paola dirait probablement que c'est le portrait d'une femme, pas d'une dame. »

La formule fit rire le comte, qui se leva et s'approcha du portrait du jeune homme. « Celui-ci, en revanche, ça me plairait de l'avoir. » Puis il repartit vers le fond de la galerie pour parler avec le propriétaire, laissant son gendre à la contemplation des deux toiles, des deux visages, de deux visions de la beauté.

Le temps de retourner au palazzo Falier, Brunetti portant le tableau soigneusement emballé sous le bras, puis de discuter de son meilleur emplacement, il était neuf heures passées.

La comtesse n'était pas chez elle, apprit Brunetti désappointé. Ces dernières années, il avait fini par apprécier aussi bien son honnêteté intellectuelle que son bon sens, et il avait plus ou moins envisagé de lui parler de Franca Marinello. Il dut se contenter de prendre congé de son beau-père – lequel était inhabituellement silencieux – encore heureux de leur conversation et du plaisir qu'avait eu le comte à faire cette simple acquisition.

Il revint chez lui à pas lents, vaguement déconfit, comme il l'était tous les hivers, de voir la nuit tomber si tôt, et oppressé par le froid et l'humidité qui n'avaient fait qu'augmenter depuis le matin. Au pied du pont où il avait aperçu pour la première fois Franca Marinello et son mari, il s'appuya au parapet, songeant avec étonnement à tout ce qu'il avait appris en… combien ? Moins d'une semaine.

Puis il se rappela soudain l'expression du comte, quand il lui avait demandé pour quelle raison il voulait lui parler, avec le sous-entendu que cette raison aurait pu être intéressée. Brunetti s'était tout d'abord inquiété que son beau-père se soit senti offensé, mais ce qu'il n'avait pas admis, sur le moment, était que la question lui avait aussi fait mal. La souffrance d'un vieil homme craignant d'être rejeté par sa famille, l'expression qu'il avait vue à des personnes âgées éprouvant cette même crainte. L'image du terrain vague de la raffinerie, à Marghera, lui revint à l'esprit.

Un jeune homme s'arrêta à sa hauteur. « Vous allez bien, monsieur ? »

Brunetti leva les yeux sur lui, essaya de sourire et hocha la tête. « Oui, merci, dit-il. Je réfléchissais, c'est tout. »

Le jeune homme portait une parka d'un rouge éclatant et avait le visage entouré par la fourrure du capuchon. Quand Brunetti croisa son regard, les traits du jeune homme devinrent légèrement flous et Brunetti se demanda si ce n'était pas un signe précurseur d'évanouissement. Il se tourna pour regarder vers l'eau, cherchant l'autre côté du Grand Canal, et ressentit la même impression de flou. Il posa son autre main sur le parapet. Cligna des yeux, espérant retrouver une vision normale, cligna encore.

« La neige », dit-il au jeune homme avec un sourire.

Le jeune homme lui adressa un dernier et long regard avant de repartir pour franchir le pont et s'engager sous le portail de l'université. La main sur le parapet, Brunetti traversa à son tour le pont, redescendant à pas prudents de l'autre côté. La chaussée était mouillée mais il n'y avait pas assez de neige pour la rendre glissante. Il se rappela les récits qu'il avait lus, enfant, sur les explorateurs de l'Arctique cheminant jusqu'à la mort au milieu d'étendues de neige sans fin. Comment ils avaient marché, marché, la tête basse pour lutter contre le vent, avec pour unique pensée de poser un pied devant l'autre et de recommencer. Et Brunetti posa donc un pied devant l'autre, ne pensant qu'à retrouver la chaleur du foyer, un endroit où se reposer pour interrompre, fût-ce momentanément, cette poursuite sans fin d'un horizon éternellement fuyant.

L'esprit du capitaine Scott lui fit grimper l'escalier et entrer dans son appartement. Il était tellement pris dans les images du calvaire de l'explorateur que c'est tout juste s'il ne se pencha pas pour retirer ses bottes en peau de phoque et se débarrasser de sa peau d'ours. Il se contenta de retirer ses chaussures et d'accrocher son manteau à une patère.

Il évalua ses forces, estima qu'il en avait assez et alla dans la cuisine se servir un grand verre de grappa. Il revint avec dans le séjour, où l'obscurité l'attendait. Il alluma, mais du coup, il ne voyait plus la neige s'écraser sur la porte-fenêtre de la terrasse. Il éteignit.

Il s'allongea sur le canapé, après avoir disposé deux coussins pour sa tête, et là prit une première, puis une deuxième gorgée de grappa. Et tandis qu'il regardait tomber la neige, il pensa combien Guarino avait eu l'air fatigué quand il avait pris conscience que tout le monde travaillait pour Patta.

Dans les moments de grande nécessité, sa mère avait coutume d'invoquer certains saints qu'elle avait en réserve. Saint Janvier, pour la protection des enfants ; saint Mauro, spécialiste des estropiés, tâche dans laquelle l'aidait saint Egidio ; sans parler de sainte Rosalie, chargée de lutter contre la pestilence et à qui sa mère faisait appel contre les oreillons, la rougeole et la grippe.

Allongé sur le canapé, sirotant sa grappa et attendant le retour de Paola, il pensa à sainte Rita de Cascia qui protégeait de la solitude. « Santa Rita, pria-t-il, *aiutaci.* » Mais qui, songea-t-il, lui demandait-il d'aider ? Il posa son verre vide sur la table et ferma les yeux.

18

Il entendit une voix et, quelques instants, crut que c'était sa mère qui priait. Il ne bougea pas, heureux à l'idée d'entendre la voix de celle qu'il savait partie et qu'il n'entendrait ni ne reverrait jamais. Il voulait prolonger l'illusion, sachant qu'elle lui faisait du bien.

La voix continua de parler, puis il sentit un baiser sur son front, là où sa mère l'embrassait quand elle le couchait. Mais le parfum était différent.

« De la grappa avant le dîner ? demanda-t-elle. Dois-je en conclure que tu vas te mettre à nous battre et que nous finirons dans le caniveau ?

— Ne devais-tu pas aller dîner quelque part ?

— Au dernier moment, ça a été au-dessus de mes forces. J'ai été jusqu'au restaurant avec eux, et là j'ai dit que je ne me sentais pas très bien – ce qui était on ne peut plus vrai – et je suis rentrée. »

Une onde chaude de satisfaction parcourut Guido à l'idée de la seule présence physique de sa femme. Il sentit le poids de son corps sur le bord du canapé. Il ouvrit les yeux. « J'ai l'impression que ton père se sent seul et qu'il a peur de la vieillesse, dit-il.

— À son âge, c'est naturel, répondit-elle d'une voix calme.

— Il ne devrait pas », protesta Guido.

Elle éclata de rire. « Les émotions n'ont que faire de ces considérations, Guido. Les meurtres impulsifs qu'on voit tous les jours en sont la meilleure preuve. » Elle vit son expression et se reprit. « Désolée. J'aurais dû prendre une meilleure comparaison. Les mariages impulsifs, tu vois ?

— Mais est-ce que tu es d'accord ? Tu le connais mieux que moi : tu devrais mieux savoir ce qu'il pense. Ou ce qu'il ressent.

— Tu le crois vraiment ? demanda-t-elle, se laissant glisser jusqu'au bout du canapé pour s'asseoir contre les pieds de Guido, qu'elle tapota et cala contre sa hanche.

— Bien sûr, tu es sa fille.

— Crois-tu que Chiara te comprenne mieux que tout le monde ? objecta-t-elle.

— Ce n'est pas pareil. Elle n'est encore qu'une adolescente.

— C'est donc l'âge qui fait la différence ?

— Oh, arrête de te prendre pour Socrate, rétorqua-t-il avant de reposer sa question. Crois-tu que ce soit vrai ?

— Qu'il se sent vieux et seul ?

— Oui. »

Paola posa une main sur le bas du pantalon de Guido, chassa un peu de boue restée accrochée à l'ourlet et laissa passer quelques secondes avant de répondre. « Oui, je crois que c'est ce qu'il ressent, dit-elle en lui caressant la jambe. Mais si cela peut te consoler, je crois que je l'ai presque toujours vu comme ça depuis que je suis adulte.

— Comment l'expliques-tu ?

— Par le fait qu'il est intelligent et cultivé et qu'il passe le plus clair de son temps au travail en compagnie de gens qui ne le sont pas. Non, ajouta-t-elle avec deux petites tapes sur sa jambe pour l'empêcher de protester, avant de me contredire, laisse-moi reconnaître qu'il y en a beaucoup d'intelligents, mais pas comme lui. Il fonctionne à un niveau abstrait et ses collaborateurs ne se soucient en général que des pertes et profits.

— Et pas lui ? demanda Brunetti avec une pointe de scepticisme dans la voix.

— Si, bien sûr, qu'il veut gagner de l'argent. Je te l'ai dit, c'est dans la famille depuis la nuit des temps. Mais il a toujours trouvé que c'était trop facile. Son désir profond, c'est de découvrir l'envers des choses, de mettre à jour leur cheminement secret pour les comprendre.

— Un philosophe manqué ? »

Elle lui adressa un regard courroucé. « Ne fais pas de mauvais esprit, Guido. Je ne parle pas à la légère. Je crois que ce qui le trouble, maintenant qu'il ne peut plus nier qu'il est vieux, c'est l'idée qu'il a raté sa vie.

— Mais pourtant… » dit Brunetti, ne sachant par laquelle de ses objections commencer : un mariage heureux, une fille merveilleuse, deux petits-enfants délicieux, la richesse, le succès financier, la position sociale… Il agita les orteils pour attirer son attention. « Je ne comprends vraiment pas.

— Le respect. Il voudrait que les gens le respectent. Je crois que c'est aussi simple que ça.

— Mais tout le monde le respecte.

— Toi, non », rétorqua-t-elle avec tellement de force que Guido se prit à soupçonner qu'elle attendait depuis des années, sinon des dizaines d'années, de lui dire ça. Il retira ses pieds et se remit en position assise. « Je me suis rendu compte aujourd'hui que je l'aimais, dit-il en guise de rachat.

— Ce n'est pas pareil ! »

Quelque chose cassa en lui. Il s'était tenu ce jour même près du cadavre d'un homme plus jeune que lui, abattu d'une balle dans la tête. Et il craignait que cet assassinat soit dissimulé par des gens comme le père de Paola : des gens riches, puissants, aux relations haut placées. Et en prime, il fallait le respecter, aussi ?

D'une voix froide, Guido dit alors : « Il m'a confié aujourd'hui, ton père, qu'il envisageait d'investir en Chine. Je ne lui ai pas demandé dans quoi, mais pendant notre conversation, il a mentionné tout à fait en passant que les Chinois envoyaient des déchets toxiques au Tibet et que c'était pour cette raison qu'ils avaient construit le chemin de fer de Lassa. »

Il se tut et attendit. Finalement, Paola demanda : « Et où veux-tu en venir ?

— À ceci : qu'il va investir là-bas et que rien de tout ça ne semble le gêner le moins du monde. »

Elle se tourna pour le regarder, comme intriguée par la vue de cet inconnu assis à côté d'elle. « Et s'il te plaît dis-moi, commissaire Brunetti, qui donc t'emploie ?

— La police de l'État.

— Et qui les emploie, eux ?

— Le ministère de l'Intérieur.

— Et eux ?

— Allons-nous remonter la chaîne alimentaire jusqu'à la tête du gouvernement ? s'enquit Brunetti.

— Nous y sommes déjà, j'ai l'impression. »

Ils gardèrent tous les deux le silence pendant un moment – un silence annonçant des récriminations. Paola fit un pas dans cette direction. « Tu travailles pour ce gouvernement-là et tu oses critiquer mon père parce qu'il investit en Chine ? »

Brunetti ouvrait déjà la bouche pour répondre, mais Raffi et Chiara firent irruption à cet instant dans l'appartement. Il y eut un déchaînement de piétinements et de bruits divers au point que Paola se sentit obligée de se lever et d'aller dans le couloir, où les deux ados faisaient tomber la neige de leurs chaussures et la secouaient de leur manteau.

« Alors, ce festival de films d'horreur ? demanda Paola.

— Gé-nial, répondit Chiara. Ils ont commencé avec *Godzilla*, un truc vieux d'un siècle avec les effets spéciaux les plus ringards que tu puisses imaginer.

— Nous avons manqué le dîner ? les interrompit Raffi.

— Non, dit Paola avec un soulagement perceptible. J'allais juste commencer à préparer quelque chose. Vingt minutes, ça ira ? »

Les deux jeunes gens répondirent d'un hochement de tête, finirent de s'ébrouer, pensèrent alors à mettre leurs chaussures sur le palier et se rendirent dans leur chambre respective.

Ce fut purement par hasard que Paola prépara une salade de poulpe en entrée, ce soir-là, mais Guido ne put s'empêcher de faire le rapprochement entre les habitudes prudentes et discrètes de cette timide créature et la circonspection avec laquelle les enfants réagirent devant le silence de leur mère, une fois qu'ils furent à table et eurent vu son expression. De même que le poulpe avance un tentacule précautionneux pour toucher ou examiner quelque chose afin de mieux évaluer une menace éventuelle, Raffi et Chiara, ayant l'avantage sur le poulpe d'être dotés de la parole, utilisèrent celle-ci pour jauger le péril. Guido fut donc obligé de subir sans rien dire l'enthousiasme parfaitement feint dans leur envie de faire la vaisselle après le dîner, et la docilité de leurs réactions aux questions formelles de Paola sur leurs cours.

Paola resta calme pendant tout le repas, limitant ses interventions à demander qui voulait reprendre un peu de lasagnes. Brunetti remarqua que le comportement des enfants changeait aussi : ils ne se jetèrent pas sur la nourriture et Chiara se retint de repousser les petits pois sur le bord de son assiette, habitude qui agaçait sa mère. Heureusement, les pommes au four à la crème ranimèrent la bonne humeur générale, et quand Guido prit son café, un semblant de paix avait été restauré.

Quand il retourna dans le séjour, Paola s'installait dans son fauteuil de lecture préféré. Il s'arrêta auprès d'elle, le temps de lire le titre du livre qu'elle tenait encore fermé. « Toujours fidèle au maître, je vois ?

— Jamais je n'abandonnerai M. James », jura-t-elle en ouvrant le livre. Guido se sentit respirer un peu mieux. Ils n'étaient pas rancuniers dans la famille, et il crut comprendre qu'il n'y aurait pas de reprise des hostilités.

Il s'assit, puis s'allongea sur le canapé. Après un moment à s'impliquer dans la défense de Sextus Roscius, il laissa l'ouvrage retomber sur son estomac et tourna la tête pour regarder Paola en contre-plongée. « Tu sais, c'est étrange que les Romains aient autant répugné à mettre les gens en prison.

— Même les coupables ?

— En particulier les coupables. »

Elle leva les yeux de son livre, intéressée. « Et comment les punissait-on à la place ?

— On les laissait s'enfuir lorsqu'ils étaient condamnés. Il y avait une période de grâce avant l'exécution de la sentence, et la plupart en profitaient pour partir en exil.

— Comme Craxi* ?

— Exactement.

— Est-ce que les autres pays ont autant d'hommes condamnés par la justice, dans leur gouvernement ? demanda Paola.

— Il paraît qu'il y en a pas mal en Inde », répondit Brunetti en retournant à son livre.

Au bout d'un moment, Paola l'entendit pouffer doucement, puis éclater carrément de rire. Elle leva les yeux de son livre et dit : « Je dois reconnaître qu'il arrive que le maître me fasse sourire, mais il ne m'a jamais fait rire.

— Alors écoute ça. » Brunetti revint au passage qu'il venait de lire. « Les philosophes déclarent, très justement, que même une simple expression du visage peut être un manquement aux devoirs filiaux.

— Ne devrions-nous pas recopier ça et l'afficher sur le frigo ?

— Un instant, dit Guido en revenant vivement de quelques pages en arrière. J'en ai une encore meilleure, quelque part par là.

— Pour le frigo ?

— Non. » Il cherchait encore le passage. « On devrait le placarder sur tous les bâtiments publics du pays. Sinon le graver dans le marbre. »

Paola eut un geste circulaire de la main pour l'encourager à se presser.

Il lui fallut un moment et quelques allers et retours pour trouver le passage. Il s'allongea à nouveau, tint le livre à bout de bras et se tourna vers elle. « Cicéron dit que c'est le devoir de tous les bons consuls, mais je pense qu'on peut étendre cela à tous les politiciens. » Elle acquiesça et il se tourna vers le livre, prenant un ton déclamatoire. « Il doit protéger la vie

* Bettino Craxi, homme politique italien condamné pour corruption, s'était enfui en Tunisie, où il mourut.

et les intérêts des gens, faire appel au sens patriotique de ses concitoyens et, de manière générale, placer le bien-être de la communauté au-dessus du sien. »

Paola garda le silence, réfléchissant à ce qu'il venait de lui lire. Puis elle referma son Henry James et le jeta sur la table. « Et moi qui pensais que *mon* livre était une œuvre de fiction. »

19

Réveil enneigé. À l'obliquité de la lumière, Guido le savait avant même d'avoir les yeux complètement ouverts, avant même d'être complètement réveillé. Il regarda vers les fenêtres, vit le trait blanc en équilibre sur la main courante en fer du balcon et, au-delà, les toits couverts de neige et un ciel si bleu qu'il lui fit mal aux yeux. Pas le moindre petit nuage en vue, à croire qu'ils avaient été repassés dans la nuit avant d'être jetés comme un drap immaculé sur la ville. Restant allongé, il chercha à se rappeler quand il avait neigé comme ça pour la dernière fois – quand la neige était restée sans être aussitôt lessivée par la pluie.

Il voulait savoir combien il en était tombé. Il se tourna pour partager son enthousiasme avec Paola, mais la vue de cette ligne blanche ondulante, gisant immobile à côté de lui, réfréna son ardeur, et il se contenta de se lever et d'aller jusqu'à la fenêtre. Le clocher de San Polo était enneigé, lui aussi, et au-delà, celui des Frari. Il quitta la chambre et alla dans le bureau de Paola, d'où il pouvait voir le clocher de San Marco, son ange d'or éblouissant dans la lumière. Il entendit, lointain, le tintement d'une cloche, mais la réverbération était changée par la neige qui couvrait tout et il n'aurait pu dire de quelle église il provenait, ni même de quelle direction.

Il retourna dans la chambre et se tint à nouveau devant la fenêtre. On voyait déjà les délicates empreintes tridactyles d'un oiseau sur la neige de la terrasse. L'une des traces allait jusqu'au bord, comme si l'oiseau n'avait pu résister à la tentation de se jeter au milieu de toute cette blancheur. Sans réfléchir, il ouvrit la porte-fenêtre et se pencha pour toucher la neige, pour sentir si elle était du genre mouillée, bonne pour les boules de neige, ou sec, qui voletait lorsqu'on marchait dedans.

« Tu es devenu fou ou quoi ? » s'indigna une voix à moitié étouffée par l'oreiller. Plus jeune, Guido aurait peut-être rapporté une poignée de neige dans le lit ; il se contenta de laisser l'impression de sa main dedans. Du genre sec, remarqua-t-il.

Il referma la porte-fenêtre et revint s'asseoir sur le lit. « Il a neigé. » Il approcha la main qui avait touché la neige de l'épaule de Paola. Elle avait beau avoir la tête tournée de côté et aux trois quarts dissimulée par l'oreiller, il n'eut aucun problème à entendre ce qu'elle lui dit : « Si jamais tu me touches avec ta main gelée, je divorce et je pars avec les enfants.

— Ils sont en âge de décider par eux-mêmes, répondit-il avec un calme qu'il jugea olympien.

— C'est moi qui fais la cuisine.

— C'est vrai », dit-il, admettant sa défaite.

Elle retomba dans son état comateux et Guido alla prendre sa douche.

Lorsqu'il quitta l'appartement, un peu plus d'une demiheure plus tard, il avait avalé un premier café et pensé à prendre son foulard. Il avait également enfilé une paire de bottes à semelles de caoutchouc. C'était effectivement une neige poudreuse qui s'étendait devant lui, immaculée, jusqu'au premier carrefour. Brunetti enfonça ses mains dans les poches de son manteau et avança un pied prudent afin de voir si la chaussée était glissante ou non. Pas du tout, découvrit-il avec joie : c'était comme marcher au milieu de plumes. Il donna un coup de pied à droite, un autre à gauche, et de grands panaches enneigés s'élevèrent devant lui.

Une fois au carrefour, il se tourna et regarda fièrement son travail. Beaucoup de gens étaient passés dans la rue menant au Campo, et le piétinement avait repoussé la neige de côté, laissant des endroits dégagés où la neige commençait à fondre. Les gens marchaient à pas précautionneux, tels des marins qui viennent juste de remettre pied à terre. Mais c'était du bonheur, et non pas de l'inquiétude qu'on lisait sur la plupart des visages, comme si l'école était terminée et qu'on venait de leur rendre leur liberté. Les gens se souriaient, on échangeait des remarques entre étrangers.

Il s'arrêta à son kiosque habituel et acheta *Il Gazzettino*, se traitant de « récidiviste » en prenant le journal. Il y avait un court article, en première page, sur le meurtre de Marghera : deux phrases et un renvoi en première page de la deuxième section. Il alla directement en deuxième section. Il apprit que le cadavre d'un homme non identifié avait été trouvé dans le complexe industriel de Marghera. Que l'homme avait été abattu, laissé dans un terrain vague et trouvé par un veilleur de nuit. Les carabiniers disaient avoir une piste et espéraient pouvoir rapidement identifier la victime.

Brunetti fut stupéfait du laconisme de l'article – on aurait pu croire que le prétendu veilleur de nuit avait l'habitude de tomber tous les soirs sur des cadavres. Il n'y avait aucune description du mort, aucune indication sur l'endroit où on l'avait trouvé et bien entendu, on ne mentionnait pas son appartenance aux carabiniers, vu qu'il était « non identifié ». Brunetti aurait bien aimé savoir qui était à l'origine de ce faux patent et connaître les raisons qui l'avaient motivé.

Il referma le journal en arrivant au pied du Rialto et le mit sous son bras. Une fois de l'autre côté du pont, il hésita entre prendre le vaporetto ou continuer à pied. Il choisit le vaporetto, séduit à l'idée de passer au large de la place Saint-Marc enneigée.

Il prit le numéro 2 pour aller plus vite et resta sur le pont pendant qu'ils remontaient le Grand Canal, enchanté par la métamorphose qui s'était produite pendant la nuit. Les quais étaient blancs, les bâches qui protégeaient les gondoles à l'amarre étaient blanches, de même que les ruelles plus étroites que quelques personnes seulement avaient empruntées, et qui s'enfonçaient vers le cœur de Venise. Il remarqua, en passant devant les *Comune*, à quel point la neige rendait crasseux certains bâtiments ; seuls ceux revêtus d'enduit jaune ou ocre gardaient leur respectabilité. Ils passèrent devant les palazzi Moncenigo et il se souvint d'avoir été dans l'un d'eux, enfant, avec son oncle, mais ne put se rappeler à quelle occasion. Ce fut ensuite le palazzo Foscari, sur la droite, aux rebords de fenêtres parés d'un filigrane de neige. Puis sur le gauche, le palazzo Grassi, déchu au rang d'entrepôt sans charme pour œuvres d'art de seconde catégorie. À hauteur du pont de l'Académie, il vit les passants s'agripper à la rampe pour négocier les marches. Il se tourna vers l'autre côté et vit le même spectacle. *Un revêtement de bois est beaucoup plus traître que la pierre*, pensa-t-il, *en particulier quand son inclinaison projette le marcheur en avant.*

Puis ce fut la Piazzetta. Le reflet de l'étendue de neige, entre la bibliothèque et le palais des Doges, était tellement aveuglant qu'il dut protéger ses yeux de la main. Ce bon vieux San Teodoro était toujours juché au sommet de sa colonne, enfonçant sa lance dans la tête de son dragon de poche.

Des parties de dômes apparaissaient entre les plaques d'une neige qui commençait à fondre au soleil du matin, au milieu de statues de saints et des lions volants, tandis que les bateaux se saluaient de leur sirène et que Brunetti fermait les yeux de bonheur.

Quand il les rouvrit, ils étaient de l'autre côté du pont, déjà encombré à cette heure par des hordes de touristes qui tous essayaient de se faire prendre en photo, là où tant de gens étaient passés pour la dernière fois avant d'être jetés dans un cachot, torturés puis tués.

Il y avait de moins en moins de neige et lorsque le vaporetto arriva à San Zaccaria, il en restait tellement peu que ses bottes en devenaient une encombrante affectation.

Le planton, à l'entrée, le salua nonchalamment. Brunetti demanda Vianello, mais l'inspecteur n'était pas encore arrivé. Pas plus que le vice-questeur que Brunetti imagina chez lui encore en pyjama, espérant que quelqu'un lui écrive un mot d'excuse expliquant son retard par la neige.

Il se rendit dans le bureau de la signorina Elettra.

Sans autre préambule, elle lui lança dès qu'elle le vit : « Vous ne m'aviez pas dit que vous aviez eu une photo de lui. » Elle portait une jupe noire et un chemisier safran très bouddhiste. Il contrastait fortement avec le ton posé de sa voix.

« C'est exact, répondit-il d'un ton tout aussi posé.

— Ce n'était pas trop affreux ? Pour lui ? » demanda-t-elle – question qui soulagea Brunetti car elle lui apprenait que si Elettra en avait entendu parler, elle n'avait pas vu le cliché.

Brunetti résista à l'envie de la protéger – mais que dire, sinon la vérité ? « Il est mort sur le coup. Il a dû être pris complètement par surprise.

— Comment pouvez-vous en être sûr ? »

Il évoqua Guarino allongé sur le sol, sa mâchoire défoncée. « Vous n'avez pas besoin de le savoir. Croyez-moi sur parole et n'insistez pas.

— C'était qui, en fin de compte ? » demanda-t-elle.

La question troubla Brunetti, tant les réponses se bousculaient dans sa tête. Un carabinier. Un homme en qui Avisani avait confiance. Qui enquêtait sur les transports illégaux de déchets, même si Brunetti n'en savait guère plus. Qui s'intéressait aussi à un individu au caractère emporté, un joueur n'aimant pas perdre, et dont le nom pouvait être Antonio Terrasini. Qui était séparé de sa femme.

Tandis qu'il dressait cette liste dans son esprit, Brunetti dut reconnaître qu'il n'avait pas mis en doute un seul mot de ce que lui avait dit Guarino. L'homme avait esquivé certaines questions, certes, mais le commissaire devait admettre qu'il croyait ce que l'autre lui avait dit.

« Je crois que c'était avant tout quelqu'un d'honnête », dit-il finalement.

Elle ne commenta pas cette réponse, demandant à la place : « Ça ne change rien, le fait d'avoir la photo, n'est-ce pas ? » Brunetti réagit par un grognement. « Et pourtant si, d'une certaine manière. Ça rend les choses plus réelles. »

La signorina Elettra éprouvait rarement du mal à s'exprimer. Brunetti fut incapable, lui, de trouver ce qu'il fallait lui répondre. Il n'y avait peut-être rien à ajouter.

« Ce n'était pas de ça que je voulais vous parler, cependant », reprit-elle. Mais avant qu'elle ait pu poursuivre, ils furent alertés par un bruit de pas. Ils se tournèrent et virent Patta faire son entrée, mais un Patta qui aurait été habillé comme le capitaine Scott si celui-ci avait eu le loisir de s'équiper dans les magasins chics de la Mercerie. La parka beige de Patta avait un capuchon bordé de fourrure. Elle était négligemment entrouverte, laissant voir la doublure. Dessous, il portait un veston en tweed Harris et un col roulé bordeaux, apparemment en cachemire. Il avait aux pieds des bottes en caoutchouc qui rappelaient furieusement celles que Raffi avait montrées à son père dans la devanture du *Duca d'Aosta*, la semaine dernière.

La neige, qui avait paru mettre de bonne humeur tous les gens que Brunetti avait croisés, semblait avoir eu l'effet inverse sur Patta. Le vice-questeur adressa un signe de tête à la signorina Elettra – s'il la saluait toujours poliment, son geste n'avait cependant rien d'amical – et dit simplement à Brunetti de le suivre dans son bureau.

Ce que fit Brunetti, qui attendit que son supérieur se débarrasse de sa parka. Celui-ci la déposa à l'envers, pour bien montrer le motif Burberry caractéristique, sur le dossier de l'une des deux chaises faisant face à son bureau, montrant l'autre à Brunetti.

« Est-ce que cette histoire va nous valoir des ennuis ? demanda Patta sans autre préambule.

— Vous voulez parler du meurtre, monsieur ?

— Bien sûr, que je veux parler du meurtre. Un carabinier – et en plus un major, pour l'amour du ciel – se fait assassiner sur notre territoire. Qu'est-ce qui se passe ? Vont-ils essayer de nous refiler l'affaire ? »

Brunetti attendit de voir s'il s'agissait ou non de questions rhétoriques, mais la confusion et l'indignation de Patta lui parurent suffisamment authentiques pour qu'il se risque à répondre : « Non, je ne sais pas ce qui se passe, monsieur. Mais je doute qu'ils veulent que nous nous en occupions. Le capitaine à qui j'ai parlé hier – celui qui vous a appelé, je crois – m'a clairement fait comprendre qu'ils en réclamaient la juridiction. »

Le soulagement de Patta fut visible. « Bien. Qu'ils s'en chargent. Je ne comprends pas qu'une chose pareille soit arrivée à un carabinier. Il m'a fait l'effet de quelqu'un de sensé. Comment a-t-il pu se faire tuer comme ça ? »

Telles des furies autour de la tête d'un Oreste rendu fou de culpabilité, les réponses sarcastiques se bousculèrent sur le bout de la langue de Brunetti, mais il les contint et répondit : « La manière dont les choses se sont passées est un mystère, monsieur. Ils étaient peut-être plusieurs.

— Mais cependant... » Il y avait encore comme un reproche non formulé dans la voix de Patta.

« Si vous pensez qu'il vaut mieux pour nous, monsieur... commença Brunetti, d'un ton qui n'était qu'incertitude. Quoique peut-être... non. Il vaut mieux les laisser s'en charger, comme vous dites. »

Patta lui bondit dessus comme un furet. « À quoi pensez-vous, Brunetti ?

— Quand je lui ai parlé, répondit un Brunetti plein d'une réticence simulée, Guarino m'a dit qu'il avait un suspect pour le meurtre de Tessera. L'homme qui avait la compagnie de transport, ajouta-t-il avant que Patta ne pose la question. Avant Noël.

— Je ne suis pas idiot, Brunetti. Il m'arrive de lire les rapports, vous savez.

— Bien sûr, monsieur.

— Bon. Qu'est-ce qu'il a dit ? Ce carabinier ?

— Il m'a dit qu'il n'avait pas donné le nom de ce suspect à ses collègues, monsieur.

— C'est impossible. Il a certainement dû le faire.

— J'ai eu l'impression qu'il ne leur faisait pas entièrement confiance. » La chose était possible, mais Guarino ne le lui avait pas dit.

Brunetti regarda Patta faire semblant d'être surpris. Avant qu'il puisse exprimer son incrédulité, Brunetti reprit : « C'est lui qui me l'a dit.

— Il ne vous a tout de même pas donné le nom, si ? demanda sèchement Patta.

— Si.

— Pourquoi ? » C'était presque un cri

Patta, comme le savait Brunetti, ne comprendrait pas s'il lui répondait que Guarino avait reconnu en lui quelqu'un d'honnête. Il se contenta de dire : « Guarino soupçonnait qu'on lui mettait des bâtons dans les roues. C'était déjà arrivé par le passé, d'après lui. Il pensait peut-être qu'il y avait davantage de chances pour que nous menions une enquête sérieuse. Et que nous retrouvions l'assassin. » Brunetti fut tenté d'en rajouter un peu, mais la prudence prévalut et il laissa son supérieur évaluer les avantages et les inconvénients. Mais comme le vice-questeur ne réagissait toujours pas, c'est lui qui enchaîna : « Je n'ai pas le choix de ne pas leur donner ce nom, n'est-ce pas, monsieur? »

Patta étudiait le dessus de son bureau comme s'il déchiffrait des runes. « L'avez-vous cru, pour ce suspect? finit-il par demander.

— Je l'ai cru. » Nul besoin de parler à Patta de la photo, ni de la visite au casino. Les détails l'agaçaient.

« Pensez-vous que nous puissions continuer l'enquête sans qu'ils le sachent? » L'utilisation du pluriel suffisait à Brunetti pour comprendre que son supérieur avait déjà décidé la poursuite des investigations. Il n'avait plus qu'à s'assurer que c'était bien lui qui en serait chargé.

« Guarino pensait que nous avions l'avantage de bien connaître le contexte local, monsieur. » Brunetti avait parlé comme si ni Patta ni Scarpa n'étaient siciliens.

D'une voix songeuse, Patta dit alors : « J'aimerais bien pouvoir faire ça.

— Faire quoi, monsieur?

— Que nous nous emparions de l'affaire au nez et à la barbe des carabiniers. Tout d'abord, Mestre nous prend l'enquête sur le meurtre; et maintenant, les carabiniers veulent nous prendre celle-ci. » Le spéculatif avait laissé la place à l'homme d'action, lequel avait enterré jusqu'au souvenir du soulagement qu'il avait éprouvé lorsqu'il avait cru que l'enquête ne leur reviendrait pas. « Ils vont voir qu'on ne nous traite pas comme ça. Pas tant que je serai le vice-questeur de cette ville. »

Brunetti fut soulagé que Patta résiste à l'impulsion d'abattre le poing sur son bureau pour souligner sa fermeté. Voilà qui aurait été pousser le bouchon un peu loin. Quelle pitié que Patta n'ait pas travaillé aux archives de quelque État stalinien : il aurait adoré altérer et truquer les photos, réécrire les manuels d'histoire; il était doué pour ça.

« … et Vianello, je suppose », concluait Patta. Brunetti s'arracha aux délices de la spéculation.

« Bien entendu, monsieur. Si vous pensez que c'est le mieux », dit Brunetti en se levant, mouvement provoqué par le ton de Patta, non par ce qu'il avait entendu – il n'avait pas écouté.

Il attendit une remarque finale de Patta, mais celui-ci était à court d'idée et Brunetti regagna le bureau de la signorina Elettra. D'une voix qui devait très bien porter jusque dans celui de Patta, Brunetti dit : « Si vous avez un moment, signorina, j'aimerais vous confier deux ou trois petites tâches.

— Volontiers, commissaire, répondit-elle avec componction, la tête tournée vers le bureau de Patta. J'ai une ou deux choses à terminer pour le vice-questeur. Je monterai dès que je serai libre. »

20

La première chose que remarqua Brunetti quand il arriva dans son bureau fut la lumière qui entrait à flots par la fenêtre. Il voyait le toit brillant de l'église, encore constellé de blanc, et, au-delà, le ciel lessivé. À présent que la neige avait fait disparaître la pollution de l'air, les montagnes seraient visibles depuis la cuisine, s'il arrivait à rentrer assez tôt.

Il alla jusqu'à la fenêtre et étudia le jeu de la lumière sur le toit en attendant l'arrivée de la signorina Elettra. Elle avait éveillé l'intérêt de Guarino et il se sentit rougir à l'idée qu'il en avait voulu à la secrétaire pour sa réaction. Car c'était exactement cela : il lui en avait voulu. Chacun avait essayé de se renseigner sur l'autre et il avait tout fait pour étouffer l'idylle dans l'œuf. Il posa les deux mains à plat sur le rebord de la fenêtre et étudia ses doigts, mais cela ne l'aida nullement à se sentir mieux en ce qui concernait son comportement. Il essaya de penser à autre chose en évoquant la comparaison humoristique de Guarino avec sa propre secrétaire. Celle-ci portait un prénom exotique, elle aussi, paraissant sorti tout droit d'un opéra : Leonora, Norma, Alcina ? Non, plutôt celui d'une de ces héroïnes vouées au malheur – Dieu, qu'il y en avait…

Gilda – oui, Gilda. Gilda Landi. Ou bien était-ce l'une de ces femmes fatales qui, systématiquement, sont autant de fausses pistes dans les romans d'espionnage ? Non, Guarino avait été pris entièrement au dépourvu quand il avait parlé d'elle, la traitant de… de quoi, déjà ? D'indomptable ? Non, de formidable, la signora Landi. Une employée civile, donc.

Brunetti entendit arriver Elettra et, quand il se tourna, il la vit qui s'installait sur l'une des deux chaises, devant son bureau. Elle jeta un coup d'œil dans sa direction mais en réalité, c'était pour regarder, derrière lui, le toit et le carré de ciel clair.

Il prit place derrière son bureau et lui demanda de quoi elle désirait lui parler.

« De Terrasini, monsieur. Antonio Terrasini. Il semble que ce soit son vrai nom. » Elle tenait une enveloppe en papier kraft mais ne paraissait pas vouloir l'ouvrir.

Brunetti acquiesça d'un hochement de tête.

« Il appartient à la famille des Terrasini d'Aspromonte. C'est le cousin de l'un des parrains. »

L'information mit le feu à l'imagination de Brunetti, mais il eut beau essayer de relier cet homme au meurtre de Guarino, il en arrivait toujours à la conclusion qu'il n'avait aucune raison de l'interroger et encore moins de l'arrêter. Guarino n'avait jamais expliqué la raison de l'envoi de la photo et ne pourrait plus le faire, maintenant.

« Comment avez-vous trouvé ça, signorina ?

— Il figure dans nos dossiers, monsieur. Il a été arrêté les deux ou trois premières fois sous ce nom, mais il l'a aussi été par la suite, plusieurs fois, sous des pseudos. Ce que je ne comprends pas, c'est pourquoi il s'est présenté sous son vrai nom au casino.

— Il pourrait se faire qu'ils examinent les papiers d'identité de leurs clients avec plus de soin que nous », suggéra Brunetti. Il avait parlé avec ironie, mais à peine les paroles sorties de sa bouche, il se rendit compte qu'il venait sans doute de dire vrai. « Et pour quel genre de délits a-t-il été arrêté ?

— Les trucs classiques, répondit-elle. Agression, extorsion de fonds, vente de drogue, viol – tout ça au début de sa carrière. » Puis, comme si cela lui revenait tout d'un coup, elle ajouta : « Depuis, il s'est associé avec la Camorra. Arrêté deux fois pour meurtre. Aucune des affaires n'est allée jusqu'au procès.

— Pourquoi ?

— Dans le premier cas, le témoin principal a disparu, et dans le second, le témoin principal est revenu sur son témoignage. »

Tout commentaire étant superflu, Brunetti demanda : « Et il est où, à présent ? En prison ?

— Il y était, mais il a été relâché dans le cadre de l'*indulto*, alors qu'il n'était sous les verrous que depuis quelques mois.

— Pour quel motif ?

— Agression.

— Et quand est-il sorti ?

— Il y a quinze mois.

— Une idée de ce qu'il a fabriqué depuis ?

— Il est à Mestre.

— Il y fait quoi ?

— Il loge chez son oncle.

— Et son oncle, qu'est-ce qu'il fait, lui ?

— Entre autres choses, il possède des pizzerias : une à Mestre, une à Trévise et une ici, près de la gare.

— Entre autres choses ?

— Une société de transport. Il fait venir des fruits et des légumes du Sud.

— Et qu'est-ce que ses camions y descendent ?

— Je n'ai pas pu le trouver, monsieur.

— Je vois. Rien d'autre ?

— Par le passé, il a loué des camions au signor Cataldo. » Elle ne bougea pas un cil en disant cela, comme si ce nom lui était parfaitement inconnu.

« Je vois. Et quoi d'autre ?

— Le neveu, monsieur, Antonio. Il semblerait, mais il ne s'agit que d'une rumeur, qu'il ait des relations avec la signora Cataldo. » Voix parfaitement neutre de la secrétaire.

Parfois, la signorina Elettra agaçait prodigieusement Brunetti, mais il repensa à la manière dont il s'était comporté, pendant le tir croisé du flirt entre elle et Guarino, et se contenta de dire : « La première signora Cataldo, ou la seconde ?

— La seconde. » Elle marqua une courte pause et ajouta : « Tout le monde mourait d'envie de m'en parler.

— Et que dit-on ?

— Qu'il l'a emmenée dîner au restaurant, une fois. Pendant une absence de son mari.

— Cela pourrait avoir une explication simple, observa Brunetti.

— Certainement, monsieur, en particulier si son mari et l'oncle d'Antonio sont en relation d'affaires. »

Il savait qu'elle détenait d'autres informations et que celles-ci seraient encore plus compromettantes, mais il se refusait de poser la question.

Lorsqu'il devint clair que Brunetti ne parlerait pas, la signorina Elettra reprit : « On l'a aussi vu qui quittait l'appartement de la signora Cataldo – pour être honnête, quittant l'immeuble où se trouve l'appartement des Cataldo, à deux heures du matin.

— Vu par qui ?

— Par d'autres habitants de l'immeuble.

— Comment connaissaient-ils son identité ?

— À l'époque, ils ne la connaissaient pas, mais ils l'ont remarqué, comme on remarque tout étranger que l'on croise dans l'escalier d'un immeuble à une telle heure. Plusieurs semaines plus tard, ils l'ont vue, elle, dans un restaurant, qui dînait avec ce même homme, et quand ils sont allés la saluer, elle n'a pas eu d'autre choix que de le leur présenter. Antonio Terrasini.

— Et par quel miracle avez-vous appris tout cela ? demanda Brunetti, adoptant un ton faussement léger.

— Lorsque je me suis renseignée sur Cataldo, j'ai eu droit à cette histoire en prime. Deux fois.

— Mais pourquoi les gens ont-ils autant d'empressement à rapporter des ragots sur elle ? » demanda Brunetti d'un ton neutre, si bien qu'elle pouvait s'inclure ou non dans la catégorie des commères.

Elle regarda de nouveau par la fenêtre avant de lui répondre. « Je ne crois pas que cela ait spécifiquement quelque chose à voir avec elle, monsieur. C'est la fable du vieillard qui épouse une jeunesse : d'après la sagesse populaire, ce n'est qu'une question de temps avant qu'il ne soit cocu. Et de plus, les gens adorent rapporter les potins, en particulier quand ils concernent une personne qui garde ses distances.

— C'est ce qu'elle fait ?

— Il semblerait, monsieur.

— Je vois », se contenta de dire Brunetti. La neige avait à présent entièrement disparu du toit de l'église ; il avait l'impression de voir de la vapeur monter des tuiles. « Merci, signorina. »

Franca Marinello et Antonio Terrasini. Une femme dont il croyait savoir certaines choses, un homme sur qui il aurait voulu en apprendre beaucoup plus. Qui donc lui avait dit qu'elle avait tout fait pour l'impressionner ? Paola ?

Et était-ce aussi facile ? se demanda-t-il. Suffisait-il de lui parler littérature et d'avoir l'air de s'y connaître pour que Brunetti tombe dans les mains de son interlocutrice tel un fruit mûr ? Dites-lui que vous êtes folle de Cicéron et allez dîner avec lui… avec qui et pour faire quoi ? se demanda alors Brunetti. Les Américains avaient bien une expression, sans équivalent en italien pour décrire les hommes comme Terrasini. Elle ne lui revint pas. Les Français disaient un « dur », ou un « gros bras ». Sur la photo, Terrasini n'avait rien d'un gros bras ou d'un dur. Il avait plutôt l'air d'un petit malin.

Repensant à la soirée qu'il avait passée avec Franca Marinello, Brunetti fut obligé de reconnaître que son visage, même après l'avoir eu plusieurs heures en face de lui, le choquait encore. Si elle trouvait quelque chose d'amusant aux propos qu'il lui tenait, il ne le décelait qu'à ses yeux ou à son ton quand elle réagissait. Il avait réussi deux ou trois fois à la faire rire, mais même dans ce cas, son visage restait aussi figé que lorsqu'elle parlait de son mépris pour Marc-Antoine.

Elle avait juste dépassé la trentaine alors que son mari faisait deux fois son âge. N'avait-elle pas envie, de temps en temps, de la compagnie d'un homme plus jeune, de la sensation d'un corps vigoureux ? S'était-elle tellement souciée de son visage qu'elle en avait oublié le reste ?

N'empêche, pourquoi ce voyou ? Brunetti ne cessait de revenir à cette question. Lui et Paola en savaient assez sur les mœurs de la ville pour avoir une idée assez juste de qui, parmi les épouses des riches et puissants de Venise, cherchait la consolation dans des bras autres que ceux de leur mari. Mais tout cela se passait en règle générale dans le même milieu d'amis et de relations : la discrétion était assurée.

Dans ce cas, à quoi avait rimé ce baratin sur sa crainte d'un enlèvement ? Brunetti avait peut-être été trop soucieux de minimiser l'histoire du piratage informatique ; et il était possible que les indices n'aient pas été laissés par la signorina Elettra, mais par quelqu'un d'autre, désireux de savoir ce qu'était exactement la fortune de Cataldo. Au vu de son passé, on pouvait penser que Terrasini n'aurait certainement aucun scrupule à procéder à un enlèvement, mais commencer par une incursion informatique n'était vraiment pas son genre.

Des années auparavant, le comte Falier avait observé qu'il ne connaissait personne capable de résister à la flatterie. Brunetti était plus jeune, alors, et n'avait vu là qu'un commentaire sur une technique que le comte approuvait ; mais les années passant, et lui-même ayant appris à mieux connaître son beau-père, il comprenait qu'il s'agissait simplement de l'une de ces observations impitoyables sur la nature humaine dont Orazio Falier était coutumier. *Franca Marinello se donnait beaucoup de mal pour t'impressionner par sa culture.* Il croyait entendre encore la voix de Paola. S'il éliminait toute la sympathie qu'il pouvait éprouver pour la femme de Cataldo, quel pourcentage de ce qu'elle lui avait raconté croirait-il encore ? Allait-il se laisser séduire par le fait qu'elle avait lu les *Fastes* d'Ovide et lui non ?

21

Brunetti téléphona à la salle des officiers et demanda Vianello. L'inspecteur n'était pas à la questure, mais on lui passa d'office Pucetti. Tout le monde savait maintenant que lorsque Vianello n'était pas là, le commissaire demandait Pucetti. « Monte une minute, tu veux bien? » lui demanda Brunetti.

Brunetti eut l'impression qu'il venait de reposer le téléphone lorsque le jeune policier entra d'un pas souple et alerte, les joues colorées comme s'il avait grimpé l'escalier quatre à quatre.

« Gilda Landi, dit Brunetti.

— Oui, monsieur? répondit Pucetti, ne manifestant aucune surprise, seulement de la curiosité.

— C'est une employée civile des carabiniers. En fait, je suppose qu'elle est employée civile et je suppose aussi qu'elle travaille chez les carabiniers, mais pas forcément. Elle dépend peut-être directement du ministère de l'Intérieur. J'aimerais que tu voies si tu peux trouver où elle exerce et, si possible, quelles sont ses fonctions. » Pucetti salua d'un geste martial et fit demi-tour.

Bien que n'ayant aucune raison précise de le faire, si ce n'est qu'il avait passé une bonne partie de la matinée à penser à une autre femme qu'elle, Brunetti téléphona à Paola pour lui dire qu'il ne viendrait pas déjeuner à la maison. Elle ne lui posa aucune question, réaction qui l'agaça davantage que si elle s'était plainte. Il quitta seul la questure et se rendit à Castello, où il fit un mauvais repas dans le pire des pièges à touristes ; il en repartit avec l'impression d'avoir été trompé mais aussi bizarrement d'être justifié, comme s'il avait payé pour ne pas avoir été loyal vis-à-vis de Paola.

À son retour, il s'arrêta à la salle des officiers, mais Pucetti n'y était pas. Il se rendit donc dans le bureau de la signorina Elettra, qu'il trouva devant son ordinateur, Pucetti debout derrière elle, le regard fixé sur l'écran.

Quand il vit Brunetti, Pucetti dit : « J'ai été obligé de lui demander, monsieur. Je n'y arrivais absolument pas tout seul. Il y avait bien un site. »

Brunetti l'interrompit de sa main levée. « Bien. J'aurais dû te dire de le lui demander. » Puis il s'adressa à Elettra, qui avait levé les yeux vers lui. « Je ne voulais pas vous donner une corvée de plus. Je ne m'étais pas rendu compte que ce serait… » Il n'acheva pas sa phrase.

Il sourit aux deux jeunes gens, l'idée lui venant soudain qu'il était leur père par procuration à la questure, Vianello étant leur oncle. Et qu'en était-il de Patta, alors ? Le grand-père gaga, tandis que Scarpa était le méchant beau-fils ? Il s'arracha à ces pensées pour leur demander s'ils avaient trouvé la signora Landi.

Pucetti recula d'un pas, laissant le devant de la scène à la signorina Elettra. « J'ai commencé par le ministère de l'Intérieur, dit-elle. C'est assez facile d'accéder jusqu'à un certain niveau de leur système. » Elle faisait une simple description factuelle, sans essayer de se rendre intéressante en critiquant le laxisme de certaines institutions dans la protection de leurs informations. « Au bout d'un moment, j'ai fini par tomber sur des blocages, et j'ai dû faire machine arrière pour passer par d'autres voies d'accès. » Devant l'expression de Brunetti, elle ajouta : « Mais la manière dont je m'y suis prise n'a pas d'importance, n'est-ce pas ? »

Brunetti jeta un coup d'œil à Pucetti et vit le regard qu'avait le jeune policier pour Elettra – une expression qu'il avait vue une fois chez un drogué lorsqu'il lui avait arraché une seringue des mains pour l'écraser sous son pied.

« … une unité spéciale pour examiner le contrôle qu'exerce la Camorra sur l'industrie des déchets ; il s'avère que la signora Landi travaille pour le ministère de l'Intérieur, et cela depuis un certain temps. »

Pensant qu'elle lui avait à peu près tout dit, il se contenta de demander si elle avait appris autre chose sur elle.

« C'est bien une employée civile, et elle est diplômée en chimie – université de Bologne.

— En quoi consiste son travail ?

— De ce que j'ai pu voir avant que... elle procède à l'analyse chimique de ce que trouvent les carabiniers.

— Que vouliez-vous dire, avant de vous interrompre ? »

Elle regarda Brunetti, les sourcils froncés, et jeta un coup d'œil à Pucetti avant de répondre. « Je l'ai trouvé avant que la liaison ne soit coupée. »

Brunetti sursauta et se tourna vers la porte de Patta. La signorina Elettra, voyant cela, dit alors : « Dottor Patta a une réunion à Padoue cet après-midi. »

Mais Brunetti n'était pas satisfait. « Qu'est-ce que cela veut dire, pour un ignorant, que la liaison a été coupée ? »

Elle réfléchit un instant avant de lui répondre. « Qu'ils ont un système de surveillance qui ferme tout dès qu'il détecte un branchement non autorisé.

— Peuvent-ils le remonter ?

— J'en doute, dit-elle d'un ton confiant. De toute façon, s'ils y parvenaient, ils se retrouveraient dans l'ordinateur d'une société appartenant à un membre du Parlement.

— Vous me dites la vérité ? demanda-t-il.

— J'essaie de toujours vous dire la vérité, commissaire, répondit-elle, à la limite de l'indignation.

— Vous essayez seulement ?

— J'essaie seulement. »

Brunetti décida de ne pas insister mais il ne résista pas à l'occasion de pouvoir la remettre à sa place. « Les informaticiens de Cataldo ont signalé une tentative pour entrer dans leur système », dit-il.

Elle encaissa le choc, mais au bout d'un moment de réflexion, répondit que cela conduirait de toute façon à la même société.

« Vous me paraissez prendre tout ça avec une certaine légèreté, signorina, observa Brunetti.

— Non, pas vraiment. Je suis tout de même contente que vous m'en ayez parlé : voilà qui m'évitera de commettre à nouveau la même erreur. » Ce qui, faisait comprendre son intonation, mettait un terme à la question.

« La signora Landi travaille-t-elle dans l'unité où était Guarino ?

— Oui. Toujours d'après ce que j'ai réussi à glaner, cette unité compte quatre hommes et deux femmes, plus la dottoressa Landi et un autre chimiste. L'unité est basée à Trieste, et il existe un autre groupe à Bologne. Je ne connais pas les noms des autres et je n'ai pu la trouver, elle, que parce que j'avais son nom. »

Le silence retomba. Pucetti regardait l'un puis l'autre, mais il ne dit rien.

« Pucetti ? l'encouragea Brunetti.

— Savez-vous où il a été tué, monsieur ?

— À Marghera, répondit Elettra à la place de Brunetti.

— Non, Marghera est l'endroit où on l'a trouvé, signorina, la corrigea Pucetti avec déférence.

— D'autres questions, Pucetti ? demanda Brunetti.

— Oui. Qui a déplacé le corps, et quand l'autopsie a été faite, pourquoi en a-t-on si peu parlé dans les journaux et que pouvait-il bien faire quand il a été tué ? » dit Pucetti sans réussir à garder un ton calme tandis qu'il récitait sa liste.

Brunetti vit le regard, puis le sourire que la secrétaire adressa alors au jeune officier. Qu'il serait intéressant, en effet, d'avoir la réponse à ces questions, la première étant, comprit-il brusquement, la plus importante pour le moment : où diable Guarino avait-il été assassiné ?

Il chassa ces réflexions et se tourna vers la signorina Elettra. « Serait-il possible de contacter la dottoressa Landi ? »

Elle ne réagit pas tout de suite, laissant Brunetti se demander si elle ne craignait pas de déclencher toutes sortes d'alarmes en cherchant simplement un numéro de téléphone. Il vit son regard se faire lointain, lui donnant l'impression qu'elle préparait quelque cybermanœuvre qu'il ne pourrait même pas rêver de comprendre.

« C'est sans problème, répondit-elle finalement.

— C'est-à-dire ? demanda Brunetti, évitant à Pucetti de poser la question.

— Je vais vous trouver son numéro. » Elle se leva et Pucetti recula vivement le siège. « Je vous appellerai quand je l'aurai, monsieur. Il n'y a aucun risque. »

Les deux hommes quittèrent le petit bureau.

Vingt minutes plus tard, fidèle à sa parole, elle le rappelait pour donner le numéro de portable de la signorina Landi ; mais quand il le composa, personne ne décrocha et il ne fut pas invité à laisser de message.

Pour se distraire, Brunetti tira alors à lui la plus ancienne pile de papiers qui s'étaient accumulés sur son bureau et commença à les parcourir, s'obligeant à se concentrer. L'un des informateurs de Vianello avait récemment dit à l'inspecteur qu'il devrait s'intéresser à plusieurs boutiques de la Calle della Mandola qui venaient de changer de mains. S'il s'agissait de blanchiment d'argent, cela ne les regardait pas, mais concernait la *Guardia di Finanza*.

Sans compter que c'était une rue qu'il empruntait rarement, si bien qu'il avait du mal à faire appel à sa mémoire visuelle pour repérer les boutiques dont les devantures avaient changé. La librairie de livres anciens était toujours là, de même que la pharmacie et l'opticien. Il se représentait moins bien l'autre côté de la rue, là où avaient eu lieu les changements. Il se souvenait de boutiques vendant des huiles d'olive labélisées, des sauces en pot et de la verrerie, ainsi que du fruitier et du fleuriste qui était le premier à proposer du lilas, au printemps. Ils pouvaient certes poser quelques questions, mais c'était un peu comme le faire à propos de Ranzato : devaient-ils arpenter la rue avec un porte-voix pour débusquer la Camorra ?

Il pensa à un article qu'il avait lu quelques mois auparavant, dans une revue écolo de Chiara, consacré à une espèce de crapaud qui avait été importé en Australie. Introduit pour lutter contre un insecte qui mettait en danger les cultures de canne à sucre, ce crapaud n'avait aucun prédateur naturel et avait donc connu une progression foudroyante dans une grande partie du pays. Il était déjà bien installé lorsqu'on avait découvert que son venin était assez puissant pour tuer des chats et des chiens. Il était capable de survivre à des blessures graves, y compris à une voiture lui roulant dessus. Seuls les corbeaux arrivaient à les tuer : ils les retournaient sur le dos et les éviscéraient.

Avait-il besoin d'une comparaison plus parfaite avec la Mafia ? Ranimée après la guerre par les Américains pour contrôler ce qu'on percevait alors comme la menace communiste, elle avait rapidement échappé à tout contrôle et, comme dans le cas du crapaud de la canne à sucre, envahi le pays du nord au sud sans pouvoir être arrêtée. On pouvait la blesser, lui porter des coups, mais elle revenait toujours à la vie. « Nous avons besoin de corbeaux », s'exclama Brunetti à haute voix, relevant la tête pour voir Vianello s'encadrer dans la porte.

« C'est le rapport d'autopsie », dit l'inspecteur de sa voix normale, comme s'il n'avait pas entendu Brunetti. Il lui tendit une enveloppe en papier kraft et s'assit sans attendre d'y être invité.

Brunetti décacheta l'enveloppe, fit glisser des photos et fut surpris de voir qu'elles n'étaient guère plus grandes que des cartes postales. Il les posa sur son bureau puis retira plusieurs feuilles de papier qu'il plaça à côté. Il regarda Vianello, qui avait lui aussi remarqué la petite taille des photos.

« Mesure d'économie, j'imagine », dit l'inspecteur.

Brunetti aligna les photos de la scène du crime sur son bureau et commença à les étudier, les passant au fur et à mesure à Vianello. Des cartes postales, mais bien sûr : quoi de mieux que des cartes postales pour l'Italie nouvelle ? Il se prit à imaginer une gamme entièrement nouvelle d'images et de souvenirs à destination des touristes : l'immonde cabanon dans lequel on avait arrêté Provenzano, la chaîne d'hôtels illégaux édifiés dans les parcs nationaux, les petites prostituées moldaves de douze ans sur le bord des routes…

Ou peut-être devrait-on proposer un nouveau jeu de cartes. Avec des corps ? En plus de celui de Guarino, on ne manquait pas de cadavres retrouvés au cours de ces dernières années. Au lieu des couleurs on aurait quatre suites : Palerme, Reggio de Calabre, Naples, Catane. Et quel serait le joker ? Qui remplirait n'importe quelle place, au besoin ?

Il pensa à un ministre dont on disait que la Mafia l'avait dans sa poche – il ferait parfaitement l'affaire.

Une légère toux de Vianello mit un terme à ce sinistre vagabondage. Brunetti lui tendit une autre photo, et encore une autre. Vianello les prit avec un intérêt croissant, lui arrachant presque la dernière des mains. Brunetti vit une expression choquée se peindre sur le visage de l'inspecteur. « Ce sont des photos de scène de crime ? » demanda-t-il, comme s'il avait besoin que Brunetti le lui confirme.

Brunetti acquiesça.

« Tu y étais ? » Cette nouvelle question n'en était pas vraiment une.

Brunetti hocha à nouveau affirmativement la tête et Vianello jeta les photos à l'endroit sur le bureau. « *Gesù Bambino*, mais qui sont ces clowns ? » reprit l'inspecteur en clouant sur le plateau, d'un index rageur, l'une des photos où l'on voyait trois paires de chaussures différentes. « Ce sont les pieds de qui ? Qu'est-ce qu'ils foutaient aussi près du corps pendant qu'on le photographiait ? »

Il bouscula le paquet de photos pour en exhumer une, prise à une distance d'environ deux mètres où l'on voyait deux carabiniers, derrière le corps, apparemment en train de parler. « Ils fument tous les deux, dit Vianello. Idéal pour les mégots à mettre parmi les pièces à conviction, bon Dieu. »

Ayant perdu toute patience, l'inspecteur repoussa les photos vers Brunetti. « S'ils avaient voulu saboter la scène du crime, ils ne s'y seraient pas pris autrement. »

Lèvres pincées, il reprit les photos. Les aligna, puis les changea de place pour qu'on puisse suivre, de gauche à droite, l'objectif avançant vers le corps. La première délimitait un rayon de deux mètres autour du corps, la deuxième, un rayon de un mètre. Sur les deux, la main droite tendue de Guarino était bien visible en bas à gauche de la photo. Sur la première, sa main reposait sur un espace de boue brun foncé bien dégagé. Sur la quatrième, on voyait un mégot de cigarette à dix centimètres de la main. La tête et le buste de Guarino remplissaient le dernier cliché, du sang imbibant son col et le devant de sa chemise.

Vianello ne put s'empêcher de faire appel à leur maître étalon. « Alvise n'aurait pas pu faire pire. »

Brunetti finit par répondre quelque chose. « Je crois que c'est précisément cela : le facteur Alvise. Rien de plus que la bêtise et les errements humains. » Vianello voulut faire une remarque, mais Brunetti continua. « Je sais que ce serait d'une certaine manière plus réconfortant de voir là un complot, mais je crois que ce n'est que la pagaille habituelle. »

Vianello resta un instant songeur, haussa les épaules et maugréa : « On a déjà vu pire... Qu'est-ce que dit le rapport ? »

Brunetti tira les documents à lui et commença à lire, passant au fur et à mesure les pages à Vianello. La mort avait été effectivement instantanée, la balle ayant traversé le cerveau du carabinier avant de ressortir par sa mâchoire. On n'avait pas retrouvé la balle. S'ensuivaient des spéculations sur le calibre de l'arme utilisée, le tout se terminant sur l'observation banale que la boue qui constellait les genoux de Guarino était d'une composition différente de celle de l'endroit où on l'avait retrouvé, et comportait en concentration plus forte des traces de mercure, de cadmium, de radium et d'arsenic.

« Plus forte ? demanda Vianello en rendant les feuilles à Brunetti. Que Dieu nous vienne en aide.

— Il est le seul à pouvoir le faire. »

L'inspecteur en fut réduit à lever les mains en un geste d'impuissance. « Et à présent, qu'est-ce qu'on fait ?

— Il nous reste la signorina Landi », répondit Brunetti, à la grande confusion de Vianello.

22

Ils se rencontrèrent le lendemain, lui et la dottoressa Landi, à la gare de Casarsa, chacun ayant parcouru la moitié du chemin entre Venise et Trieste. Il s'arrêta un instant sur les marches de la gare, sensible à la chaleur du soleil, se tournant vers lui comme un tournesol et fermant les yeux.

« Commissaire ? » l'appela une voix féminine depuis les voitures garées devant lui. Il ouvrit les yeux et vit une petite femme au teint mat et aux cheveux bruns descendre de l'un des véhicules. La première chose qu'il remarqua fut sa chevelure, coupée court à la garçonne et brillant de gel, puis il vit qu'elle était mince et avait un corps encore juvénile, en dépit de la parka rembourrée qu'elle portait.

Il descendit les marches et approcha de la voiture. « Dottoressa, dit-il, respectant les formes, je vous remercie d'avoir accepté cette rencontre. » Elle lui arrivait à peine à l'épaule et devait avoir tout juste la trentaine. Elle était maquillée à la diable et son rouge à lèvres avait presque complètement disparu. La journée était ensoleillée, ici, au Frioul, mais ce n'était pas seulement le soleil qui lui faisait plisser les yeux. Elle avait les traits réguliers, un nez droit, un visage dont on se souvenait surtout à cause de sa coiffure et de la tension qui l'habitait.

Il lui serra la main. « Je me disais qu'on pourrait peut-être aller quelque part pour parler », dit-elle. Elle avait une voix agréable, un peu insistante sur les aspirantes. Florentine, peut-être.

« Volontiers, répondit Brunetti. Je ne connais pas très bien l'endroit.

— J'ai bien peur qu'il n'y ait pas grand-chose à connaître », répondit-elle en montant dans sa voiture. Quand ils furent tous les deux installés, ceinture bouclée, elle lança le moteur et reprit : « Il y a un restaurant, pas loin d'ici. Il fait trop froid pour rester dehors, ajouta-t-elle avec un frisson.

— Comme vous voudrez. »

Ils roulèrent jusqu'au centre-ville. Pasolini, qui était originaire de Casarsa, se rappela Brunetti, avait dû s'enfuir d'ici et s'était réfugié à Rome. Tandis qu'ils remontaient une rue étroite et sans charme, Brunetti se dit que Pasolini avait eu de la chance d'avoir été chassé d'un patelin aussi tristement propret. Comment vivre dans un tel endroit ?

Ils arrivèrent rapidement dans une banlieue ; la voie, plus large, était bordée de maisons et d'établissements commerciaux divers. Les arbres étaient dépouillés. Comme l'hiver était sinistre ici, pensa Brunetti. Puis il se dit que les autres saisons devaient l'être aussi.

Brunetti, qui n'y connaissait rien, n'aurait pu dire si la signora Landi conduisait bien ou non. Ils tournèrent à droite et à gauche, franchirent un rond-point, prirent une petite route. En quelques minutes il était complètement perdu et n'aurait su dire dans quelle direction se trouvait la gare, sa vie en eût-elle dépendu. Ils passèrent devant un petit centre commercial, suivirent une route bordée d'arbres nus. Ils se garèrent dans un parking.

La dottoressa Landi coupa le moteur et descendit de voiture sans rien dire. Elle n'avait d'ailleurs rien dit depuis qu'ils étaient partis et Brunetti était lui aussi resté silencieux, se contentant de la regarder conduire et d'étudier le paysage sans charme.

Dans le restaurant, un serveur les conduisit jusqu'à une table d'angle. Un de ses collègues allait et venait dans la salle, où il n'y avait qu'une douzaine de tables, pour y disposer les couverts et ranger les chaises plus ou moins loin des tables. Une odeur de viande rôtie, à laquelle se mêlait celle des oignons frits, provenait de la cuisine.

Elle demanda un café *macchiato*, et Brunetti l'imita.

Après avoir disposé la parka sur le dossier de sa chaise, elle s'assit sans attendre que quelqu'un l'aide. Il s'installa en face d'elle. La table était déjà prête pour le déjeuner et elle repoussa délicatement la serviette de côté, rangea les couverts dessus et posa ses bras croisés dans l'espace libéré.

« Je ne sais pas comment procéder, avoua Brunetti, espérant ainsi gagner du temps.

— Quelles sont les possibilités ? » demanda-t-elle. Son expression n'était ni amicale ni hostile, son regard était calme et dépassionné, comme un bijoutier, qui, devant une pièce à évaluer, fait appel à la pierre de touche de son intelligence pour en estimer le prix.

« Je vous donne une information, vous m'en donnez une, je vous en donne une deuxième, vous m'en donnez une deuxième, et ainsi de suite. Comme des joueurs qui abattent leurs cartes, suggéra Brunetti, mi-figue mi-raisin.

— Ou bien ? demanda-t-elle avec un début d'intérêt.

— Ou bien l'un de nous deux dit tout ce qu'il sait, puis l'autre fait de même.

— Voilà qui donne un avantage majeur à celui qui parle en deuxième, non ? demanda-t-elle, mais d'une voix plus chaleureuse.

— Sauf si la première personne a menti », observa Brunetti.

Elle sourit pour la première fois, ce qui la fit paraître plus jeune. « Dois-je commencer, dans ce cas ?

— Je vous en prie », répondit Brunetti. Le serveur leur apporta les cafés, accompagnés de deux verres d'eau. La dottoressa prenait le sien sans sucre, remarqua Brunetti. Au lieu de le boire, elle le fit tourner dans sa tasse en l'étudiant.

« J'ai parlé avec Filippo après qu'il est venu vous voir. » Elle fit une petite pause avant de reprendre. « Il m'a dit de quoi vous aviez parlé. De l'homme qu'il voulait que vous l'aidiez à identifier. » Elle croisa son regard, puis retourna à l'étude de la mousse qui s'était formée sur son café. « Nous avons travaillé ensemble pendant cinq ans. »

Brunetti but son café et reposa la tasse.

Soudain, elle secoua la tête. « Non, ça ne va pas marcher comme ça, n'est-ce pas ? Si c'est moi qui parle tout le temps.

— Probablement pas », répondit Brunetti avec un sourire.

Elle se mit à rire et il se rendit compte que c'était une femme tout à fait séduisante, sous son masque inquiet. Comme si elle était soulagée de tout reprendre à zéro, elle dit alors : « Je suis chimiste, pas policière. Mais je vous l'ai déjà dit, n'est-ce pas ? Ou vous le saviez ?

— Oui.

— Raison pour laquelle je laisse ce qui concerne la police à la police. Mais après toutes ces années, j'ai fini par apprendre pas mal de choses, sans m'en rendre compte. Sans même y faire attention. » Rien de ce qu'elle avait dit jusqu'à maintenant n'avait laissé entendre qu'elle et Guarino avaient eu des rapports autres que professionnels. Pourquoi donc prenait-elle la peine d'expliquer pour quelle raison elle connaissait si bien le travail de la police ?

« Je me doute bien qu'il est impossible de ne pas entendre certaines choses, admit Brunetti.

— Bien entendu. » Sa voix changea alors. « Filippo vous a parlé des chargements, je crois ?

— Oui.

— C'est ce qui a fait que nous nous sommes rencontrés, dit-elle, adoptant un ton de voix plus doux. Ils avaient fait mettre sous séquestre un transport en direction du sud. C'était il y a cinq ans, environ. J'ai procédé aux analyses chimiques du contenu, et lorsqu'ils eurent remonté jusqu'à son origine, j'ai fait l'analyse du sol et de l'eau, dans le secteur où ces ordures avaient été stockées... Filippo était chargé de cette affaire et il a proposé qu'on me transfère dans son unité.

— Des amitiés se sont nouées dans des circonstances plus bizarres encore », lui fit remarquer Brunetti.

Elle releva soudain la tête et eut un regard appuyé. « Oui, j'imagine. » Finalement, elle but son café.

« Qu'est-ce qu'il y avait ? Dans ce chargement ?

— Des pesticides, des déchets d'hôpital, des produits pharmaceutiques périmés... Sauf que rien de tout ça ne figurait sur le bordereau.

— Que disait-il ?

— Le truc classique : déchets domestiques, comme s'il n'y avait eu que des pelures d'orange et du marc de café compressés.

— Leur destination ?

— La Campanie. L'incinérateur. » Puis comme pour souligner l'importance de ce qu'elle avait dit, elle répéta : « Des pesticides, des déchets d'hôpital, des produits pharmaceutiques périmés. » Elle prit une petite gorgée d'eau.

« Il y a cinq ans ?

— Oui.

— Et depuis ? demanda Brunetti.

— Pareil, sauf qu'il y en a davantage.

— Et où va tout ça, aujourd'hui ?

— Une partie est brûlée, une partie va dans des décharges.

— Et le reste ?

— En dernier recours, il y a toujours la mer, n'est-ce pas ? répondit-elle, comme si c'était la chose la plus naturelle du monde.

— Ah. »

Elle prit sa petite cuillère et la posa soigneusement le long de la tasse. « C'est juste comme en Somalie, où on déversait tout ça, autrefois. Dans un pays sans gouvernement, on peut faire ce qu'on veut. »

Un serveur s'approcha de leur table et la dottoressa Landi demanda un autre café. Brunetti ne se sentait pas d'en prendre un deuxième avant le déjeuner et commanda un verre d'eau minérale. Ne voulant pas risquer d'être interrompu par le retour du serveur, Brunetti ne dit rien et la chimiste parut contente qu'il garde le silence. Au bout d'un moment, le serveur vint remplacer les consommations.

Dès son départ, elle reprit la conversation, mais en changeant de sujet. « C'est à propos de l'homme de la photo qu'il est venu vous voir, n'est-ce pas ? » Sa voix était à présent tout à fait calme, comme si d'avoir pu parler de ce qu'elle avait trouvé avait joué le rôle d'un exorcisme.

Brunetti répondit d'un hochement de tête.

« Et alors ? »

On y était, comprit Brunetti. Le moment était venu de faire appel à son expérience de la vie, aussi bien personnelle que professionnelle, pour décider s'il devait ou non faire confiance à cette jeune femme. Il n'ignorait pas éprouver une certaine faiblesse pour les femmes en détresse – sans peut-être savoir jusqu'où cette faiblesse pouvait aller – mais son instinct lui avait souvent donné raison. La dottoressa Landi avait manifestement décidé qu'il devait être l'héritier posthume de la confiance qu'elle avait eue en Guarino, et il ne voyait pas de quoi il aurait pu la soupçonner.

« Il s'appelle Antonio Terrasini », commença-t-il. Elle ne réagit pas au nom et ne demanda pas comment il l'avait découvert. « Il fait partie de la Camorra… Savez-vous quelque chose sur cette photo ? »

Elle s'affaira un moment avec son café, puis reposa sa cuillère. « L'homme qui a été tué… » Elle s'interrompit, adressa un regard meurtri à Brunetti et porta la main à sa bouche.

« Ranzato ? » suggéra Brunetti.

Elle répondit tout d'abord d'un hochement de tête, puis se força à parler. « Oui. D'après Filippo, c'est lui qui l'a prise pour la lui envoyer.

— Rien d'autre ?

— Non, c'est tout ce que je sais.

— Quand l'avez-vous vu pour la dernière fois ? voulut savoir Brunetti.

— La veille du jour où il est allé vous parler.

— Pas après ?

— Non.

— Vous a-t-il appelée ?

— Oui, deux fois.

— Qu'est-ce qu'il vous a dit ?

— Qu'il vous avait parlé, la première fois, et qu'il pensait pouvoir vous faire confiance. La deuxième fois, qu'il vous avait reparlé et vous avait envoyé la photo. » Elle se tut, puis décida de tout dire. « Il a ajouté que vous vous étiez montré très insistant.

— En effet », répondit Brunetti. Le silence s'installa entre eux.

Il la vit regarder sa cuillère, se demandant sûrement si elle n'allait pas la reprendre pour tourner son café. Finalement, elle demanda : « Pourquoi l'avoir tué ? » Et Brunetti comprit qu'elle n'avait accepté ce rendez-vous que pour pouvoir poser cette unique question. Il n'avait aucune réponse à lui donner.

Des voix leur parvinrent, en provenance de l'autre côté de la salle, mais ce n'était rien de plus qu'une discussion entre les serveurs. Quand Brunetti la regarda à nouveau, il se rendit compte qu'elle était aussi soulagée que lui par cette interruption. Brunetti consulta sa montre et vit qu'il n'avait plus qu'une vingtaine de minutes s'il voulait prendre le prochain train pour Venise. Il croisa le regard du serveur et lui fit signe d'apporter la note.

Il paya, laissa quelques pièces sur la table et ils se levèrent. Dehors, le soleil était plus chaud et la température avait un peu remonté. Elle jeta sa parka sur le siège arrière avant de se mettre au volant. Ils refirent le chemin inverse en silence, comme à l'aller.

Devant la gare, il lui tendit la main. Quand il se tourna pour ouvrir la portière, elle lui dit : « Il y a une dernière chose. » Le sérieux de sa voix fit que la main de Brunetti s'immobilisa sur la poignée. « Je crois que je dois vous la dire. » Il se tourna vers elle.

« Il y a environ deux semaines, Filippo m'a dit que des rumeurs lui étaient parvenues. C'était en plein scandale de Naples, avec la fermeture des décharges, des policiers partout. Ils ont donc arrêté les norias de camions et ont commencé à entreposer les produits les plus dangereux – c'est en tout cas ce qu'il m'a dit.

— Qu'est-ce que cela veut dire, les plus dangereux ? voulut savoir Brunetti.

— Tous les produits hautement toxiques. Résidus chimiques. Déchets nucléaires, peut-être. Acides. Des substances ne pouvant être conservées qu'en fûts ou en conteneurs.

N'importe qui, du coup, pouvait se rendre compte qu'il s'agissait de produits dangereux et ils ne voulaient pas prendre le risque de les expédier dans ce contexte agité.

— Avait-il une idée de l'endroit où ces déchets sont entreposés ?

— Pas vraiment », répondit-elle évasivement, telle une personne foncièrement honnête qui essaie de mentir. Leurs regards se croisèrent et Brunetti soutint celui de la dottoressa Landi jusqu'à ce qu'elle reprenne la parole. « C'est le seul endroit possible, non ? » dit-elle.

Paola aurait été fière de lui, eut-il le temps de se dire, pendant qu'il soutenait toujours le regard de la jeune femme. Sa première pensée fut pour une nouvelle, sans qu'il puisse se rappeler qui en était l'auteur. Hawthorne ? Poe ? Une histoire de lettre. Cacher la lettre dans un endroit où elle ne se remarquera pas : au milieu d'autres lettres. Tout bêtement. Cachez les produits chimiques au milieu d'autres produits chimiques, et personne ne les remarquera. « Voilà qui explique pourquoi il se trouvait au beau milieu du complexe pétrochimique », dit-il.

Elle eut un sourire empli d'une tristesse infinie lorsqu'elle répondit : « Filippo disait que vous étiez intelligent. »

23

De retour à la questure, Brunetti décida de partir de la base en ayant un entretien avec un personnage avec lequel il n'avait pas parlé depuis un certain temps. Claudio Vizotti était – n'ayons pas peur des mots – une belle ordure. Plombier de formation, engagé par une entreprise de Marghera des dizaines d'années auparavant, il s'était tout de suite syndiqué. Avec le temps, il s'était élevé sans difficulté dans la hiérarchie et avait à présent la responsabilité de représenter les travailleurs dans les dossiers d'accidents du travail. Brunetti l'avait rencontré quelques années avant, alors que Vizotti avait convaincu un ouvrier blessé dans la chute d'un échafaudage mal monté de s'entendre avec l'entreprise pour un montant de dix mille euros.

On avait fini par apprendre – grâce à une partie de cartes au cours de laquelle un comptable de l'entreprise, ivre, s'était plaint du comportement de charognard des représentants syndicaux – que l'entreprise avait en fait donné vingt mille euros à Vizotti pour qu'il convainque l'ouvrier de ne pas porter plainte. Mais l'argent n'était jamais parvenu ni sur le compte du syndicat, ni entre les mains de l'ouvrier. La rumeur s'était répandue et, comme la partie de cartes avait eu lieu à Venise et non à Marghera, elle était venue aux oreilles de la police et non à celles des travailleurs à la protection desquels Vizotti consacrait en principe sa vie professionnelle. Mis au courant, Brunetti avait convoqué Vizotti. Sur le coup, le représentant syndical avait protesté, indigné, menaçant de poursuivre le comptable pour diffamation et de porter plainte contre Brunetti pour harcèlement. C'est alors que Brunetti lui avait rappelé que l'ouvrier blessé, un homme irascible, avait maintenant une jambe plus courte que l'autre de plusieurs centimètres et des douleurs presque constantes dans l'autre. Il ignorait tout du compromis qu'avait conclu Vizotti avec l'entreprise, mais rien n'était plus facile à vérifier.

Vizotti était devenu soudain miraculeusement coopératif et souriant, et avait déclaré qu'il avait conservé l'argent de l'ouvrier blessé pour son compte, puis avait oublié de le lui donner : le travail, les responsabilités, tant de choses à faire et auxquelles penser, si peu de temps. D'homme à homme, il avait demandé à Brunetti s'il ne voulait pas participer au transfert. Lui adressant même, Brunetti avait eu l'impression, un clin d'œil.

Le commissaire avait refusé, mais avait dit à Vizotti de ne pas oublier son nom, au cas où il aurait besoin de l'appeler. Il fallut quelques minutes à Brunetti pour retrouver le numéro de portable du syndicaliste, mais Vizotti reconnut sur-le-champ la voix de son interlocuteur.

« Qu'est-ce que vous voulez ? » demanda l'homme.

En temps normal, Brunetti aurait repris son interlocuteur pour son manque de courtoisie, mais il préféra ne pas se formaliser. « Des informations.

— À quel sujet ?

— Les entrepôts de Marghera.

— Alors appelez les pompiers, répliqua Vizotti. Ce n'est pas mon boulot.

— Il s'agit d'entrepôts pour des choses que les entreprises préfèrent peut-être ignorer », continua Brunetti, imperturbable.

Vizotti ne sut pas quoi répondre et Brunetti enchaîna donc. « Si on voulait y stocker discrètement des fûts, où les mettrait-on ?

— Des fûts de quoi ?

— Des fûts contenant des substances dangereuses.

— De la drogue ? »

Brunetti trouva cette réaction intéressante, mais ce n'était pas le moment de s'y attarder. « Non, pas de la drogue. Des liquides, peut-être, ou des poudres.

— Combien de fûts ?

— L'équivalent de plusieurs camions, peut-être.

— C'est à propos du type qu'on a retrouvé là-bas ? »

Ne voyant aucune raison de mentir, Brunetti répondit que oui.

Il s'ensuivit un long silence, et Brunetti comprit que le syndicaliste envisageait les conséquences – soit de mentir, soit de dire la vérité. Le policier connaissait suffisamment son client pour savoir que la balance pencherait du côté de son intérêt.

« Vous savez où on l'a trouvé ? demanda Vizotti.

— Oui.

— Je ne sais pas d'où vient le bruit, mais il paraît qu'il y a des réservoirs qui servent d'entrepôts, dans ce secteur. Là où on a retrouvé le corps. »

Brunetti évoqua les lieux, les réservoirs abandonnés mangés de rouille qui avaient servi de fond de décor au cadavre abandonné dans le terrain vague.

« Et qu'est-ce que ce bruit disait d'autre ? demanda-t-il de son timbre le plus charmeur.

— Il paraît qu'il y aurait des portes à certains d'entre eux, à présent.

— Je vois, dit Brunetti. Si vous entendez parler d'autre chose, je serai... »

Mais Vizotti lui coupa la parole. « Il n'y aura pas autre chose. » Et raccrocha.

Brunetti, calmement, en fit autant. « Tiens, tiens », dit-il à haute voix. Il se sentait coincé. L'affaire ne les concernait pas, en principe, mais Patta lui avait donné l'ordre d'enquêter. Les carabiniers étaient responsables des investigations sur les affrètements illégaux et les décharges sauvages, et aucun magistrat n'avait signé de mandat à Brunetti pour enquêter, en tout cas pas pour procéder à une descente en règle. Mais si Vianello et lui y allaient seuls, on ne pouvait tout de même pas parler de descente en règle, si ? Il s'agissait juste de retourner sur la scène du crime pour y jeter un coup d'œil.

Il était sur le point de se lever pour aller rejoindre Vianello lorsque le téléphone sonna. Il le regarda, le laissa sonner trois fois de plus et finalement décrocha.

« Commissaire ? fit une voix d'homme.

— Oui.

— C'est Vasco. »

Il fallut à Brunetti quelques instants de recherche parmi les événements des derniers jours, qu'il se procura en gagnant du temps par une réponse dilatoire. « Vous avez bien fait d'appeler.

— Vous vous souvenez de moi, n'est-ce pas ?

— Oui, bien sûr, bien sûr », répondit Brunetti, à qui la mémoire revint au moment même où il proférait ce mensonge. « Du Casino. Ils sont revenus ?

— Non. Enfin si. »

Faudrait se décider, pensa un Brunetti agacé. Il jugea plus prudent d'attendre la suite.

« Ce que je veux dire, c'est qu'ils sont revenus hier au soir.

— Et ?

— Et Terrasini a beaucoup perdu, dans les quatre mille euros.

— Et l'autre ? C'était le même qui l'accompagnait la dernière fois ?

— Non, répondit Vasco. C'était une femme. »

Brunetti ne perdit pas de temps à demander une description. Il se doutait de qui il s'agissait. « Combien de temps sont-ils restés ?

— Je n'étais pas de service, commissaire, et mon remplaçant n'a pu trouver votre numéro de téléphone. Il n'a pas eu l'idée de m'appeler, si bien que je ne l'ai appris qu'en arrivant sur place, aujourd'hui.

— Je vois, dit Brunetti, devant lutter contre son envie de s'en prendre à Vasco, à l'autre homme, à la terre entière. J'apprécie que vous m'ayez tout de même appelé. J'espère… » Il n'acheva pas sa phrase, ne sachant pas trop ce qu'il espérait.

« Ils vont peut-être revenir ce soir, commissaire, dit Vasco avec une note de satisfaction non dissimulée dans la voix.

— Qu'est-ce qui vous le fait dire ?

— Terrasini. Il a déclaré au croupier qu'il allait revenir récupérer l'argent qu'il lui avait pris. C'est bizarre de dire ça, continua Vasco sans attendre la réaction de Brunetti, et peu importe ce que vous avez perdu. Ce n'est pas le croupier qui vous prend votre argent : c'est le casino et votre propre bêtise qui vous a fait croire que vous pourriez le vaincre. » Vasco ne cachait pas non plus son mépris pour les joueurs. « Le croupier l'a rapporté à un inspecteur, estimant avoir été menacé. C'est le plus étrange : les vrais joueurs ne raisonnent jamais ainsi. Le croupier n'a fait que suivre strictement les règles du jeu ; il n'y avait absolument rien de personnel là-dedans et l'argent qu'il gagne ne va évidemment pas dans ses poches. » Après un moment de réflexion, il ajouta : « Ou alors, il faut être très fort.

— Qu'est-ce que vous en déduisez ? demanda Brunetti. Vous savez décrypter le comportement de ces gens. Moi pas.

— Cela veut probablement dire qu'il n'a pas l'habitude de jouer, en tout cas à des jeux où il perd tout le temps.

— Il en existe d'une autre sorte ?

— Oui. S'il joue aux cartes avec des gens qui ont peur de lui et qui le laissent gagner autant qu'ils peuvent. On s'y habitue vite. Nous en voyons de temps en temps ici ; ils viennent en général de pays du tiers-monde. Je ne sais pas comment ça se passe chez eux, mais la plupart de ces hommes n'aiment pas perdre et se mettent en colère quand ça leur arrive. Je crois que c'est parce que c'est nouveau pour eux. Il est arrivé qu'on en invite à vider les lieux.

— Mais il est reparti sans faire d'histoires l'autre fois, n'est-ce pas ?

— Oui, dit Vasco avec une hésitation dans la voix. Mais il n'avait pas de femme avec lui. Il est plus important pour eux de gagner quand il y en a une.

— Vous pensez qu'il va revenir ? »

Vasco laissa le silence se prolonger un bon moment. « Le croupier le pense, en tout cas, et il a une longue expérience derrière lui. C'est un dur à cuire, n'empêche qu'il était tout de même nerveux. Ce sont des types qui rentrent chez eux à pied à trois heures du matin, après tout.

— Je viendrai ce soir, dit Brunetti.

— Bien. Mais c'est inutile d'arriver avant une heure du matin, commissaire. J'ai vérifié : il est toujours venu plus tard que ça. »

Brunetti le remercia, ne fit pas d'autre allusion à la femme et raccrocha.

« Pourquoi ne pas y aller dans la journée pour voir de quoi il retourne ? » demanda Vianello, lorsque Brunetti lui eut rapporté les deux coups de téléphone qu'il avait reçus et la nécessité de faire deux choses différentes après la tombée de la nuit. « Ce que je veux dire, c'est que nous sommes la police. On a trouvé là-bas la victime d'un meurtre. Nous avons parfaitement le droit de fouiller le secteur. Nous n'avons toujours pas découvert l'endroit où il a été assassiné, n'oublie pas.

— Il vaudrait mieux que personne ne se doute que nous savons ce que nous cherchons, lui fit remarquer Brunetti.

— Mais nous ne le savons pas, si ? Ce que nous cherchons.

— Si. L'équivalent de deux ou trois camions de déchets toxiques cachés non loin de l'endroit où Guarino a été tué, dit Brunetti. D'après ce que m'a dit Vizotti.

— Et je te dis, moi, que nous ne savons pas où il a été tué, et que nous ne savons pas où nous devons chercher tes maudits fûts.

— Ce ne sont pas les miens, répliqua sèchement Brunetti, et ils n'ont pas pu les planquer bien loin. En tout cas, pas hors du complexe. On les aurait aperçus.

— Mais personne ne les a aperçus.

— Je les vois mal trimballer un cadavre jusque dans le site industriel, Lorenzo.

— Je dirais que c'est tout de même plus facile que d'y introduire deux ou trois camions de déchets toxiques, riposta l'inspecteur.

— Dois-je en déduire que tu ne veux pas venir ?

— Non, bien sûr que non, protesta un Vianello exaspéré. Et je veux aussi aller au casino. » Sur quoi, il ne put se retenir d'ajouter : « Si cette chasse au dahut se termine avant une heure du matin. »

Brunetti ne releva pas. « Qui va conduire ?

— Tu veux dire que tu ne vas pas demander un chauffeur ?

— Je me sentirais plus tranquille avec quelqu'un en qui j'ai confiance.

— Ne me regarde pas, dit Vianello. Je n'ai pas conduit plus d'une heure depuis cinq ans.

— Qui, alors ?

— Pucetti. »

24

Le site pétrochimique fonctionnait au rythme des trois huit, si bien qu'il y avait un flot permanent de véhicules qui entraient et sortaient de la zone. C'est pourquoi, lorsqu'une berline avec trois hommes à bord se présenta à vingt et une heures, ce soir-là, le gardien ne prit même pas la peine de sortir de sa guérite et, d'un geste amical, leur fit signe de franchir la barrière ouverte.

« Tu te souviens de l'itinéraire ? » demanda Vianello à Brunetti, assis à l'avant à côté de Pucetti dans la voiture de police banalisée. L'inspecteur regarda par les fenêtres, à droite, puis à gauche. « Je ne reconnais rien. »

Brunetti se rappelait les indications que le gardien lui avait données, la fois précédente, et il les répéta à Pucetti. Quelques minutes plus tard, ils arrivaient à hauteur du bâtiment rouge ; Brunetti proposa d'y laisser la voiture et de continuer à pied. Visiblement embarrassé, Vianello leur demanda s'ils ne voulaient pas boire quelque chose avant, expliquant que sa femme avait tenu à ce qu'il emporte une Thermos de thé au citron. Devant le refus poli de Brunetti et Pucetti, il précisa qu'il avait prévu d'y ajouter du whisky, et tapota la poche de sa parka en duvet.

La lune étant quasi pleine, ils n'eurent guère besoin de la lampe torche de Vianello et celui-ci la rangea rapidement dans une poche. L'origine de la mystérieuse lueur qui leur permettait de voir leur chemin était difficile à déterminer : outre la lune, il y avait non loin d'eux la haute torchère brûlant les gaz excédentaires, ainsi que le léger éclat de lumière, reflété par la lagune, qui venait de Venise, la ville qui avait vaincu la nuit.

Brunetti se tourna pour regarder le bâtiment rouge qui, de nuit, perdait sa couleur. La distance et les proportions étaient impossibles à évaluer : ils pouvaient aussi bien avoir dépassé l'endroit où l'on avait trouvé Guarino qu'en être encore à cent ou deux cents mètres. Devant lui, se dressaient les silhouettes sombres des réservoirs, réduits à de simples découpes sur cette vaste plaine. « S'il y a des portes, comment allons-nous entrer ? » demanda Pucetti.

En guise de réponse, Vianello tapota une autre de ses poches. Il avait pris avec lui son jeu d'outils de cambrioleur – aussi scandaleux que ce fût d'en trouver sur la personne d'un officier de police en service. Bien plus choquante encore était l'habileté avec laquelle l'inspecteur s'en servait, comme le savait Brunetti.

Des gouttes de rosée se déposaient sur leurs manteaux et ils prirent soudain conscience de l'odeur qui régnait. Il ne s'agissait ni d'acide ni des relents âcres du fer, mais d'une combinaison de produits chimiques et de gaz qui laissait un dépôt sur la peau et irritait le nez et les yeux. Il aurait mieux valu ne pas respirer l'air ; mieux valu ne pas s'aventurer ici.

Ils arrivèrent à hauteur du premier réservoir et le contournèrent jusqu'à ce qu'ils y découvrent une porte ; elle paraissait avoir été grossièrement découpée au chalumeau dans une plaque de métal. Ils s'arrêtèrent à quelques mètres et Vianello braqua sa lampe dessus. Devant, la boue était étalée et lisse, restée pétrifiée par la sécheresse – cela faisait plusieurs semaines qu'il n'avait pas plu. « Personne n'est venu ici depuis un bon moment », commenta inutilement Vianello en éteignant sa lampe.

Il en allait de même avec le réservoir suivant ; la boue séchée ne comportait aucune trace, sinon celles d'un petit animal, chat, chien ou rat. Aucun d'eux n'aurait su dire.

Ils retournèrent jusqu'au chemin de terre pour gagner le troisième réservoir. Il les dominait de toute sa hauteur, vingt mètres peut-être, cylindre menaçant que faisaient luire les lumières en provenance du port de San Basilio, au loin. À sa gauche et à sa droite, ils virent les milliers de lumières des trois bateaux de croisière à quai de l'autre côté de la lagune.

Le bourdonnement sourd d'un moteur approchant derrière eux leur parvint. Ils s'élancèrent vers le côté de la route, à la recherche d'un endroit où se cacher. Ils atteignirent ainsi le troisième réservoir et se plaquèrent contre la courbe du métal rouillé tandis que le bourdonnement se rapprochait. Un projecteur éclairait le sol, se rapprochant à une vitesse effrayante, et ils s'aplatirent encore plus contre la surface du réservoir.

L'avion passa au-dessus d'eux, les noyant dans son vacarme. Brunetti et Vianello portèrent les mains à leurs oreilles, mais pas Pucetti. Lorsque l'avion se fut éloigné, les laissant assourdis dans son sillage, ils s'écartèrent du réservoir et se mirent à en chercher la porte.

Une fois de plus, Vianello braqua le rayon de sa torche sur la terre, devant la porte ; cette fois-ci son aspect fut bien différent, révélant des empreintes de pas y conduisant. La porte, de plus, n'était pas un rectangle découpé à la diable au chalumeau, puis fermée hâtivement de quatre planches clouées pour en interdire l'entrée. Il s'agissait d'une porte incurvée, coulissant latéralement comme celle d'un garage ou mieux encore, d'un hangar.

Vianello alla étudier la serrure. Il y en avait en fait plusieurs, dont un gros cadenas passé dans des pattes fixées l'une sur la porte, l'autre sur la paroi du réservoir. « Je n'arriverai pas à atteindre celle d'en haut, dit-il finalement en se détournant.

— On fait quoi, alors ? » demanda Brunetti.

Pucetti commença à contourner le cylindre par la gauche ; il ne fit que quelques pas, revint, demanda sa torche à Vianello et repartit. Brunetti et Vianello entendirent ses pas s'éloigner tandis qu'il gagnait le côté opposé du réservoir, puis le son étrange produit par un coup qu'il donna à la paroi métallique. Après quoi ils n'entendirent plus rien – le grondement d'un nouvel avion noyant leur univers de bruit et de lumière avant de disparaître.

Il s'écoula une bonne minute avant que quelque chose de proche du silence se rétablisse, bien qu'il y eût des bruits de moteurs lointains et un bourdonnement ténu, dans l'air de la nuit, de câbles électriques. Puis ils entendirent Pucetti qui revenait, la boue séchée craquant sous ses pieds.

« Il y a une échelle sur le côté », dit le jeune officier, incapable de contenir son excitation, comme s'il jouait, de nuit, aux gendarmes et aux voleurs. « Venez, je vais vous montrer. »

Et il repartit, disparaissant rapidement à cause de la courbure du réservoir. Ils lui emboîtèrent le pas et le trouvèrent non loin, braquant la lampe torche sur le flanc du réservoir. Ils virent alors une série de barreaux métalliques dont le premier était à environ deux mètres du sol et qui montaient jusqu'au sommet du réservoir.

« Et en haut, comment ça se termine ? » demanda Vianello.

Pucetti recula de quelques pas, le rayon de sa lampe toujours braqué sur le haut de l'échelle. « Je ne sais pas. On ne peut pas voir. » Brunetti et Vianello le rejoignirent, mais ils ne virent rien de plus que le dernier barreau, placé à une dizaine de centimètres du bord supérieur.

« Il n'y a qu'une manière de le savoir », dit Brunetti, se sentant plein de courage. Il revint vers le réservoir et voulut attraper le premier barreau.

« Attendez une minute, monsieur », lança Pucetti. Il s'approcha, fourra la lampe dans la poche de Brunetti, mit un genou à terre, puis l'autre, se transformant en escabeau humain. « Montez sur mes épaules, monsieur, ce sera plus facile. »

Cinq ans auparavant, Brunetti aurait virilement traité cette proposition par le mépris. Il commença à lever le pied droit, mais sentant le tissu se tendre sur sa poitrine, il le reposa et déboutonna son manteau. Puis, montant sur l'épaule de Pucetti, il agrippa les deuxième et troisième barreaux. Il se hissa alors, pouvant poser sans peine un premier pied, puis le second, sur le premier barreau. Pendant qu'il entamait l'escalade, il entendit Pucetti et Vianello dire quelque chose. Des bruits de frottement, en dessous de lui, le poussèrent à continuer de grimper ; il y eut un coup sourd, à un moment donné, lorsqu'un pied heurta la paroi métallique.

Il avait regardé les premiers films de *Spiderman* avec ses enfants et y avait pris plaisir. Il ne pouvait se débarrasser de l'impression qu'à son tour, il escaladait le flanc d'un immeuble, agrippé à la paroi par la seule vertu de ses pouvoirs spéciaux. Il monta ainsi dix barreaux de plus, se reposa quelques instants et voulut regarder où en étaient ses deux subordonnés – mais il se reprit à temps et continua à grimper jusqu'en haut.

L'échelle se terminait sur une plate-forme métallique de la taille d'une porte. Elle était heureusement entourée d'un garde-fou. Brunetti rampa dessus et se releva, allant à l'autre bout pour laisser la place aux autres. Il sortit la torche et leur éclaira le chemin. Vianello, puis Pucetti, rampèrent à leur tour sur la plate-forme. Quand Vianello se mit debout, aveuglé par le rayon, il adressa un regard blessé à son supérieur. Brunetti braqua aussitôt la torche sur Pucetti, dont le visage était rayonnant. *Mes deux comiques*, pensa-t-il.

Brunetti éclaira alors la paroi du réservoir et découvrit une porte avec une poignée métallique, à l'autre bout de la plate-forme. Il abaissa la poignée et le battant s'écarta sans peine. Il donnait sur une plate-forme identique, à l'intérieur du réservoir. Il y entra et éclaira derrière lui pour que les autres le rejoignent à l'intérieur.

Brunetti claqua des doigts : l'écho lui revint au bout d'un instant et se répercuta à plusieurs reprises. Il heurta la rambarde métallique avec la torche et un écho plus fort et sourd se répercuta dans le réservoir.

Il braqua alors le rayon sur les marches qui partaient devant lui, illuminant un escalier qui gagnait apparemment le fond en s'incurvant le long de la paroi. Le rayon n'était pas assez puissant pour atteindre le bas de l'escalier, qu'ils ne voyaient donc qu'en partie : dans l'obscurité, tout était changé et il était impossible d'évaluer la distance jusqu'au fond.

« Alors ? dit Vianello.

— On descend », répondit Brunetti.

Pour confirmer l'impression qu'il avait, Brunetti éteignit la lampe. Les deux autres poussèrent un soupir : l'obscurité devenue visible. Les gens connaissaient les ténèbres, autrefois, ils les connaissaient comme nous ne les connaissons plus aujourd'hui qu'artificiellement, pour nous amuser à nous faire peur. Ici, c'était vraiment l'obscurité totale : impossible de faire plus.

Brunetti ralluma et sentit Vianello et Pucetti se détendre un peu. « Écoutez, dit-il, je vais donner la lampe à Pucetti et toi et moi, Lorenzo, nous allons descendre les premiers en nous tenant par le bras. » Il tendit la torche à Pucetti. « Tu nous éclaires à hauteur des pieds et tu nous suis.

— Bien monsieur », répondit Pucetti. Vianello vint se placer à côté de Brunetti et lui prit le bras.

« Allons-y », dit Brunetti. L'inspecteur était du côté de la rampe, sur laquelle il gardait une main, l'autre passée sous le bras de son supérieur, ce qui leur donnait l'allure d'un couple de retraités perclus de rhumatismes, qui serait parti pour une petite promenade s'étant révélée plus fatigante que prévu. Pucetti s'efforçait d'éclairer juste devant leurs pieds et les suivait autant à l'instinct qu'à la vue.

Les marches étaient couvertes de rouille et comme ils descendaient un escalier prévu pour une personne, Brunetti sentait les écailles de rouille se détacher de la paroi qu'il effleurait de l'épaule, convaincu d'en sentir aussi l'odeur. Ils s'enfoncèrent ainsi dans ces profondeurs infernales, la puanteur devenant plus intense à chaque pas. Huile, rouille, métal : elle se mit à les submerger quand ils approchèrent du sol, ou alors la sensation d'être dans un gouffre ténébreux, les privant de la vue, exacerbait leurs autres sens.

Brunetti avait beau savoir que c'était impossible, il eut l'impression qu'il faisait encore plus noir que quand ils s'étaient trouvés en haut de l'escalier. « Je vais m'arrêter, Pucetti », dit-il pour éviter que le jeune policier ne les heurte. Il fit halte, Vianello parfaitement synchronisé avec lui. « Éclaire un peu le fond. »

Pucetti se pencha sur la rampe et promena son rayon dans l'obscurité en contrebas. Pour évaluer sa position, Brunetti regarda tout d'abord vers le haut et vit une tache grise qui devait être la porte par laquelle ils étaient entrés. Ils avaient déjà fait, constata-t-il avec étonnement, plus de la moitié du chemin. Puis il se tourna et suivit du regard le rayon de lumière ; ils se trouvaient encore à quatre ou cinq mètres du sol. Celui-ci se parait de reflets et de lueurs, comme sous l'effet d'un éclairage intérieur. Il ne s'agissait pas de liquide, car, comme pour la boue à l'extérieur, sa surface était composée de tourbillons et de vagues pétrifiés que les reflets mouvants transformaient en une sombre mer vineuse.

Un frisson parcourut le bras de Vianello et Brunetti prit soudain conscience du froid qui régnait.

« Et maintenant, monsieur ? » demanda Pucetti, qui continuait à balayer le local de son rayon de lumière, de droite à gauche, régulièrement, de plus en plus loin à chaque fois. À environ vingt mètres, le rayon vint éclairer une surface verticale et Pucetti le fit remonter lentement, comme s'il escaladait une paroi montagneuse. L'obstacle, cependant, ne faisait pas plus de cinq ou six mètres de haut : il s'agissait d'un empilement de fûts et de conteneurs en plastique : certains étaient noirs, d'autres gris, d'autres jaunes. On les avait entassés sans soin, sans chercher à faire des rangées bien nettes. Sur celle du haut, certains étaient penchés les uns contre les autres et ceux de la périphérie faisaient parfois penser à des pingouins venant se masser contre leurs congénères au milieu de la nuit de l'Antarctique.

De lui-même, Pucetti fit courir son rayon jusqu'au bout de l'empilement, puis revint lentement jusqu'à l'autre extrémité, ce qui permit de compter les fûts de la première rangée. « Vingt-quatre », dit Vianello à voix basse.

La contenance de ces fûts, croyait se souvenir Brunetti, était de cent cinquante litres, ou peut-être un peu plus. Ou moins. Plus de cent litres, en tout cas. Il essaya de faire le calcul de tête, mais son incertitude sur la contenance et sur le nombre de rangées, derrière la première, lui fit conclure que chaque rangée devait contenir au moins douze mille litres.

Chiffre qui ne signifiait toutefois pas grand-chose tant qu'on ignorait ce qu'était le contenu. Quand on le saurait, on pourrait alors évaluer le danger. Toutes ces réflexions traversèrent l'esprit de Brunetti pendant que le faisceau lumineux jouait sur la façade de fûts.

« Allons voir ça de plus près », dit-il, parlant lui aussi à voix basse. Avec Vianello, il gagna les dernières marches, demandant à Pucetti de lui passer la lampe torche.

Brunetti lâcha le bras de l'inspecteur et s'avança sur le sol du réservoir, bientôt rejoint par Pucetti, passé devant Vianello. « Je vais vous accompagner, monsieur », dit le jeune officier, projetant le faisceau lumineux sur la boue pétrifiée, devant leurs pieds.

Vianello voulut faire un pas en avant, mais Brunetti lui posa la main sur le bras. « Je veux tout d'abord voir comment on peut sortir d'ici. » Il avait conscience de parler très bas, comme s'il craignait que l'écho ne provoque quelque chose de dangereux.

En guise de réponse, Pucetti braqua la lampe sur l'escalier qui s'incurvait jusqu'en haut.

« Au cas où nous devrions vider rapidement les lieux », ajouta Brunetti. Il s'empara alors de la lampe. « Attends-moi ici », dit-il. Sa main gauche effleurant la paroi, il commença à longer celle-ci. Il avança lentement, jusqu'à ce qu'il soit arrivé à la porte avec ses deux trous de serrure.

S'avançant encore de quelques pas, il vit ce qu'il avait espéré découvrir : une petite sortie d'urgence avec sa barre horizontale, découpée dans la grande porte coulissante. Aucun avertissement écrit ne faisait allusion à une alarme, et rien n'indiquait qu'elle était reliée à un système de surveillance. Il appuya sur la barre, et la porte s'ouvrit sur des gonds parfaitement huilés. Une bouffée d'air lui caressa le visage, porteuse d'odeurs différentes qui lui rappelèrent à quel point celui qu'ils respiraient à l'intérieur était méphitique. Il joua un moment avec l'idée de laisser ce portillon ouvert, puis y renonça. Il le referma et il retrouva le froid et la puanteur de la cuve géante.

Il revint vers les autres, précédé du rayon de la lampe. Avant qu'il ait pu dire quelque chose, Pucetti s'était approché et avait pris Brunetti par le bras, geste qui toucha le commissaire. Avec prudence, se tenant par le bras, ils s'avancèrent en regardant bien où ils posaient les pieds sur la surface glacée, s'arrêtant à chaque pas pour s'assurer

qu'ils étaient bien calés entre les pics et les crevasses du sol. La prudence les ralentissait, si bien qu'il leur fallut un certain temps pour atteindre le milieu de la première rangée de fûts.

Brunetti les balaya du faisceau de la lampe, à la recherche de tout ce qui pourrait donner des indications sur leur contenu ou leur origine. Il ne vit rien sur les trois premiers, mais la tête de mort aux tibias croisés suffisait à rendre ces précisions superflues. Collé sur un des fûts, un papier mal arraché laissait voir deux lettres en caractères cyrilliques. Les suivants ne comportaient rien. Au bout de la rangée, le couvercle d'un fût avait laissé échapper un filet verdâtre sulfureux qui se terminait dans la boue, sur une flaque desséchée et poudreuse. Pucetti lâcha le bras de Brunetti pour aller contourner les derniers fûts. Brunetti le suivit et braqua le faisceau sur le côté de l'empilement. « Dix-huit », dit Pucetti au bout d'un moment. Brunetti, qui en avait compté dix-neuf, se contenta de hocher la tête et retourna examiner de plus près le fût de l'angle, ayant aperçu une étiquette orange juste sous le couvercle. Il ne connaissait pas l'allemand, mais il comprit néanmoins de quoi il s'agissait. *Achtung!* Là, aucun doute. *Vorsicht Lebensgefahr*. Celui-ci fuyait aussi par son couvercle et une flaque d'un vert noirâtre s'étalait à son pied. « Je crois que nous en avons assez vu, Pucetti, dit-il en se tournant vers l'emplacement où devait les attendre Vianello.

— Je crois, moi aussi, commissaire », répondit le jeune officier en revenant vers lui.

Brunetti commença à s'éloigner, lança le nom de Vianello et, lorsque celui-ci eut répondu, braqua le rayon dans la direction de la voix. Si bien qu'il ne vit pas ce qui se passa derrière lui. Il entendit Pucetti inspirer brusquement – de surprise, non de peur – puis un bruit visqueux prolongé qu'il identifia rétrospectivement comme étant le pied de Pucetti glissant sur le sol gelé. Il sentit alors quelque chose le heurter dans le dos et connut un instant de terreur à l'idée que c'était l'un des fûts. Puis il y eut un bruit sourd, le silence, et soudain Pucetti se mit à crier.

Il se tourna lentement, déplaçant ses pieds avec précaution, et braqua le faisceau sur Pucetti. Le jeune officier était à genoux; il essuyait sa main gauche sur le devant de son manteau tout en poussant des gémissements. Il glissa alors sa main entre ses genoux et se mit à la frotter vigoureusement contre le tissu de son pantalon.

« *Oddio, oddio* », gémit-il. Puis il cracha dans sa main et la frotta à nouveau. Il se remit vivement debout.

« Vianello, le thé ! » cria Brunetti, agitant la lampe en tous sens car il ne se rappelait plus très bien l'endroit où se trouvaient et Vianello, et la porte.

« Je suis là », répondit l'inspecteur. Et soudain Brunetti l'eut dans le faisceau de sa lampe, la Thermos à la main. Brunetti poussa Pucetti en avant en le tenant par le coude pour lui faire tendre la main vers Vianello. La paume et une partie du dos de la main du jeune homme gardaient des traces de la substance noirâtre dont il ne s'était pas entièrement débarrassée en se frottant à ses vêtements. La partie visible de la peau était enflammée, pelait à certains endroits et saignait déjà.

« Ça va faire mal, Roberto », dit Vianello. Il leva haut la Thermos au-dessus de la main tendue. Brunetti ne saisit pas tout de suite pourquoi mais quand le liquide jaillit, fumant, il comprit que l'inspecteur avait espéré qu'il se refroidirait au moins un peu avant d'éclabousser les chairs brûlées.

Brunetti serra plus fort le coude de Pucetti, mais c'était inutile. Le jeune homme avait compris, et il ne broncha pas lorsque le thé le toucha. Brunetti recula pour mieux éclairer la scène, sans trop bouger. Le filet de thé s'écoula au milieu d'un halo de vapeur. On aurait dit que ça n'allait jamais finir. « Voilà », dit finalement Vianello en tendant la Thermos à Brunetti.

L'inspecteur retira sa parka et arracha une partie de la doublure. Il remit la parka – pas question de la laisser tomber au sol – et à l'aide de ce tampon improvisé essuya ce qui pouvait rester entre les doigts du jeune officier, telle une mère consciencieuse et aimante. Lorsqu'il ne resta presque plus du magma noirâtre, il reprit la Thermos et fit couler encore un peu de thé sur la main de Pucetti, la faisant tourner pour être sûr que le liquide passait partout avant de tomber au sol.

Vianello laissa tomber la Thermos vide sur le sol et demanda à Brunetti son foulard. Le commissaire le lui donna et Vianello en entoura la main de Pucetti, le serrant d'un nœud dans le dos. Puis il reprit la Thermos, tira le jeune homme contre lui, le soutint d'un bras et dit à Brunetti : « Emmenons-le à l'hôpital. »

25

Le médecin, aux urgences de l'hôpital de Mestre, prit au moins vingt minutes pour nettoyer la main de Pucetti, qu'il plongea tout d'abord dans un liquide nettoyant peu agressif, puis dans du désinfectant pour réduire le risque d'infection de ce qui était en fait une brûlure. Il déclara que le fait d'avoir versé de l'eau dessus lui avait probablement sauvé la main, ou avait au moins évité une atteinte beaucoup plus grave. Il l'enduisit ensuite de pommade et l'enroula dans un pansement qui lui faisait comme un gant de boxe. Finalement, il donna quelque chose contre la douleur à Pucetti et lui conseilla d'aller faire refaire son pansement à l'hôpital de Venise tous les jours pendant une semaine.

Vianello était resté avec Pucetti pendant que Brunetti, dans le couloir, parlait au téléphone avec Ribasso, qu'il avait fini par joindre non sans quelques difficultés. Le capitaine des carabiniers ne parut nullement surpris du récit de Brunetti et, quand celui-ci eut terminé, déclara : « Vous avez eu de la chance que mes tireurs d'élite aient décidé de vous laisser tranquille.

— Quoi ?

— Mes hommes vous ont vus arriver et monter l'échelle, mais l'un d'eux a pensé à vérifier votre immatriculation. Bonne idée d'avoir utilisé une voiture officielle. Sans quoi, vous auriez pu avoir des ennuis.

— Depuis combien de temps étiez-vous sur place ? demanda Brunetti, s'efforçant de garder un ton neutre.

— Depuis que nous l'avons trouvé.

— En planque ? » Brunetti essayait d'imaginer les possibilités.

« Bien sûr. C'est bizarre qu'ils l'aient laissé à proximité de leurs saloperies, observa Ribasso, sans donner davantage d'explications. Tôt ou tard, quelqu'un va forcément venir chercher ce qui est là-dedans.

— Et si personne ne vient ?

— Si, ils viendront.

— Vous en paraissez bien certain.

— Je le suis.

— Pourquoi ?

— Parce qu'une personne a été payée pour les laisser remiser leurs cochonneries ici et que s'ils ne l'enlèvent pas, ça va faire du grabuge.

— Et donc, vous attendez ?

— Et donc nous attendons, répondit Ribasso. D'autant plus que nous avons eu un coup de chance. On a nommé un nouveau magistrat instructeur, pour le meurtre de Guarino, et il semble qu'elle soit sérieuse. »

Brunetti garda le silence, le laissant à son optimisme.

« Qu'est-ce qui est arrivé à votre policier ? demanda alors Ribasso.

— Il est tombé et a posé la main dans la boue. »

Entendant le soupir que poussa Ribasso, Brunetti ajouta, « Ce ne sera pas trop grave. Il a vu un médecin.

— C'est là où vous êtes, à l'hôpital ?

— Oui.

— Tenez-moi au courant pour lui, vous voulez bien ?

— Bien sûr. Dites-moi, à quel point est-ce dangereux, là-dedans ?

— Nommez-moi un produit chimique quelconque et il est dans cette gadoue. » Après un bref silence il ajouta : « Et du sang. »

Brunetti observa lui aussi un silence, plus long que celui de Ribasso. « Celui de Guarino ?

— Oui. Et la boue correspond à celle qu'il avait sur ses vêtements.

— Pourquoi vous ne m'en avez pas parlé ? »

Ribasso ne répondit pas.

« Vous avez trouvé la balle ?

— Oui, dans la boue.

— Je vois. » Il y eut un bruit de porte derrière lui et Brunetti vit apparaître la tête de Vianello. « Faut que j'y aille.

— Prenez soin de votre gars, dit Ribasso.

— Qu'est-ce qui se passe, Lorenzo ? » demanda Brunetti en refermant son portable.

Vianello brandissait son propre téléphone. « C'est Griffoni. Elle n'arrivait pas à te joindre, alors elle m'a appelé.

— Qu'est-ce qu'elle veut ?

— Elle ne me l'a pas dit, répondit l'inspecteur en tendant l'appareil à Brunetti.

— Oui ? dit Brunetti.

— Quelqu'un du nom de Vasco a cherché à vous joindre, mais votre portable était coupé. Après, il était occupé. Alors il m'a appelée.

— Qu'est-ce qu'il a dit ?

— Que l'individu que vous recherchiez était là-bas.

— Attendez une minute. » Brunetti retourna dans la salle de soins, où Vianello se tenait adossé au mur. Le médecin ne fit rien pour cacher sa mauvaise humeur devant cette intrusion. « C'est Vasco. Il est là.

— Au casino ?

— Oui. »

Au lieu de répondre, Vianello regarda Pucetti qui, l'œil éteint, torse nu, était assis sur la table d'examen et tenait sa main bandée. Le jeune officier se tourna vers Brunetti et sourit. « Ça ne fait plus mal, commissaire.

— Bien », lui dit Brunetti avec un sourire d'encouragement. Puis il se tourna vers Vianello, brandissant le portable pour lui faire comprendre qu'il était toujours en communication.

Il vit l'inspecteur réfléchir. « Vois si tu ne peux pas y aller avec elle. Vous passerez davantage inaperçus. Moi, je reste avec Roberto. »

Brunetti reporta le téléphone à son oreille. « Je suis à l'hôpital de Mestre, mais je vais partir tout de suite. Un taxi

m'attend. Je peux être au casino... d'ici une demi-heure, dit-il après un rapide calcul mental. Vous pouvez y être aussi ?
— Oui.
— Pas en uniforme.
— Bien sûr.
— Et envoyez une vedette me prendre Piazzale Roma. J'y serai dans vingt minutes.
— Entendu. »

Brunetti ne sut jamais comment la commissaire Claudia Griffoni s'y était prise, mais toujours est-il qu'elle était sur le pont d'un taxi attendant au débarcadère de la police lorsqu'il y arriva, vingt minutes plus tard. Aurait-elle porté son uniforme que cela n'aurait pas eu la moindre importance, vu qu'il aurait été réduit quasiment à l'invisibilité par un manteau de vison de couleur sombre. Manteau qui descendait presque jusqu'à des chaussures en croco aux talons si hauts qu'elle en devenait aussi grande que Brunetti.

Le taxi démarra dès qu'il fut sur le pont et fonça jusqu'au casino par le Grand Canal. Brunetti donna alors à Griffoni toutes les explications qu'il put, finissant par lui parler des tireurs d'élite embusqués de Ribasso.

Quand il eut terminé, elle se contenta de demander des nouvelles de Pucetti.

« Il a la main brûlée ; d'après le médecin, cela aurait pu être beaucoup plus grave et le seul risque réel est celui d'infection.
— Qu'est-ce que c'était ?
— Dieu seul sait la saloperie que ces fûts laissent fuir.
— Pauvre gosse », dit-elle, sincère, alors qu'elle ne devait avoir guère plus de dix ans que lui.

Ils virent apparaître la Ca' Vendramin Calergi sur leur gauche et sortirent sur le pont. Le pilote prit la direction de l'appontement, passa la marche arrière et arrêta la vedette à un millimètre du quai. Griffoni ouvrit son sac mais le pilote interrompit son geste. « Voyons, Claudia, *per piacere* », sur quoi il lui donna la main pour l'aider à monter sur le quai.

Soulagé d'avoir pensé à nettoyer ses chaussures avec une serviette empruntée à l'hôpital, Brunetti s'avança à la suite de sa collègue sur le tapis rouge et vint lui prendre le bras pour franchir les portes ouvertes. Ils furent accueillis, en entrant, par une profusion de lumières et une chaleur étouffante : quel contraste avec le fond de la cuve où il s'était retrouvé avec Vianello et Pucetti… Il consulta sa montre. Une heure largement passée. Paola dormait-elle ? Veillait-elle en compagnie de son cher Henry James, attendant que son mari devant la loi rentrât à la maison ? Il sourit à cette idée, et Griffoni voulut savoir pourquoi.

« Oh, rien. Je pensais à quelque chose. »

Elle lui adressa un bref coup d'œil. Ils s'approchèrent du comptoir d'accueil, où Brunetti demanda à parler à Vasco. Celui-ci arriva presque tout de suite, visiblement excité, puis l'air surpris quand il vit que le commissaire était accompagné d'une autre femme.

« La commissaire Griffoni, dit Brunetti, s'amusant de la mine déconfite que prit un instant Vasco. Pour la cacher, l'homme s'empressa de leur demander de le suivre ; ils déposeraient leurs manteaux dans son bureau. Là, il tendit une cravate à Brunetti et, pendant que celui-ci la nouait, expliqua que Terrasini était à la table de black jack. « Il y joue depuis une heure, dit-il avant d'ajouter, avec un air encore plus surpris que lorsqu'il avait vu Claudia Griffoni : Et il gagne ! » À l'entendre, on aurait cru qu'il n'était pas prévu que la chose se produise ici.

Les deux commissaires emboîtèrent le pas à Vasco, qui décida de gagner le premier étage en empruntant l'escalier et non l'ascenseur. Tout était comme dans le souvenir qu'en avait Brunetti : les mêmes gens, la même impression de délabrement moral et physique, la même douce lumière se reflétant sur les épaules et les bijoux.

Ils traversèrent les salles de roulettes pour se rendre dans celle où Brunetti avait vu les joueurs de cartes. Vasco s'arrêta à la porte et leur demanda de bien vouloir attendre qu'il se soit éloigné un peu. Il avait déjà eu affaire à Terrasini et ne tenait pas à être vu par lui en compagnie de deux policiers.

Vasco entra donc seul dans la salle et s'avança lentement en direction d'une des tables, mains dans le dos tel un surveillant ou un employé des pompes funèbres. Brunetti s'aperçut que, de son index tendu, il indiquait une table sur la gauche, même si toute son attention semblait se porter sur une autre.

Brunetti regarda dans cette direction et, à ce moment-là, un homme qui était dans son champ de vision se déplaça, dégageant la vue sur un individu plus jeune qui se trouvait assis du côté opposé. Il reconnut l'angle trop pointu formé par les sourcils, comme si un peintre les avait dessinés à la règle ; les yeux sombres à l'éclat artificiel, tout en iris, la grande bouche et les cheveux noirs raidis par un gel qui retombaient vers le sourcil gauche sans le toucher. Il avait une barbe de un jour et, lorsqu'il leva ses cartes pour les étudier, Brunetti vit des mains larges aux doigts épais, les mains d'un travailleur.

Terrasini poussa une petite pile de jetons sur le tapis. L'homme assis à côté de lui posa ses cartes. Le croupier prit une autre carte. Terrasini secoua la tête. Son voisin prit une autre carte, qu'il posa aussi. Le croupier prit lui-même une carte, puis posa lui aussi son jeu sur la table et poussa tous les jetons vers Terrasini.

Les coins des lèvres de Terrasini se redressèrent, mais il s'agissait plus de tension que d'un sourire. Le croupier distribua à chacun deux cartes, dont une à l'endroit, et le jeu continua. Brunetti tourna la tête et vit que Griffoni s'était avancée jusque de l'autre côté de la salle et paraissait partager son attention entre la table où jouait Terrasini et celle à côté de laquelle Vasco tendait l'oreille, tête inclinée, pour écouter ce que lui disait une femme en jaune.

Brunetti revint à la première table au moment où l'homme debout s'écartait à nouveau d'un pas, dégageant un peu plus la vue. C'est alors qu'il aperçut Franca Marinello, debout derrière Terrasini, les yeux sur les cartes. Terrasini se tourna vers elle et ses lèvres bougèrent. Il inclina sa chaise en arrière pendant qu'il attendait la décision des autres joueurs, tendit le bras et entoura Franca Marinello par les hanches, l'attirant à lui. Machinalement, comme on touche la statue d'un saint censé porter chance, il frotta sa main contre elle : Brunetti voyait même le tissu se froisser à ce contact.

Il regarda le visage de la femme. Elle eut un coup d'œil pour la main qui la touchait et revint aux cartes. Elle dit quelque chose, attirant peut-être l'attention de Terrasini sur le croupier. Terrasini retira son bras et laissa retomber sa chaise. L'expression de Franca Marinello ne changea pas. Terrasini demanda une carte, et le croupier en plaça une devant lui. Terrasini regarda la carte, secoua la tête et le croupier se tourna vers un autre joueur.

Terrasini parcourut la table du regard, puis ses yeux se dirigèrent vers Brunetti ; mais à ce moment-là le commissaire avait retiré son mouchoir de sa poche de poitrine et se mouchait, son attention tournée ailleurs. Quand il revint à la table, le croupier poussait une fois de plus des jetons dans la direction de Terrasini.

Puis le croupier se leva et déclara quelque chose aux joueurs. Il leur adressa un petit salut, quitta sa chaise et un autre homme, dans une impeccable tenue de soirée, vint aussitôt le remplacer.

Terrasini profita de cette interruption pour se lever et s'éloigner de la table. Il tendit les bras en l'air, mains jointes, s'étirant comme un sportif fatigué. Le mouvement souleva le bas de son veston et Brunetti vit la partie inférieure de ce qui paraissait bien être un holster, juste au-dessus de la poche revolver du pantalon.

Le nouveau croupier sortit un jeu neuf et entreprit de mélanger les cartes. À ce bruit, Terrasini arrêta de s'étirer et s'approcha de Franca Marinello. Avec désinvolture, il fit lentement passer ses mains sur les seins de la femme avant de reprendre place. Brunetti vit le tour de ses lèvres blanchir, mais elle ne bougea pas, ne regarda pas Terrasini.

Elle cligna des yeux, les gardant fermés peut-être un peu trop longtemps. Quand elle les rouvrit, elle regardait dans la direction de Brunetti. Et elle le reconnut.

Il se dit qu'elle allait lui adresser un signe de tête, ou peut-être sourire, mais elle ne manifesta rien. Puis il craignit qu'elle ne dise quelque chose à Terrasini, mais elle ne bougea pas. Une statue regardant une autre statue. Au bout d'un moment, elle revint aux cartes de Terrasini. Le jeu reprit, mais cette fois ce fut le croupier qui se retrouva avec la pile de jetons devant lui. Il en fut de même le coup suivant et le suivant encore. Puis ce fut au tour de l'homme à la gauche de Terrasini de gagner ; puis à celui à sa droite. Et encore au croupier.

Les piles se mirent à fondre, devant le jeune homme, et bientôt il n'en resta plus qu'une, laquelle se réduisit à son tour et finalement disparut. Terrasini se leva si brutalement, bondissant presque, qu'il renversa sa chaise. Il frappa le tapis vert des deux mains à plat et, penché en avant, s'en prit au croupier. « Vous n'avez pas le droit de faire ça ! Vous n'avez pas le droit ! »

Soudain Vasco et un autre homme, surgi de nulle part, furent aux côtés de Terrasini, l'aidant à se redresser tandis que Vasco lui parlait à voix basse. Brunetti remarqua les articulations blanchies de Vasco, à sa main droite, et comment la manche de Terrasini se froissait encore plus que ne l'avait fait la robe de Franca Marinello.

Les trois hommes prirent la direction de la sortie, Vasco ne cessant de parler à Terrasini, penché vers lui, l'air détendu et amical, comme si lui et son assistant aidaient un client à regagner son bateau-taxi. La femme en robe jaune s'était rapidement approchée de la table et avait relevé la chaise. Elle s'assit, posa son sac devant elle et en sortit une poignée de jetons.

Brunetti vit Griffoni prendre la direction de la porte, croisa son regard et pressa le pas pour la rejoindre. Franca Marinello était à quelques mètres devant eux, avançant d'un pas vif vers les trois hommes qui avaient atteint la porte. Sans s'arrêter, Vasco regarda par-dessus son épaule et vit les deux commissaires approcher. Son sourire s'effaça et il fit accélérer le jeune homme dans la première volée de marches. Marinello les suivit, accompagnée par la rumeur de voix qui provenait de la salle de jeu.

Le trio s'arrêta sur le premier palier et Vasco parla à Terrasini, lequel hocha la tête sans la relever. Les deux employés du casino échangèrent alors un regard par-dessus le crâne du jeune homme et – à croire qu'ils avaient longuement répété le mouvement – lui lâchèrent simultanément les bras tout en s'écartant de lui.

Franca Marinello passa devant Vasco et alla se tenir près de Terrasini. Elle lui posa une main sur le bras. Brunetti eut l'impression qu'il lui fallut quelques instants pour la reconnaître ; il parut alors se détendre. Voyant que les choses rentraient dans l'ordre, Vasco et son assistant commencèrent à remonter, pour s'arrêter deux marches avant Brunetti et Griffoni.

Franca se pencha sur Terrasini et lui dit quelques mots. L'homme sursauta et leva les yeux vers le groupe des quatre personnes ; Brunetti eut l'impression que les lèvres de Franca Marinello bougeaient, comme si elle ajoutait quelque chose. La main de Terrasini se déplaça si lentement que Brunetti resta une fraction de seconde sans croire ce qu'il allait faire – jusqu'à ce qu'il voie la main tâtonner dans le dos de son veston et en ressorte tenant le pistolet.

Terrasini cria, Vasco et son assistant se retournèrent puis s'aplatirent sur les marches. Griffoni, tenant déjà son arme à la main, se déplaça vers la rampe aussi loin que possible de Brunetti. Quant au commissaire, il avait aussi pris son pistolet et le pointait sur Terrasini tout en disant, d'une voix qu'il s'efforça de garder calme et pleine d'autorité : « Antonio, nous sommes deux. » Il préférait ne pas penser à ce qui pourrait arriver s'ils faisaient feu tous les trois dans cet espace clos, aux probables ricochets des balles sur les surfaces plus ou moins dures jusqu'à ce qu'elles aient perdu toute leur énergie.

Comme s'il sortait du brouillard dans lequel il était plongé, Terrasini regarda tour à tour Griffoni, Brunetti, Franca Marinello, les deux hommes mussés contre les marches, et revint à Brunetti.

« Pose ton arme sur le sol, Antonio. Il y a trop de monde ici, c'est dangereux. » Brunetti vit que le jeune homme l'écoutait, mais il se demanda ce qui pouvait lui donner ce regard éteint : la drogue ? l'alcool ? la rage ? ou encore la combinaison des trois ? Le ton et le fait de retenir son attention étaient probablement plus importants que le sens de ses paroles.

Franca Marinello fit un petit pas en direction de Terrasini et dit quelque chose que Brunetti n'entendit pas. Très lentement, elle leva la main, la posa sur la joue gauche du jeune homme et lui tourna le visage vers elle. Elle lui parla de nouveau et tendit la main. Ses lèvres s'étirèrent et elle lui adressa un petit signe d'encouragement.

Terrasini plissa les yeux, soudain incertain. Il regarda sa main, parut presque surpris d'y voir le pistolet et la laissa retomber le long de sa cuisse. En temps ordinaire, Brunetti se serait alors approché, mais la présence de Franca Marinello près du jeune homme le contraignit à rester à une certaine distance, l'arme toujours braquée.

Elle parla de nouveau. Le jeune homme lui tendit son pistolet, secouant la tête comme s'il était en proie à la confusion. Elle prit l'arme de sa main gauche et la passa dans la droite.

Brunetti baissa son pistolet et commença à le ranger dans son holster. Quand il releva la tête, ce fut pour voir Terrasini regarder Franca Marinello, l'air étonné, puis brandir le poing droit pendant que sa main gauche venait saisir la femme au bas de la gorge. Brunetti comprit ce qu'il était sur le point de faire.

Elle fit feu. Elle lui tira dans l'estomac, deux fois, et lorsqu'il s'effondra sur le sol, à ses pieds, elle avança d'un pas et lui tira en plein visage. Elle portait une robe longue gris clair : les deux premières balles l'ensanglantèrent à hauteur de l'estomac et la troisième projeta des gouttelettes juste au-dessus de l'ourlet.

Le bruit fut assourdissant, dans la cage d'escalier. Brunetti regarda Griffoni, vit ses lèvres bouger, mais il n'entendait plus rien, sinon un bourdonnement grave qui ne s'arrêta pas quand la commissaire referma la bouche.

Vasco et son assistant bondirent sur leurs pieds, regardèrent vers le bas de l'escalier et virent Franca Marinello, le pistolet toujours à la main. Ils firent demi-tour et, comme un seul homme, s'élancèrent dans l'escalier et franchirent la porte de la salle de jeu, d'où aucun bruit ne parvenait. Brunetti vit les doubles battants se refermer violemment, mais le bourdonnement était tel, dans ses oreilles, qu'il n'entendit rien.

Il se tourna alors sur le palier. Vit Franca Marinello jeter négligemment l'arme sur le buste de Terrasini, lever les yeux vers lui et prononcer des paroles qu'il n'entendit pas, prisonnier qu'il était toujours d'une cloche qui continuait de vibrer impitoyablement.

Un son proche finit par lui parvenir, un son sourd, plombé, qui parvint à franchir le bourdonnement ; il se tourna et vit Griffoni approcher : sans doute avait-il perçu ses pas. « Ça va ? » lui demanda Brunetti. Griffoni comprit et hocha la tête. Franca Marinello s'était accroupie le long du mur, aussi loin qu'elle avait pu du corps de Terrasini, le front appuyé contre ses genoux. Personne n'avait encore vérifié que le jeune homme était mort, mais Brunetti savait que c'était un cadavre qu'il avait devant lui. Une flaque de sang s'agrandissait sur le marbre, sous sa tête.

Il fut surpris de se sentir les genoux aussi raides, comme s'ils refusaient de descendre les quelques marches. Évitant Terrasini, il s'agenouilla à côté de la femme prostrée. Il attendit d'être sûr qu'elle avait bien enregistré sa présence avant de lui demander comment elle allait, soulagé d'entendre sa propre voix, même si c'était faiblement.

Elle releva la tête et lui présenta son visage, qu'il n'avait encore jamais vu d'aussi près. Les yeux anormalement fendus en paraissaient encore plus étranges et il remarqua soudain une fine cicatrice qui partait de sous son oreille gauche pour disparaître derrière.

« Avez-vous eu le temps de lire les *Fastes* ? » demanda-t-elle. Brunetti pensa qu'elle devait être en état de choc.

« Non, dit-il, je n'en ai pas eu le temps.

— Quel dommage. Tout est là-dedans. Tout. » Elle appuya de nouveau sa tête sur ses genoux.

Brunetti ne sut que dire. Il se releva et se tourna vers un bruit venant du haut des marches, de nouveau soulagé de pouvoir entendre. Il vit Vasco en haut de l'escalier, l'air d'un géant, en contre-plongée, tel un personnage dans un film d'action, tel Conan le Barbare, tel…

« J'ai appelé la questure, dit-il. Vos gens devraient arriver bientôt. »

Le regard de Brunetti s'abaissa sur le sommet de la tête de la femme retombée dans le silence, puis se porta de l'autre côté du palier où gisait le corps, maintenant immobile pour l'éternité. Terrasini était allongé sur le dos. Le commissaire pensa alors à un autre cadavre, celui de Guarino, et à la ressemblance que prenaient tout d'un coup ces deux hommes qui venaient d'être privés de manière si brutale et terrible de la vie.

26

Il y eut quelques minutes de tumulte que Vasco réussit à calmer, dans les salles de jeu, en expliquant qu'il y avait eu un accident. Ne demandant qu'à le croire, les joueurs étaient retournés se ruiner et la vie avait continué.

Claudia Griffoni raccompagna Franca Marinello à la questure. La femme de Cataldo portait également une fourrure, la même que celle qu'elle avait le soir où Brunetti avait fait sa connaissance. Il patienta pendant que les techniciens disposaient leur matériel dans l'escalier. Deux officiers de police ayant assisté à la scène, ils se contentèrent de tirer quelques clichés et de mettre le pistolet dans un sachet en plastique comme pièce à conviction, puis d'attendre l'arrivée du médecin légiste.

Brunetti appela Paola vers trois heures pour lui dire qu'il n'allait pas rentrer avant un bon moment. Elle avait une voix embrumée de sommeil. Terrasini déclaré officiellement mort, Brunetti décida de repartir avec l'équipe technique, mais préféra rester sur le pont de la vedette en compagnie du pilote. Ni l'un ni l'autre ne parlèrent; le bruit du moteur paraissait curieusement lointain – puis Brunetti se souvint des trois détonations et du bourdonnement assourdissant qui les avait suivies. Il regardait les façades des immeubles qu'ils longeaient, sans vraiment les voir, car il était toujours dans l'escalier du casino, cherchant à comprendre ce qui venait de s'y passer.

Franca Marinello avait parlé à Terrasini. Il avait sorti son arme, elle lui avait à nouveau parlé, il lui avait donné l'arme. C'est alors, pendant que Brunetti regardait ailleurs, que quelque chose s'était produit – lui avait-elle dit autre chose ? – qui l'avait rendu furieux. Et elle avait tiré. Il n'est rien qui ne fasse l'objet d'une explication rationnelle, savait Brunetti. Tout effet a une cause. L'autopsie déterminerait les substances qu'il y avait dans le cerveau du jeune homme, mais d'après ce qu'avait vu Brunetti, celui-ci avait réagi à des paroles, pas à des produits chimiques.

La vedette s'engagea dans le Rio di San Lorenzo et vint se ranger devant l'embarcadère de la questure. Dans la cabine, les deux techniciens s'étaient levés. Est-ce qu'ils se parlaient, se demanda-t-il, quand ils revenaient de ce genre de mission ?

Il remercia le pilote et sauta sur la rive alors que le bateau bougeait encore. Il frappa à la porte de la questure et le planton de nuit vint lui ouvrir. « La commissaire Griffoni est dans son bureau, monsieur », dit l'homme.

Il monta rapidement l'escalier et se laissa guider par la lumière qui filtrait de la porte, à l'autre bout du couloir sombre. Il s'arrêta dans l'encadrement mais ne frappa pas. « Entrez, Guido. »

L'horloge murale, à la gauche du bureau, lui apprit qu'il était trois heures et demie. « Contre un café, je serais prête à abattre Patta et à vous donner son poste, dit-elle, le regardant avec un sourire.

— On s'est bien gardé de nous avertir sur cet aspect de notre travail quand nous avons été nommés, n'est-ce pas ? répondit-il en traversant la pièce pour venir s'asseoir en face d'elle. Qu'est-ce qu'elle vous a dit ? »

Griffoni se passa les mains dans les cheveux, d'un geste qu'il lui avait vu faire à la fin d'un entretien avec Patta, signe qu'elle commençait à perdre patience. « Rien.

— Rien ? Combien de temps êtes-vous restée avec elle ?

— Je l'ai ramenée ici avec le bateau, mais à part un "merci" au pilote, au planton et à moi, elle n'a rien voulu dire. » Ses mains s'élevèrent vers sa tête mais elle interrompit son geste. « Je lui ai rappelé qu'elle pouvait appeler son avocat, mais tout ce qu'elle m'a répondu a été "Non merci, je préfère attendre le matin". On aurait cru un ado arrêté pour conduite en état d'ivresse qui ne veut pas qu'on réveille ses parents. » Elle secoua la tête, soit qu'elle pensait à sa comparaison, soit au comportement de Franca Marinello.

« Je lui ai pourtant expliqué qu'elle pourrait partir si elle me faisait une déposition circonstanciée en présence d'un avocat, mais elle m'a répondu qu'elle préférait vous parler. Elle a été parfaitement polie – et je la trouve même sympathique – mais elle a refusé de dire quoi que ce soit d'autre, et aucun de mes arguments n'a pu la faire changer d'avis. "Merci, mais non" – c'est tout ce que j'ai pu tirer d'elle. C'est étrange, non? Et ce visage...

— Où est-elle? demanda Brunetti, n'ayant pas envie d'entrer dans cette discussion.

— En bas, dans l'une des petites salles. »

D'habitude, on appelait ces pièces des salles d'interrogatoire. Brunetti se demanda pourquoi elle avait choisi cette formule plus anodine, mais il n'avait pas envie de discuter de cela non plus.

« Je vais y descendre, dit-il. Pouvez-vous me donner la clef? »

Elle ouvrit les mains dans le geste classique d'impuissance. « La porte n'est pas fermée. Dès qu'elle est entrée, elle est allée s'asseoir et a pris un livre dans son sac. Et s'est mise à lire. Je n'ai pas pu me résoudre à l'enfermer. » Brunetti lui sourit; cette faiblesse lui plaisait. « Sans compter que Giuffrè est en bas et qu'elle devrait passer devant lui si elle essayait de partir.

— Très bien. Vous devriez rentrer chez vous et dormir un peu, Claudia. Merci. Et merci aussi d'être venue, cette nuit. »

Elle leva les yeux et demanda, manifestement nerveuse : « Vos oreilles? Elles tintent toujours?

— Non. Et les vôtres?

— Presque plus. J'entends encore un faible bourdonnement, c'est tout.

— Reposez-vous et en fin de matinée, allez à l'hôpital pour leur raconter ce qui s'est passé. Le légiste vous apprendra peut-être quelque chose.

— Merci, Guido. Je m'en occuperai », dit-elle, tendant la main pour éteindre sa lampe de bureau. Elle se leva, Brunetti l'aida à enfiler son manteau et l'attendit à la porte. Ils descendirent l'escalier en silence. Au rez-de-chaussée, elle lui souhaita bonne nuit. Brunetti s'engagea dans le couloir où, ici aussi, la lumière ne filtrait que de la porte du fond.

Il s'arrêta sur le seuil. Franca Marinello leva les yeux de son livre.

« Bonjour, dit-il. Désolé que vous ayez dû m'attendre.

— Oh, ça ne fait rien. Je dors très peu et j'avais un livre avec moi, alors c'est sans importance.

— Vous seriez certainement mieux chez vous, j'en suis sûr.

— Oui, certainement. Mais j'ai pensé que vous trouveriez important que nous parlions dès ce soir.

— En effet », dit-il, entrant dans la pièce.

Comme si elle se trouvait dans son salon, elle l'invita d'un signe de tête à s'asseoir en face d'elle, ce qu'il fit. Elle referma son livre et le posa sur la table, mais à l'envers, et il ne put en voir le titre.

Elle avait vu son coup d'œil. « La *Chronographie* de Psellus », dit-elle en posant la main sur le volume. Un nom et un titre qui lui disaient quelque chose, mais pas davantage. « Il parle de déclin. »

Il était tard, presque quatre heures, et il tombait de sommeil. Ce n'était ni le moment ni le lieu de discourir sur la littérature byzantine du Xe siècle. « Je voudrais que nous parlions des événements de ce soir, si c'est possible », dit-il, volontairement laconique.

Elle eut un mouvement, comme si elle essayait de voir derrière lui. « Il ne devrait pas y avoir quelqu'un pour enregistrer avec un magnétophone, ou prendre en sténo ? » demanda-t-elle d'un ton léger, comme si elle voulait plaisanter.

— Cela peut attendre. Je préférerais que vous ayez un entretien avec votre avocat avant.

— Mais n'est-ce pas un rêve de policier, commissaire ?

— J'ignore de quoi vous voulez parler. » Il perdait patience et était trop fatigué pour le cacher.

« Un suspect acceptant de lui parler sans enregistrement et sans avocat ?

— Je ne sais pas exactement ce que sera votre inculpation, signora, dit-il, s'efforçant de prendre un ton léger, ne fût-ce que pour changer l'atmosphère – sans y parvenir, se rendit-il compte. Et ce que vous allez me dire n'a guère de valeur, n'étant ni filmé ni enregistré ; vous pourrez toujours nier l'avoir déclaré.

— Je crois bien avoir très envie de parler. » Il comprit qu'elle était redevenue sérieuse, tout à fait sérieuse, au son de sa voix et non à l'expression de son visage.

« Je vous en serais reconnaissant.

— J'ai tué un homme ce soir, commissaire.

— Je le sais. Je vous ai vu le faire, signora.

— Comment interprétez-vous ce que vous avez vu ? » Elle avait parlé comme si elle lui demandait de commenter un film qu'ils auraient vu ensemble.

« Cette question est sans objet. Ce qui compte, c'est ce qui est arrivé.

— Justement, vous y avez assisté. Je l'ai abattu. »

Il se sentit envahi par une vague de fatigue. Il avait escaladé un réservoir géant, était descendu dedans, avait vu la main de Pucetti dont la peau partait en lambeaux, vu son sang imbiber le pansement. Et c'est sous ses yeux que Franca Marinello avait tué un homme, et il était trop crevé pour endurer tout ce baratin.

« Et je vous ai vu lui parler, et lui avoir à chaque fois une réaction différente.

— Qu'est-ce que vous lui avez vu faire ?

— Je l'ai vu lever les yeux comme si vous veniez de l'avertir de notre présence, puis vous lui avez dit autre chose et il vous a confié son arme, et une fois que vous l'avez eue, il a brandi le poing comme s'il s'apprêtait à vous frapper.

— Il allait me frapper. N'en doutez pas, commissaire.

— Pouvez-vous me dire pourquoi ?

— Qu'en pensez-vous ?

— Signora, ce que je pense ou pas est sans importance, j'en ai peur. Ce qui compte est que la commissaire Griffoni et moi-même avons vu qu'il était sur le point de vous frapper. »

Ce qu'elle dit alors le laissa interloqué. « Quel dommage que vous ne les ayez pas lus.

— Pardon ?

— "La fuite du roi", dans les *Fastes*. Je sais que c'est une œuvre mineure, mais certains écrivains lui trouvent de l'intérêt. J'aimerais simplement que ce texte ait toute l'attention qu'il mérite.

— Signora, rétorqua Brunetti, repoussant sa chaise et se levant, en colère, il est presque quatre heures du matin et j'ai eu une journée éprouvante. Je suis fatigué parce que j'ai passé une bonne partie de la nuit dans un froid glacial et, si vous me permettez de le dire, je suis fatigué de jouer au chat et à la souris littéraires avec vous. » Il n'avait qu'une envie, être chez lui au chaud dans son lit et dormir. Sans bourdonnement dans les oreilles, sans provocation d'aucune sorte. Son masque ne trahit rien. « Eh bien, dit-elle avec un soupir, je crois que je vais attendre le matin et j'appellerai l'avocat de mon mari. » Elle rapprocha son livre et regarda Brunetti dans les yeux. « Merci d'être venu me parler, commissaire. Et merci aussi pour les autres fois où nous avons parlé. » Elle prit le livre. « Je crois que ça me fait du bien, sans doute, de voir qu'un homme s'intéresse à moi pour autre chose que mon visage. »

Avec un dernier regard pour lui et quelque chose qui pouvait être un sourire, elle reprit sa lecture.

Brunetti fut soulagé qu'elle ait détourné les yeux. Il n'avait rien à répondre à cela, ni rien à demander.

Il lui souhaita bonne nuit, quitta la pièce et rentra chez lui.

27

Il dormit. Paola essaya de le réveiller juste avant de partir pour ses cours à neuf heures, mais ne réussit qu'à le faire se déplacer de l'autre côté du lit. Un peu plus tard, le téléphone sonna, mais sans que la sonnerie ne parvienne jusqu'à l'endroit où était Brunetti, un endroit où Pucetti avait ses deux mains intactes, où Guarino ne gisait pas mort dans la boue ni Terrasini sur les marches du casino, et où Franca Marinello était une femme délicieuse dans la trentaine, dont les traits s'animaient quand elle souriait ou riait.

Il se réveilla à onze heures passées, regarda par la fenêtre et vit qu'il pleuvait. Il se rendormit. À son réveil, il faisait grand soleil et, pendant quelques instants, il se demanda si, toujours endormi, il ne rêvait pas. Il resta sans bouger pendant une bonne minute, puis sortit lentement une main de dessous les draps, entendant le frottement avec soulagement. Il essaya de claquer des doigts, mais ne réussit qu'à produire un son mou. Il l'entendit toutefois clairement, sans bourdonnement, et il repoussa les couvertures, ravi d'en percevoir le froissement.

Il se leva, sourit au soleil, conscient d'avoir besoin d'une douche et de se raser, mais ayant davantage envie d'un café.

Il revint dans la chambre avec sa tasse qu'il posa sur la table de nuit. Se débarrassant de ses pantoufles, il se glissa de nouveau sous les couvertures et attrapa son vieil exemplaire d'Ovide. Il l'avait retrouvé deux jours auparavant, mais n'avait pas eu le temps de l'ouvrir. Les *Fastes*. Qu'est-ce qu'elle avait dit, déjà ? Le quelque chose d'un roi ? Il alla à la table des matières et le trouva : « La fuite d'un roi ». Il remonta les couvertures, fit passer le livre dans sa main droite et prit une gorgée de café. Il reposa la tasse et commença à lire.

Dès le premier paragraphe, il reconnut l'histoire : elle figurait aussi dans Plutarque et il avait l'impression que Shakespeare l'avait reprise dans une de ses pièces. Le méchant Tarquin, dernier roi de Rome, avait été chassé par le peuple à la tête duquel chevauchait le noble Brutus, outragé par la mort de sa femme, Lucrèce ; violée par le fils encore plus méchant du roi, elle s'était suicidée pour ne pas entacher la réputation de son mari.

Il relut le passage, puis ferma doucement le livre et le posa à côté de lui sur le lit. Il finit son café, posa sa tête sur les oreillers et regarda le ciel lumineux par la fenêtre.

Antonio Terrasini, neveu d'un parrain de la Camorra. Antonio Terrasini, arrêté pour viol. Antonio Terrasini, pris en photo par un homme trouvé mort plus tard dans une affaire de cambriolage qui aurait mal tourné, photo qui avait atterri entre les mains d'un autre homme mort de la même façon. Antonio Terrasini, apparemment l'amant de l'épouse d'un homme ayant eu des rapports avec la première victime. Antonio Terrasini, abattu par cette même femme.

Tout en regardant par la fenêtre, Brunetti examinait ces faits et ces personnages en faisant jouer sa mémoire, les déplaçant les uns par rapport aux autres à l'aide d'un détail qui lui revenait, puis repoussant une possibilité pour la remplacer par une nouvelle spéculation qui réordonnait le tout.

Il évoqua la scène, à la table de jeu : la main de l'homme sur la hanche de Franca Marinello et le regard qu'elle avait alors eu pour lui ; ces mêmes mains sur les seins de la femme qui s'était laissée faire, alors que tout son corps paraissait se rétracter. Elle avait été de profil lorsqu'elle avait tiré sur Terrasini, mais de toute façon, son visage figé restait pratiquement indéchiffrable. Qu'avait-elle dit, cependant ? Qu'avait-elle dit qui avait provoqué la colère de l'homme, puis qui l'avait calmée, puis qui l'avait rallumée ?

Brunetti prit le téléphone et composa le numéro de ses beaux-parents. Une secrétaire lui répondit. Il donna son nom et demanda à parler à la comtesse. Brunetti avait remarqué, avec le temps, que ses appels étaient transférés d'autant plus vite qu'il utilisait leurs titres de noblesse.

« Oui, Guido ?

— Je me demandais si je pouvais m'arrêter chez toi en me rendant au bureau, dit Brunetti. J'aimerais te parler.

— Tu viens quand tu veux, Guido. »

Il raccrocha, repoussa les couvertures, alla se doucher et se raser. Avant de partir, il ouvrit le frigo et trouva les restes de lasagnes. Il les posa sur le comptoir, prit une fourchette, en mangea les trois quarts, mit la fourchette dans l'évier, remit le film en plastique sur le plat et le plat dans le frigo.

Dix minutes plus tard, il sonnait à l'entrée du palazzo et fut conduit, par une personne en costume sombre qu'il ne reconnut pas, jusque dans le bureau de la comtesse.

Elle l'embrassa, lui demanda s'il voulait un café, insista jusqu'à ce qu'il accepte, et donna pour instruction à son accompagnateur d'apporter du café et des biscottes pour tous les deux. « Tu ne peux pas aller travailler sans prendre un café », dit-elle. Elle prit place dans son fauteuil habituel, celui qui avait une vue imprenable sur le Grand Canal, et se pencha pour tapoter le siège à côté.

« De quoi s'agit-il ? demanda-t-elle quand il fut assis.

— De Franca Marinello. »

Elle ne parut pas surprise. « Quelqu'un m'a appelée pour m'avertir, dit-elle d'une voix neutre qui s'adoucit lorsqu'elle ajouta : La pauvre petite, la pauvre petite...

— Qu'est-ce qu'on t'a dit, exactement ? demanda-t-il, curieux de savoir qui l'avait appelée, mais ne voulant pas poser la question.

— Qu'elle était impliquée dans des violences ayant eu lieu au casino cette nuit, et qu'elle avait été conduite à la police pour être interrogée. » Elle attendit un commentaire de Guido, mais comme il restait muet, elle ajouta : « Tu es au courant, n'est-ce pas ?

— Oui.

— Qu'est-ce qui s'est passé ?

— Elle a tiré sur un homme.

— Elle l'a tué ?

— Oui. »

Elle ferma les yeux et Brunetti entendit un murmure qui pouvait être une prière, mais pas forcément. Il crut reconnaître le mot « dentiste », mais ça n'avait aucun sens. Elle ouvrit les yeux et le regarda. D'une voix qui avait repris toute sa force elle dit : « Raconte-moi ce qui s'est passé.

— Elle était au casino avec un homme. Il l'a menacée et elle l'a abattu. »

Elle réfléchit un instant. « Tu étais là ?

— Oui. Mais pour l'homme, pas pour elle. »

La comtesse resta un peu plus longtemps silencieuse que la première fois. « Ce n'était pas ce Terrasini ?

— Si.

— Et tu es sûr que c'est Franca qui l'a tué ?

— Je l'ai vue faire. »

Donatella Falier ferma les yeux et secoua la tête.

On frappa à la porte, et cette fois ce fut une femme qui entra. Elle portait une robe sombre, mais pas le minuscule tablier blanc en général associé à ce genre de tenue. Sur la table, elle disposa deux tasses de café, un sucrier, deux petits verres d'eau et une assiette de biscottes ; puis elle adressa un signe de tête à la comtesse et sortit.

Donatella Falier tendit une tasse à Brunetti, attendit qu'il y ait mis deux sucres, puis prit la sienne sans en ajouter. Après en avoir bu une gorgée et reposé sa tasse, elle dit : « J'ai fait sa connaissance – oh, ça fait des années – quand elle est venue faire ses études à Venise. Ruggero, un de mes cousins, avait un fils qui avait pour meilleur ami le père de Franca. Ils étaient aussi parents du côté de ma mère. » Elle s'interrompit et émit un bruit d'exaspération.

« C'est sans importance, n'est-ce pas, que nous soyons parents ? Quand elle est venue étudier, le fils de Ruggero m'a appelée pour me demander de m'occuper d'elle. » Elle prit une biscotte, puis la reposa, intacte.

« Orazio m'a dit que vous étiez devenues amies.

— Oui, c'est vrai, répondit aussitôt Donatella en essayant de sourire. Et nous le sommes toujours. » Brunetti ne commenta pas. « Paola était partie, reprit-elle avec un sourire. Elle venait de t'épouser. Cela faisait des années, mais je crois que la présence d'une fille dans la maison me manquait.

Elle est plus jeune que Paola, bien sûr, alors il faudrait peut-être parler d'une petite-fille. D'une jeune personne, si tu préfères. » Elle se tut un instant. « Elle ne connaissait presque personne et était d'une timidité maladive, à l'époque ; tu ne peux pas savoir à quel point elle donnait envie de l'aider. » Elle regarda Guido. « Elle l'est toujours, non ?

— Timide ?

— Oui.

— Je crois, oui », répondit Brunetti comme s'il ne l'avait pas vue tirer trois coups de feu sur un homme au cours de la nuit. Ne sachant comment relancer la conversation, il finit par dire : « Merci de m'avoir placé en face d'elle, l'autre jour. Je n'ai jamais personne à qui parler de livres. En dehors de toi, s'entend. » Puis, pour rendre justice à sa femme : « Et de Paola, bien sûr. »

Le visage de Donatella Falier s'éclaira. « C'est ce que m'a dit Orazio. C'est effectivement pour cette raison que je vous ai mis en vis-à-vis.

— Merci, répéta-t-il.

— Mais tu es ici pour parler affaires et pas de livres, n'est-ce pas ?

— Non, pas pour parler de livres, répondit-il, tout en sachant que ce n'était pas tout à fait vrai.

— Que désires-tu savoir ?

— Tout ce que tu sais qui pourrait m'aider. Connaissais-tu ce Terrasini ?

— Oui. Non. Ce que je veux dire, c'est que je ne l'ai jamais rencontré et Franca ne m'en a jamais parlé. D'autres personnes s'en sont chargé.

— Elles t'ont dit qu'ils étaient amants ? demanda Brunetti, craignant que la question ne soit prématurée, mais tenant à le savoir.

— Oui, elles m'ont dit ça.

— Tu l'as cru ? »

Elle ne cilla pas, mais son regard devint froid. « Il n'est pas question que je réponde à ça, Guido. Elle est mon amie. »

Il pensa à ce qu'elle avait murmuré un peu plus tôt et il lui demanda, honnêtement perplexe : « N'as-tu pas parlé d'un dentiste, tout à l'heure ? »

La surprise de la comtesse ne fut pas feinte. « Tu veux dire que tu n'es pas au courant ?

— Non. Je ne sais rien d'elle. Ni de ce dentiste. » Ce qui était vrai pour le dentiste.

« Le dentiste qui a provoqué ce qui est arrivé à sa figure », dit-elle, ajoutant à sa confusion. L'expression de Guido ne changea pas et elle continua, d'un ton mordant : « J'aurais pu comprendre qu'elle le descende, *lui*. Mais c'était trop tard. Quelqu'un d'autre l'avait déjà fait. » Elle se tut là-dessus et se mit à regarder vers le Grand Canal.

Brunetti se laissa aller dans son fauteuil et posa les deux mains à plat sur les accoudoirs. « Je n'y comprends rien. Tu veux bien m'expliquer ? »

Elle s'enfonça à son tour dans son fauteuil, prenant la même posture que lui. Étudia son visage quelques instants, comme si elle évaluait ce qu'elle pouvait lui dire et comment le lui dire. « Peu de temps après avoir épousé Maurizio – que je connais depuis presque toujours –, ils ont décidé de partir en vacances. Une sorte de lune de miel, je suppose. Quelque part sous les tropiques, je ne me rappelle plus où. Environ une semaine avant leur départ, ses dents de sagesse se sont mises à lui faire mal. Son dentiste était en congé et une de ses amies de la fac lui a parlé du sien, qui était à Dolo. Non, pas à Dolo, mais dans la région. Bref, elle est allée le voir, et il a estimé qu'il fallait arracher deux de ces dents. Il les a radiographiées et lui a dit que ce ne serait pas difficile, qu'il pouvait le faire dans sa clinique. »

Donatella Falier le regarda et ferma quelques instants les yeux. « Elle y est donc allée et il a procédé à l'extraction des deux dents. Il lui a donné un antalgique et un antibiotique, en cas d'infection, et lui a dit qu'elle pouvait partir en vacances dans trois jours. Elle a eu mal, le lendemain, mais quand elle l'a appelé, il lui a dit que c'était normal et il lui a conseillé d'augmenter la dose de l'antalgique qu'il lui avait prescrit. Ça n'allait pas mieux le surlendemain et elle est donc allée le consulter. Il lui a affirmé que tout allait bien, il a renouvelé sa prescription d'antalgique et elle est partie en vacances. Sur je ne sais quelle île paradisiaque. »

Le silence qui suivit dura tellement longtemps que Brunetti finit par demander : « Qu'est-ce qui s'est passé ?

— L'infection a continué, mais elle était jeune, elle était amoureuse – ils étaient tous les deux amoureux, Guido. Je sais que c'est vrai. Elle ne voulait pas gâcher leurs vacances, et elle a donc continué à prendre ses antalgiques, sauf qu'elle avait toujours mal. »

Cette fois-ci, Brunetti ne broncha pas et attendit qu'elle reprenne d'elle-même. « Au bout de cinq jours sur l'île, elle s'est effondrée. On l'a bien conduite chez un médecin, mais les équipements médicaux étaient des plus sommaires, là-bas. Le médecin lui a dit qu'elle avait dans la bouche une infection qu'il n'était pas en mesure de traiter, et Maurizio a loué un avion pour la ramener en Australie. C'était le pays le plus proche où ils pourraient avoir de l'aide. À Sydney, je crois. C'est sans importance », ajouta-t-elle d'un air absent.

Elle prit le verre d'eau, en but la moitié, le reposa. « Ce qu'elle avait, c'était l'une de ces terribles maladies nosocomiales. L'infection s'était apparemment développée à partir de l'emplacement de ses dents et était passée dans les tissus de sa mâchoire et de sa figure. » La comtesse se cacha la sienne dans les mains, comme pour se protéger de cette éventualité.

« Les médecins n'avaient pas le choix. Il fallait opérer et sauver ce qui pouvait l'être. C'était l'une de ces maladies d'hôpitaux qui sont insensibles aux antibiotiques, ou bien elle était allergique à celui qui aurait pu la traiter. Je ne me souviens plus exactement. » Donatella Falier laissa retomber ses mains et regarda Guido. « Elle m'en a parlé une seule fois, il y a des années. C'était terrible de l'entendre raconter cette histoire. Elle était absolument ravissante. Avant. Mais ils avaient été obligés de trop en enlever, de trop détruire. Pour lui sauver la vie.

— Voilà donc l'explication, dit un Brunetti songeur.

— Évidemment, répliqua la comtesse d'un ton virulent. Peux-tu croire qu'elle ait eu *envie* d'avoir ce visage ? Pour l'amour de Dieu, penses-tu qu'une femme puisse souhaiter avoir une tête pareille ?

— Je n'avais aucune idée…

— Bien sûr que non. Et personne n'est au courant.

— Mais toi, si, Donatella. »

Elle acquiesça tristement. « Oui, je suis au courant. Quand elle est revenue, elle était comme tu l'as vue. Elle m'a appelée et m'a demandé si elle pouvait passer me voir, et j'étais folle de joie. Cela faisait des mois et je ne savais que ce que Maurizio m'avait dit au téléphone, qu'elle avait été très malade. Il n'avait pas voulu être plus explicite. Quand elle m'a appelée, Franca m'a dit qu'elle avait eu un terrible accident et que je ne devais pas être choquée quand je la verrais. » Elle marqua encore une pause. « Au moins a-t-elle essayé de m'y préparer. Mais rien ne l'aurait pu, n'est-ce pas ? » demanda-t-elle. Guido n'avait rien à répondre à cette question.

Il comprit que le fait d'en parler faisait revivre l'émotion du moment à sa belle-mère. « Mais ça a été un choc, et je n'ai pas pu le cacher. Je savais qu'elle n'aurait jamais voulu faire une chose pareille. Elle était si jolie, Guido... tu ne peux savoir à quel point elle était jolie. »

La photo, dans la revue, lui en avait donné une idée, cependant.

« Je me suis mise à pleurer. Je ne pouvais pas m'en empêcher – j'ai carrément fondu en larmes. Et c'est Franca qui a dû me réconforter. Tu te rends compte ? C'est elle qui revient comme ça, et c'est moi qui m'effondre. » Elle se tut, cligna des yeux à plusieurs reprises mais réussit à retenir ses larmes.

« Les chirurgiens australiens n'avaient pas pu faire mieux. L'infection avait duré trop longtemps. »

Brunetti se tourna vers la fenêtre, étudiant sans vraiment les voir les bâtiments, de l'autre côté du Grand Canal. Quand il revint à la comtesse, des larmes coulaient sur ses joues. « Je suis désolé, *Mamma* », dit-il sans se rendre compte que c'était la première fois qu'il l'appelait ainsi.

Elle s'ébroua. « Moi aussi, Guido, je suis désolée, tellement désolée pour elle.

— Mais qu'est-ce qu'elle a fait ?

— Quoi, qu'est-ce qu'elle a fait ? Elle a essayé de vivre sa vie, pardi, mais avec ce visage et les idées que se faisaient les gens en la voyant.

— Elle n'en a rien dit à personne ? »

Donatella Falier secoua la tête. « Je te l'ai expliqué : elle n'en a parlé qu'à moi et m'a demandé de ne le répéter à personne. Et jusqu'à aujourd'hui, c'est ce que j'ai fait. Je suis la seule à être au courant, avec Maurizio. Et bien sûr avec les Australiens qui lui ont sauvé la vie. » Elle soupira et se redressa dans son fauteuil. « Parce qu'il ne faut pas se le cacher, Guido : ils lui ont sauvé la vie.

— Et le dentiste ? demanda-t-il. Et comment est-il mort ?

— On a fini par apprendre qu'il n'était pas dentiste, répondit-elle avec un début de colère dans la voix. Il était simplement technicien en orthodontie – ceux qui font la manchette des journaux, de temps en temps. Ils commencent par fabriquer des fausses dents, puis ils s'installent comme dentistes et pratiquent jusqu'à ce qu'ils se fassent prendre, mais de toute façon, rien ne leur arrive. » Guido vit les mains de Donatella se crisper sur les bras du fauteuil.

« Tu veux dire qu'il n'a pas été inquiété ?

— Si, finalement, répondit-elle d'un ton fatigué. Il est arrivé la même chose à un autre de ses patients. Mais celui-ci est mort. Du coup, les inspecteurs de l'ULSS sont allés voir chez lui et ils ont découvert que tous ses instruments de chirurgie – et même le mobilier – étaient envahis par ce germe nosocomial. C'est un miracle qu'il n'ait tué qu'une personne et que tous les autres patients s'en soient tirés. Alors cette fois, quelqu'un est allé en prison. Il a été condamné à six ans, mais le procès en a pris deux – temps pendant lequel il était chez lui, bien entendu. Il aurait dû en faire quatre, mais il a bénéficié de l'*indulto*.

— Et ensuite ?

— Il a repris sa pratique, semble-t-il, répondit-elle avec une amertume très inhabituelle chez elle.

— Sa "pratique" ?

— De technicien en orthodontie, pas de dentiste. »

Il ferma les yeux. Quel délire ! Dans quel autre pays un truc pareil aurait-il pu se produire ?

« Mais il n'a pas eu l'occasion de commettre beaucoup de nouveaux dégâts, enchaîna-t-elle calmement.

— Pourquoi ?

— Quelqu'un l'a tué à Montebelluna, où il avait ouvert son nouveau cabinet. Un individu a forcé sa porte, l'a descendu et a violé sa femme. »

Brunetti se souvenait de l'affaire. Deux étés auparavant, cambriolage avec effraction, un meurtre jamais élucidé.

« Il a été abattu avec une arme à feu, n'est-ce pas ?

— Oui.

— En as-tu jamais parlé avec elle ? »

Ses yeux s'écarquillèrent. « Et pourquoi donc ? Pour lui demander si elle se sentait mieux depuis qu'il était mort ? » Elle vit qu'il était stupéfait par sa question et elle prit un ton plus doux pour ajouter : « J'ai lu l'article et j'ai reconnu son nom, mais je n'aurais jamais pu lui en parler.

— Avez-vous jamais parlé de cette affaire – de lui – toutes les deux ?

— Une fois, tout de suite après sa condamnation, je crois. En tout cas, ça remonte à des années.

— Qu'est-ce que tu lui as dit ?

— Je lui ai demandé si elle avait appris qu'il avait été condamné et allait faire de la prison et elle m'a dit que oui.

— Et ?

— Et j'ai aussi voulu savoir ce qu'elle en pensait. Elle m'a répondu que ça n'y changeait rien. Ni pour elle, ni pour aucune des personnes qu'il avait blessées. Et certainement pas pour celle qu'il avait tuée. »

Brunetti médita quelques instants là-dessus avant de réagir. « À ton avis, voulait-elle dire qu'elle lui avait pardonné ? »

Elle regarda Brunetti – un long regard songeur. « Elle a peut-être voulu dire ça… mais j'espère que non », ajouta-t-elle froidement.

28

Brunetti partit peu après, et appela Griffoni à son bureau depuis la ruelle, devant le palazzo. Elle lui apprit que Franca Marinello avait quitté la questure dans la matinée, en compagnie de son avocat. Le dossier était en bas, mais elle le rappellerait dans une minute avec le numéro de cette dame. En attendant, il se dirigea vers l'arrêt de CÀ Rezzonico, d'où il pourrait prendre un vaporetto dans l'une ou l'autre direction.

Griffoni le rappela avant même qu'il ait atteint l'embarcadère. Il nota le numéro et expliqua à sa collègue son intention de parler des événements de cette nuit avec Franca Marinello. « Savez-vous pourquoi elle lui a tiré dessus ? demanda Griffoni.

— Vous y avez vous-même assisté, répondit-il. Vous avez vu Terrasini sur le point de la frapper.

— Oui, bien sûr. Mais ce que je voulais dire, c'est la troisième fois. Il était tombé, avec deux balles dans le corps, pour l'amour du ciel, et elle lui a encore tiré dessus. C'est ça que je ne comprends pas. »

Brunetti pensait comprendre, pour sa part, mais il ne le dit pas. « C'est pour cette raison que je tiens à lui parler. » Il revit en esprit la scène dans l'escalier : Griffoni se tenait près de la rampe quand il avait regardé vers elle et elle avait donc dû voir la scène sous un angle différent de lui.

« Pouvez-vous me dire ce que vous avez vu, exactement ? demanda-t-il.

— J'ai vu Terrasini sortir son arme, puis la tendre à Marinello, puis lever le poing pour la frapper.

— Avez-vous entendu ce qu'ils se disaient?

— Non. J'étais trop loin et il y avait les deux personnes du casino qui remontaient les marches. Je n'ai pas remarqué qu'il disait quoi que ce soit; quant à elle, elle me tournait le dos. Et vous, vous avez saisi quelque chose? »

Il n'avait rien entendu et répondit donc que non. « Mais il doit bien y avoir une raison pour qu'elle ait fait ce qu'elle a fait.

— Oui, évidemment. » Il la remercia pour le numéro de portable et raccrocha.

Franca Marinello décrocha à la deuxième sonnerie et parut surprise que Brunetti l'appelle. « Est-ce que ça veut dire que je dois retourner à la questure? demanda-t-elle.

— Non, signora. Mais j'aimerais passer chez vous pour vous parler.

— Je vois. »

Il y eut un long silence, puis elle dit, sans expliquer pourquoi : « Je pense qu'il serait plus pratique qu'on se voie ailleurs. »

Brunetti pensa à son mari. « Comme vous voudrez.

— On peut se retrouver dans vingt minutes, proposa-t-elle. Campo Santa Margherita, cela vous convient?

— Tout à fait, dit-il, surpris qu'elle suggère un quartier aussi modeste. Où?

— Le marchand de glaces, en face de la pharmacie.

— Ah, Causin.

— Dans vingt minutes?

— Parfait. »

Elle était déjà là à son arrivée, assise à une table du fond. Elle se leva quand elle le vit entrer et il fut une fois de plus frappé par son physique étrange. Des pieds jusqu'au cou, elle était comme n'importe quelle trentenaire habillée sans recherche particulière. Jean noir moulant, bottes chics, chandail en cachemire jaune pâle, foulard de soie à motifs. Dès qu'on levait les yeux au-dessus du foulard, cependant, tout changeait. C'était un de ces visages typiques des épouses vieillissantes de politiciens américains : peau trop tendue, bouche trop grande, les yeux étirés à coups de bistouri.

Il lui serra la main, remarquant à nouveau la fermeté de sa poigne.

Ils s'assirent et une serveuse fit son apparition. Il se demanda ce qu'il pourrait bien commander.

« Je vais prendre une camomille », dit-elle – et soudain, il trouva que c'était exactement ce dont il avait envie. D'un signe de tête, il confirma qu'il prendrait la même chose, et la serveuse repartit vers le comptoir.

Comme il ne savait pas par où commencer, il lui demanda si elle venait souvent ici, se sentant particulièrement maladroit d'avoir posé une question aussi stupide.

« Souvent, l'été. Nous habitons tout près. J'adore les crèmes glacées. » Elle regarda à travers la grande vitrine. « Et j'aime cette place. Elle est... je ne sais pas comment dire exactement... si pleine de vie, il y a toujours du monde. » Elle le regarda avant de reprendre : « Je suppose que c'était comme ça, autrefois, un endroit où vivent les gens ordinaires.

— Vous voulez dire cette place-ci, ou toute la ville ? » demanda Brunetti.

Elle prit le temps de la réflexion. « Les deux, je crois. Maurizio évoque souvent ce qu'était Venise, autrefois, mais je ne l'ai jamais vue comme il la décrit. Je ne la connais qu'en tant qu'étrangère, pourrait-on dire, et depuis pas très longtemps, en plus.

— Pas très longtemps, mais d'un point de vue vénitien, peut-être », concéda Brunetti.

Il jugea qu'ils avaient suffisamment satisfait aux règles de la politesse. « J'ai finalement lu Ovide, dit-il.

— Ah... Je suppose que de toute façon cela n'aurait rien changé, si vous l'aviez lu avant. »

Il se demanda de quoi elle voulait parler mais il ne lui posa pas la question, préférant demander : « Voulez-vous m'en dire un peu plus ? »

Ils furent distraits par le retour de la serveuse. Elle portait un grand plateau avec une théière, un pot de miel et des tasses. Elle disposa le tout sur la table et dit : « Je n'ai pas oublié que vous l'aimez avec du miel, signora.

— C'est très gentil de votre part », répondit Franca Marinello, un sourire dans la voix. La jeune femme partit. Franca souleva le couvercle de la théière, agita les sachets deux ou trois fois et replaça le couvercle. « Je pense toujours à Peter Rabbit quand je bois de la camomille, dit-elle à Brunetti en soulevant la théière. C'est ce que sa mère lui donnait quand il était malade. » Elle agita un peu la théière.

Brunetti avait lu cette histoire à ses enfants quand ils étaient petits et s'en souvenait aussi, mais il ne dit rien.

Elle versa l'infusion, mit du miel dans la sienne et poussa le pot dans la direction du commissaire. Brunetti en mit aussi, essayant de se souvenir si maman Rabbit faisait de même.

L'infusion était brûlante ; il ne toucha pas à sa tasse et ne relança pas la discussion sur Ovide. « Comment l'avez-vous rencontré ?

— Qui ? Antonio ?

— Oui. »

Elle fit tourner sa petite cuillère dans l'infusion, puis la reposa. Elle regarda Brunetti. « Si je vous le dis, je vais devoir tout vous dire, non ?

— J'aimerais que vous le fassiez.

— Bon, dans ce cas… » Elle reprit sa petite cuillère pour la faire tourner encore dans l'infusion. « Mon mari a de nombreux contacts dans le monde des affaires, commença-t-elle. Certaines de ces personnes sont… ce sont des personnes qui… des personnes dont j'aime autant ne rien savoir. »

Brunetti l'avait laissée parler sans intervenir et elle leva les yeux pour voir s'il la suivait. « Il y a quelques années, il a commencé à collaborer… » Elle s'interrompit. « Non, le terme est trop vague, trop évasif. Il s'est mis en affaires avec une société, en sachant qu'elle était dirigée par des criminels, même si ce que lui faisait n'avait rien d'illégal. »

Elle prit une gorgée de camomille, y ajouta encore un peu de miel, remua le mélange. « J'ai appris plus tard (sur quoi Brunetti nota qu'elle ne lui donnait aucune explication sur la manière dont elle avait appris ce qu'elle allait lui dire) que c'était arrivé au cours d'un dîner. Il était sorti avec les patrons de la boîte pour fêter un contrat, ou un accord ou tout ce que vous voudrez. J'avais refusé de l'accompagner, et Maurizio leur avait dit que j'étais souffrante. La seule excuse acceptable à laquelle il put penser pour ne pas les offenser. Mais ils ont compris et ils ont été offensés. »

Elle le regarda avant de continuer. « Vous avez davantage que moi l'expérience de ces gens, j'imagine, alors vous savez combien il est important pour eux de se sentir respectés. » Brunetti acquiesça. « Je crois que tout a plus ou moins commencé ce jour-là, où je ne suis pas venue faire leur connaissance. » Elle haussa les épaules. « Ça n'a pas vraiment d'importance, mais on aime bien comprendre les choses, n'est-ce pas ? » Elle changea soudain de sujet. « Buvez votre camomille, commissaire, elle va être froide. » *Tiens, « commissaire »,* se dit Brunetti. Il prit une gorgée d'infusion et se retrouva enfant, au lit avec un coup de froid ou la grippe.

« Quand il leur a dit que j'étais souffrante, reprit-elle, l'homme qui avait invité Maurizio lui demanda ce qui n'allait pas – en fait, j'avais été chez le dentiste, ce jour-là. » Elle le regarda pour voir s'il comprenait l'importance de ce détail et il hocha à nouveau la tête. « Dans le cadre de l'autre histoire. »

Elle prit encore un peu d'infusion. « Et Maurizio a dû sentir qu'ils étaient mécontents car il leur en a dit plus que ce qu'il aurait dû ; assez, en tout cas, pour qu'ils comprennent ce qui s'était passé. C'est Antonio qui a dû le demander. » Nouveau regard, et elle ajouta, d'une voix aussi glaciale que la mort : « Antonio pouvait se montrer tout à fait charmant et sympathique. »

Brunetti ne dit rien.

« Vous connaissez cette histoire du roi demandant à ses chevaliers s'il n'y en aurait pas un pour le débarrasser de ce satané moine, ou quelque chose comme ça ?

— Oui, je la connais », répondit Brunetti. L'historien en lui aurait aimé ajouter que cette histoire était probablement apocryphe, mais il estima que ce n'était pas le moment.

Elle contempla quelques instants sa tasse et l'intrigua par cette remarque inattendue : « Les Romains étaient tellement plus directs. » Puis elle reprit le fil de son récit comme si elle n'avait rien dit. « Je crois que c'est ce qui s'est passé. Maurizio leur a raconté ce qui m'était arrivé, le faux dentiste, ce qu'il avait fait, et qu'il avait été en prison ; je suppose qu'il a dû dire quelque chose sur l'absence de justice dans ce pays. » Brunetti eut l'impression qu'elle lui livrait un texte appris par cœur, même si elle ne l'avait jamais répété à haute voix. Elle le regarda et ajouta, d'une voix plus douce : « C'est ce que tout le monde dit, non ? »

Elle baissa à nouveau les yeux sur sa tasse, la prit mais ne la porta pas à ses lèvres. « Je crois que c'était tout ce dont Antonio avait besoin. Une raison pour faire du mal à quelqu'un. Ou pire. » La tasse cliqueta quand elle la reposa dans la soucoupe.

« A-t-il dit quelque chose à votre mari ?

— Non, rien. Et je suis sûre que Maurizio a pensé que les choses en resteraient là.

— Ce n'est pas lui qui vous a parlé de cette conversation ? » demanda Brunetti. Voyant sa confusion, il ajouta : « Je veux dire, votre mari ? »

Elle parut sincèrement étonnée. « Non, bien sûr que non. Il ignore complètement que je suis au courant de tout cela. » Puis elle ajouta, parlant beaucoup plus lentement et d'une voix plus douce : « C'est bien là tout le problème.

— Je vois, fut tout ce que put répondre Brunetti, qui en fait y voyait de moins en moins clair.

— Sur quoi, quelques mois plus tard, le faux dentiste a été tué. Nous étions en Amérique, Maurizio et moi, quand c'est arrivé, et nous ne l'avons appris qu'à notre retour. La police de Dolo est venue nous poser des questions, mais lorsqu'ils ont su que nous étions à l'étranger au moment des faits, ils n'ont pas insisté. » Il crut qu'elle avait terminé, mais elle ajouta, laconique : « Et la femme. »

Elle ferma les yeux et garda le silence un long moment. Brunetti en profita pour finir sa camomille et remplir à nouveau les tasses.

« C'était Antonio, bien entendu », dit-elle comme elle aurait parlé de la pluie et du beau temps.

Bien entendu, pensa Brunetti. « A-t-il dit à votre mari ce qu'il avait fait ? » Il se demandait si l'histoire n'avait pas tourné au chantage, ce qui aurait expliqué qu'elle soit venue le voir à la questure.

« Non. C'est à *moi* qu'il l'a dit. Il m'a appelée et a demandé à me rencontrer – je ne me souviens même plus sous quel prétexte, il s'est servi du fait qu'il était en affaires avec mon mari, je crois. » Elle avait souligné l'expression « en affaires ». « Je lui ai dit qu'il n'avait qu'à passer à l'appartement. Et il m'a tout raconté.

— C'est-à-dire ?

— Ce qui s'était passé. Que Maurizio – d'après lui, en tout cas – avait clairement exprimé ce qu'il voulait et que lui, Antonio, l'avait fait. » Elle regarda Brunetti d'une telle manière qu'il la soupçonna d'avoir dit tout ce qu'elle avait à dire et d'attendre maintenant son commentaire. « Mais c'est impossible », ajouta-t-elle finalement, s'efforçant de paraître convaincue.

Brunetti laissa passer quelques secondes. « Vous l'avez cru ?

— Qu'il avait tué le dentiste ?

— Oui. »

Il allait répondre quelque chose lorsqu'un cri suraigu, cri de ravissement d'un enfant, leur parvint du Campo. Elle se tourna dans cette direction. Sans regarder Brunetti, elle dit : « C'est étrange. C'était la première fois que je voyais Antonio, mais il ne m'est même pas venu à l'esprit d'en douter.

— Avez-vous cru que votre mari lui avait demandé de le faire ? »

Si Brunetti s'était attendu à ce qu'elle soit choquée par la question, il fut déçu. Elle paraissait surtout fatiguée. « Non. Maurizio n'aurait pas pu faire une chose pareille », dit-elle d'une manière qui repoussait toute possibilité de doute ou de discussion.

Elle se tourna vers Brunetti. « Je peux concevoir qu'il en ait parlé ; il n'y avait que lui qui pouvait les mettre au courant, n'est-ce pas ? » Et c'est d'une voix pleine de souffrance qu'elle posa la question suivante : « Sinon, comment Antonio aurait-il appris le nom du dentiste ? Maurizio n'aurait jamais demandé une chose pareille, quelle qu'ait été son envie que cela arrive.

— Je vois, dit laconiquement Brunetti. A-t-il dit autre chose, quand il est venu vous voir ?

— Oui. Qu'il était certain que Maurizio n'aurait jamais voulu que je sois au courant. Il a commencé en laissant entendre que Maurizio le lui avait demandé directement, mais quand il a vu que je n'avalais pas ça – vous devez comprendre qu'Antonio n'était pas idiot –, il a modifié son histoire et m'a dit qu'il ne s'était agi que d'une suggestion, mais que Maurizio leur avait donné le nom. Et il m'a même demandé, je m'en souviens, pour quelle autre raison Maurizio leur aurait donné ce nom, sinon. » Brunetti crut qu'elle avait terminé, mais elle ajouta : « Et la femme.

— Mais qu'est-ce qu'il voulait ?

— Il me voulait, moi, commissaire. » Il y avait quelque chose de féroce dans sa voix. « Je le connaissais depuis deux ans et je savais que c'était un homme qui… » Elle laissa la phrase en suspens, cherchant ses mots. « Qui avait des goûts… détestables. » Comme Brunetti ne réagit pas elle ajouta : « Comme le fils de Tarquin, commissaire. Comme le fils de Tarquin.

— Terrasini a-t-il menacé d'appeler la police ? » *Peu probable*, pensait Brunetti en posant la question, pour la simple raison que cela revenait à avouer le meurtre.

« Oh non, rien de tel. Il était sûr que mon mari n'aurait jamais voulu, pour rien au monde, que je sache ce qu'il avait fait. "Jamais un homme ne le voudrait", voilà ce qu'il m'a dit. » Elle tourna la tête de côté et Brunetti remarqua à quel point la peau était tendue, sur son cou. « Il estimait que Maurizio était responsable de ce qui s'était passé. » Elle secoua la tête. « Antonio n'était pas bête, comme je l'ai déjà dit. Il est allé dans des écoles catholiques. Les jésuites. » Toujours sur le ton de la conversation.

« Et donc ? demanda Brunetti.

— Et donc, pour que Maurizio n'apprenne pas que j'étais au courant, Antonio a suggéré que lui et moi trouvions un arrangement. C'est le terme qu'il a employé, "arrangement".

— Comme le fils de Tarquin avec Lucrèce ?

— Exactement, dit-elle, comme prise d'une grande fatigue. Si j'acceptais les termes de cet arrangement, Maurizio n'apprendrait jamais que je savais qu'il avait parlé du dentiste devant ces gens et qu'il avait donné à Antonio l'idée de... de faire ce qu'il avait fait. Le nom du dentiste. » Elle prit la théière à deux mains, comme si elle avait tout à coup froid.

« Et donc? l'encouragea Brunetti.

— Et donc, pour préserver l'honneur de mon mari... » Elle s'interrompit en voyant la réaction de Brunetti. « Oui, commissaire, son honneur, pour qu'il puisse continuer à croire que je le respectais et le chérissais – ce qui est le cas et le sera toujours –, eh bien, j'avais un moyen de rendre cela possible. » Elle retira ses mains de la théière et les croisa sur la table, devant elle.

« Je vois », dit Brunetti.

Elle but plusieurs gorgées de camomille, assoiffée, sans y ajouter de miel. « Trouvez-vous cela étrange?

— Je ne suis pas sûr qu'"étrange" soit le terme exact, signora, répondit évasivement Brunetti.

— J'aurais fait n'importe quoi pour sauver l'honneur de mon mari, commissaire, même s'il leur avait vraiment dit de le faire. » Elle avait parlé avec une telle véhémence que deux femmes, assises à une table près de la porte, se tournèrent pour les regarder.

« En Australie, Maurizio est tout le temps resté avec moi. Il était tous les jours à l'hôpital, et il a été tous les jours dans ma chambre dès qu'il a eu le droit d'y entrer. Il a délaissé ses affaires pour rester avec moi. Son fils l'a appelé pour lui demander de rentrer, mais il est resté avec moi. Il me tenait la main et me nettoyait quand je vomissais. » Elle parlait à présent d'une voix basse et passionnée.

« Et puis, quand tout cela s'est terminé, après toutes les opérations, il m'aimait toujours. » Son regard devint vague. « La première fois que je me suis vue, j'ai dû aller dans les toilettes de l'hôpital. Il n'y avait aucun miroir dans ma chambre. Maurizio les avait fait enlever et au début, quand on m'a retiré les pansements, je n'y ai pas pensé un instant. Puis ça a commencé à me travailler et je lui ai demandé où étaient les miroirs. »

Elle eut un petit rire, discret et musical ; un son ravissant. « Et il m'a répondu qu'il n'y avait pas fait attention, que peut-être la règle voulait qu'il n'y ait pas de miroirs dans les chambres d'hôpital, en Australie. Ce soir-là, après le départ de Maurizio, je suis allée au bout du couloir, dans les toilettes. Et j'ai vu ça », dit-elle en élevant une main vers son menton.

Elle posa un coude sur la table et appuya trois doigts contre sa bouche, le regard perdu sur ce miroir lointain. « C'était horrible. Voir ce visage et ne pas être capable de sourire, de froncer les sourcils – de faire quoi que ce soit avec. » Elle retira ses doigts. « Et au début, c'était affreux de voir comment les gens me regardaient. Ils ne pouvaient pas s'en empêcher : ils voyaient ça, et la stupeur qu'ils tentaient d'atténuer se peignait sur leur visage. Puis, l'instant suivant, elle était remplacée par de la réprobation puritaine, en dépit de tous les efforts qu'ils faisaient pour n'en laisser rien paraître. La *super liftata* », ajouta-t-elle, et il y avait de la rage dans sa voix. « Je sais très bien comment on m'appelle. »

Brunetti crut qu'elle avait terminé, mais il se trompait. « Le lendemain, j'ai dit à Maurizio ce que j'avais vu dans le miroir, et il m'a répondu que ça ne faisait rien. Je me rappelle encore la manière dont il a agité les mains et dont il a dit *"sciochezze"*, des bêtises, comme si ce visage était la chose la moins importante en moi. »

Elle repoussa la soucoupe et la tasse loin d'elle. « Et j'ai cru qu'il le pensait vraiment, je crois qu'il le pense toujours vraiment. Pour lui, je suis toujours la jeune femme qu'il a épousée.

— Et pendant ces deux dernières années ? demanda Brunetti.

— Que voulez-vous dire ? demanda-t-elle avec colère.

— Il n'a jamais rien soupçonné ?

— Quoi ? Qu'Antonio était – comment dois-je l'appeler – mon amant ? Pas vraiment.

— A-t-il eu des soupçons ?

— J'espère que non, répondit-elle aussitôt. Mais j'ignore ce qu'il sait exactement, et s'il s'autorise même à y penser. Il sait que je passe du temps avec Antonio et je crois… je crois qu'il redoute de me poser la question. Et je ne pourrais rien lui dire, n'est-ce pas ? » Elle s'enfonça dans son siège et croisa les bras. « C'est un tel lieu commun, non ? L'homme âgé et sa jeune épouse. Elle ne peut pas ne pas prendre d'amant.

— Et l'un comme l'autre cachons la simple vérité*, se surprit Brunetti à répondre.

— Quoi ?

— Désolé, c'est une citation que ma femme fait de temps en temps », répondit Brunetti sans donner d'explication, ne sachant pas lui-même comment cela lui était revenu.

« Pouvez-vous me faire le récit de ce qui s'est passé la nuit dernière ? demanda-t-il.

— Il n'y a pas grand-chose à raconter, en réalité, répondit-elle, d'une voix de nouveau fatiguée. Il m'avait demandé de le retrouver au casino, et j'avais pris l'habitude de lui obéir. Je suis donc venue.

— Et votre mari ?

— Il avait fini par s'y habituer, comme moi, je suppose. Je lui ai dit que je sortais et il ne m'a rien demandé.

— Vous n'êtes rentrée chez vous que dans la matinée, n'est-ce pas ?

— Je crains que Maurizio ne se soit aussi habitué à ça, dit-elle, morose.

— Ah. » C'est tout ce que Brunetti trouva à répondre, sur le coup. « Qu'est-ce qui s'est passé ? »

Elle changea à nouveau de position et, coudes sur la table, posa le menton sur ses mains jointes. « Pourquoi devrais-je vous raconter cela, commissaire ?

— Parce que, tôt ou tard, vous allez devoir le raconter à quelqu'un et que je suis un bon choix », répliqua-t-il, sérieux sur les deux points.

Le regard de Franca Marinello s'adoucit, eut-il l'impression, lorsqu'elle lui répondit : « Je savais qu'un lecteur de Cicéron ne pouvait être que quelqu'un de bien.

— Pas spécialement, dit-il, le pensant aussi. Mais je suis curieux et si je peux, je voudrais vous aider – tout en restant dans les limites de la loi, bien sûr.

* Shakespeare, Sonnet 138.

— Cicéron a passé sa vie à mentir, n'est-ce pas ? »

La première réaction de Brunetti fut de se sentir insulté, puis il se rendit compte qu'il s'agissait d'une question, pas d'une comparaison. « Vous voulez parler des affaires qu'il a plaidées ?

— Oui. Il a manipulé les preuves, soudoyé à coup sûr tous les témoins qui pouvaient l'être, déformé la vérité et il s'est probablement servi de toutes les combines douteuses qu'utilisent les avocats depuis la nuit des temps. » Dresser cette liste parut lui faire plaisir.

« Mais pas dans sa vie privée, dit Brunetti. Il était peut-être vain et faible, mais à la fin, il a fait preuve de droiture. Et de courage. »

Elle étudia les traits de Brunetti, s'interrogeant sur ce qu'il venait de lui dire. « La première chose que j'ai dite à Antonio a été que vous étiez policier et que vous étiez venu l'arrêter. Il porte toujours un pistolet sur lui. Je le connaissais assez bien pour... » Elle s'interrompit et resta longtemps silencieuse, comme si elle écoutait l'écho de ses propres paroles. « ... pour savoir qu'il n'hésiterait pas à s'en servir. C'est alors qu'il vous a vus, qu'il vous a vus tous les deux, je crois, et je lui ai dit de ne pas faire l'idiot, que de toute façon les avocats de sa famille le sortiraient de là le temps de le dire. »

Elle pinça les lèvres, Brunetti ne trouva pas cela séduisant. « Il m'a écouté, ou alors il était trop confus pour savoir quoi faire, et c'est pourquoi il m'a donné son arme, quand je la lui ai demandée. »

La porte de l'établissement claqua et ils tournèrent tous les deux la tête, mais ce n'était qu'une mère qui tentait de sortir avec une poussette. Une des femmes assises près de l'entrée se leva et vint lui tenir la porte.

Brunetti revint à Franca Marinello. « Et qu'est-ce que vous lui avez dit, ensuite ?

— Je viens de vous expliquer que je commençais à bien le connaître, n'est-ce pas ?

— En effet.

— Je lui ai dit que je pensais qu'il était pédé, qu'il baisait comme un pédé, et qu'il ne me voulait que parce que je ne ressemblais pas vraiment à une femme. »

Elle attendit sa réaction, mais Brunetti n'en eut aucune.

« C'était faux, bien entendu. Le connaissant, cependant, je savais ce qu'il ferait. » Sa voix changea et c'est sur un ton sans émotion, avec un détachement quasi académique qu'elle déclara : « Antonio n'employait qu'une seule méthode en cas d'opposition, la violence. Je savais ce qu'il allait faire. Et je lui ai donc tiré dessus. » Brunetti restait toujours sans réaction. « Quand il a été à terre, je me suis dit qu'il n'était peut-être pas mort, et je lui ai tiré une dernière balle dans la figure. » La sienne resta impassible pendant qu'elle disait cela.

« Je vois, dit finalement Brunetti.

— Et je le referais, commissaire, je le referais. » Il fut tenté de lui demander pourquoi, mais il savait qu'elle était lancée, à présent, et incapable de s'arrêter. « Je vous l'ai dit : il avait des goûts détestables. »

Et ce fut la dernière chose qu'elle lui confia.

29

« Si ça ne tenait qu'à moi, dit Paola, je lui donnerais une médaille. »

Brunetti était allé se mettre au lit tout de suite après le dîner, disant qu'il était fatigué, mais sans expliquer pourquoi. Paola, couchée quelques heures après, s'était aussitôt endormie pour se réveiller à trois heures du matin alors que Guido, étendu à côté d'elle, bien réveillé, faisait tourner les événements en boucle dans sa tête. Il lui raconta alors ses conversations avec Donatella Falier, Griffoni et enfin Franca Marinello.

Il lui fallut un bon moment pour terminer son récit, ponctué à intervalles réguliers par les cloches des différentes églises du quartier, sans qu'ils y fassent attention. Il parvenait à expliquer, à théoriser, à essayer d'imaginer, mais il ne cessait de revenir à la formule qu'elle avait fini par adopter : « Des goûts détestables ».

« Dieu me pardonne, lui avait répondu Paola, mais je ne vois vraiment pas ce que cela veut dire. Et je crois que j'aime autant ne pas le savoir.

— Une femme peut-elle tolérer qu'une chose pareille se prolonge pendant deux ans ? » demanda-t-il finalement, sachant sur-le-champ qu'il avait commis une erreur.

Au lieu de répondre, elle alluma sa lampe de chevet et se tourna vers lui.

« Qu'est-ce qui se passe ?

— Rien, dit Paola. Je veux juste voir la tête de quelqu'un capable de poser une question pareille.

— Quelle question? protesta-t-il, indigné.

— Sur le fait qu'une femme puisse tolérer de *laisser* se prolonger une chose pareille.

— Et qu'est-ce qu'elle a qui ne va pas – la question? »

Elle se laissa à nouveau glisser dans le lit, remontant la couverture sur elle. « Primo, elle part du principe qu'il existerait un cerveau féminin, et que donc toutes les femmes réagiraient de la même manière dans des circonstances identiques. » Elle se redressa brusquement sur un coude. « Pense à la peur, Guido. Pense à ce qu'elle a vécu pendant deux ans. Cet homme était un assassin, elle savait ce qu'il avait fait au dentiste et à sa femme.

— Crois-tu qu'elle se sentait obligée de se sacrifier pour que son mari puisse garder intactes les illusions qu'il se faisait sur lui-même? » demanda-t-il, très content de lui-même et de la manière dont il avait formulé sa question. Cependant, il ne parvint pas à s'empêcher d'ajouter : « Où est ton féminisme, pour que tu puisses défendre une idée pareille? »

Paola ouvrit bien la bouche pour parler, mais elle resta quelques instants sans trouver ses mots. « Regarde donc la chaire d'où tombe le sermon, dit-elle finalement.

— Et qu'est-ce que c'est supposé vouloir dire?

— Ce n'est pas *supposé* vouloir dire quoi que ce soit, Guido. Cela veut dire simplement qu'en la matière, tu n'as aucune légitimité en tant que paladin de la cause féministe. Je pourrais t'accorder beaucoup de choses, et en d'autres temps et circonstances je t'accorderais même d'être le paladin de tout ce que tu voudras, y compris du féminisme, mais pas aujourd'hui, pas à propos de cette affaire.

— Je ne comprends pas ce que tu veux dire », répliqua-t-il, bien que craignant le contraire.

Elle repoussa les couvertures et s'assit, lui faisant face. « Ce dont je te parle Guido, c'est de viol. Et ne me regarde pas, enchaîna-t-elle sans lui laisser le temps de dire quoi que ce soit, comme si j'étais tout d'un coup devenue hystérique; comme si j'étais morte de peur à l'idée que tout homme à qui je sourirais allait me sauter dessus, ou comme si je considérais que le moindre compliment est un prélude à l'agression. »

Il se tourna pour allumer à son tour sa lampe de chevet. Si cette conversation devait durer longtemps – ce qu'il soupçonnait, à présent –, autant bien la voir.

« C'est différent pour nous, Guido, et vous, les hommes, vous ne voulez pas, ou ne pouvez pas le voir. »

Il profita de la pause qu'elle marquait pour glisser : « Il est quatre heures du matin, Paola, et je n'ai pas envie d'écouter un discours, d'accord ? »

Il avait craint de la voir s'enflammer, mais ce fut apparemment tout le contraire. Elle posa une main sur son bras. « Je sais, je sais. Tout ce que je te demande, c'est d'essayer de comprendre la situation d'une femme qui a accepté d'avoir des relations sexuelles avec un homme avec lequel elle ne veut pas en avoir. » Elle réfléchit quelques instants. « Je ne lui ai parlé que très peu de fois. C'est ma mère qui l'aime bien. Qui l'aime beaucoup, en fait – et j'ai confiance en son jugement.

— Et qu'est-ce que ta mère pense d'elle ? demanda-t-il.

— Qu'elle ne mentirait pas. Si bien que si elle t'a dit qu'elle a agi contre sa volonté – et je crois que "goûts détestables" suffit à le suggérer –, il s'agit de viol. Même si cela a duré deux ans, même si c'était pour protéger l'amour-propre de son mari. » L'expression de Guido ne changeant pas, elle ajouta, d'une voix plus chaleureuse : « Tu es un représentant de la loi dans ce pays, Guido, si bien que tu sais ce qui se serait passé si elle avait été voir la police, si on avait déballé toute l'histoire devant un tribunal. Ce qui serait arrivé à son vieux mari comme à elle-même. »

Elle s'arrêta et le regarda, mais il décida de ne pas répondre et encore moins de soulever des objections.

« Notre culture a des idées très primitives sur le sexe », dit-elle.

Brunetti préféra essayer d'alléger l'atmosphère. « Je crois que notre société a des idées très primitives sur pas mal de choses. » À peine avait-il lâché ce qui se voulait une boutade qu'il se rendit compte à quel point il le croyait, ce qui ne fit rien pour lui remonter le moral.

C'était à ce moment-là qu'elle avait dit que si ça ne tenait qu'à elle, elle lui donnerait une médaille.

Brunetti soupira, haussa les épaules, tendit la main et éteignit.

C'est quand il sentit la pression de la main de Paola qu'il se rendit compte qu'elle ne l'avait pas lâché. « Qu'est-ce que tu vas faire ? demanda-t-elle.

— Dormir.

— Et demain matin ? insista-t-elle, éteignant à son tour.

— J'irai voir Patta.

— Qu'est-ce que tu vas lui raconter ? »

Brunetti se tourna sur sa droite, devant pour cela se libérer de la main de Paola. Il se redressa, tapota son oreiller, puis s'installa de manière à pouvoir placer sa main gauche dans le creux du bras de sa femme. « Je ne sais pas.

— Vraiment ?

— Vraiment », dit-il avant de sombrer dans le sommeil.

Les journaux s'emparèrent de l'affaire et ne la lâchèrent plus. Ils y enfoncèrent leurs crocs et la secouèrent, car elle contenait tous les ingrédients favoris du public : des riches ayant un comportement apparemment scandaleux ; une jeune femme, un vieux mari, l'amant ; violence, sexe et mort. Sur le chemin de la questure, Brunetti revit la photo de Franca Marinello jeune ; il en vit même plusieurs et il se demanda comment la presse pouvait en avoir trouvé autant de différentes en aussi peu de temps. Ses condisciples de l'université les auraient-ils revendues ? Sa famille ? Des amis ? Une fois dans son bureau, il ouvrit les journaux pour savoir comment chacun présentait les choses.

Au milieu de l'avalanche de mots, il y avait d'autres photos d'elle prises lors d'activités sociales, au cours des quelques dernières années, et les spéculations allaient bon train sur les raisons qui avaient poussé une si jolie jeune femme à manipuler son aspect naturel – n'osant pas aller jusqu'à dire *le don que Dieu lui avait fait* – pour finir par avoir celui qu'elle avait maintenant. On interrogea des psychologues : l'un d'eux déclara que c'était un symbole de la société de consommation, dans laquelle on n'est jamais satisfait de ce que l'on a, où l'on cherche toujours quelque exploit symbolique pour valider ce que l'on vaut ; tandis qu'une autre, dans l'*Osservatore Romano*, y voyait un triste exemple de la manière dont les femmes étaient poussées à tenter n'importe quoi pour paraître plus jeunes, ou plus séduisantes, afin de gagner la compétition auprès des hommes. Parfois, avait ajouté la psy avec une jubilation mal contenue, ces tentatives échouaient, mais ces échecs ne suffisaient pas à dissuader celles qui étaient lancées à la poursuite de cet insaisissable but : la beauté physique.

Une journaliste spéculait sur la nature des relations de Franca Marinello avec Terrasini, dont le passé criminel s'étalait à longueur de pages. Leur couple était bien connu, prétendait un certain nombre de personnes anonymes ; on l'avait vu dans les meilleurs restaurants de la ville et souvent au casino.

On avait bien entendu affecté à Cataldo le rôle du mari trompé. Homme d'affaires, ancien conseiller municipal, jouissant de la considération générale dans le milieu du patronat vénitien, il avait divorcé de sa première épouse après trente-cinq ans de mariage pour pouvoir épouser Franca Marinello, une femme ayant trente ans de moins que lui. Ni l'un ni l'autre n'avaient pu être interviewés, et aucun mandat d'arrestation contre elle n'avait encore été signé. La police interrogeait toujours des témoins et attendait les résultats de l'autopsie.

Brunetti, pourtant l'un des témoins du crime, n'avait pas été interrogé, pas plus que ne l'avaient été Griffoni et Vasco, apprit-il après quelques coups de téléphone. « Et qui diable est donc supposé nous interroger ? » ne put-il s'empêcher de dire à haute voix.

Il referma les journaux et, bien qu'ayant conscience que ce n'était rien de plus qu'un geste de protestation dépourvu de sens, les jeta dans la corbeille à papier. N'empêche, il se sentit mieux de l'avoir fait. Patta ne se présenta pas à la questure avant le début de l'après-midi, mais la signorina Elettra prévint Brunetti dès son arrivée et celui-ci descendit aussitôt.

La jeune secrétaire était à son bureau quand il entra. « J'ai bien peur de ne pas en avoir assez appris sur elle, dit-elle, ou sur Terrasini. Ou du moins, pas assez vite.

— Vous avez lu les journaux.

— J'y ai jeté un coup d'œil et je les ai trouvés encore plus écœurants que d'habitude.

— Comment est-il ? demanda Brunetti avec un mouvement de tête vers la porte.

— Il vient juste de parler au téléphone avec le questeur, et quelque chose me dit qu'il va vouloir vous voir. »

Brunetti frappa et entra, sachant que l'humeur de Patta se trahissait dès le premier mot qu'il prononçait. « Ah, Brunetti, dit le vice-questeur quand il le vit. Entrez. »

D'accord, ça faisait plusieurs mots, mais ils avaient tous été prononcés sur un mode mineur, ce qui signifiait qu'il avait affaire à un Patta bien embêté, lequel mijotait quelque chose et ne savait trop s'il allait s'en tirer, et qui était encore moins sûr de pouvoir compter sur Brunetti pour l'aider.

« J'ai pensé que vous aimeriez me parler, monsieur, dit Brunetti de son ton le plus déférent.

— Oui, en effet. » Patta avait répondu avec chaleur. Il indiqua un siège à Brunetti et attendit que celui-ci soit assis confortablement pour reprendre. « J'aimerais que vous me parliez de l'incident, au casino. »

Le commissaire se sentait de plus en plus mal à l'aise – tel était l'effet que lui faisait Patta, quand il était trop poli. « J'étais là à cause de l'individu, Terrasini. Son nom était apparu (il jugea plus prudent de ne pas mentionner la photo que lui avait envoyée Guarino, sachant de plus que Patta ne demanderait pas de détails) dans le cadre de mon enquête sur la mort du carabinier. Le responsable de la sécurité du casino m'a appelé pour me dire que l'homme était sur place, et j'y suis donc allé. La Commissaire Griffoni m'accompagnait. »

Patta se tenait assis dans une attitude quasi royale, derrière son bureau. Il acquiesça. « Bien. Continuez.

— Peu après notre arrivée, Terrasini a subi une suite de coups perdants et quand il est devenu évident qu'il allait faire un scandale, le chef de la sécurité et son assistant sont intervenus et l'ont raccompagné avec courtoisie mais fermeté vers la sortie, au rez-de-chaussée. » Patta acquiesça de nouveau, comprenant tout à fait combien il était important d'étouffer rapidement ce genre d'esclandre pour préserver la tranquillité publique.

« Il avait joué à une table avec une femme, et celle-ci les a suivis. » Brunetti ferma les yeux, comme s'il reconstituait la scène dans son esprit. « Ils l'ont entraîné jusqu'au premier palier de l'escalier, et je suppose qu'ils ont jugé à ce moment-là que Terrasini s'était calmé, car ils lui ont lâché les bras ; ils ont attendu un peu, puis ils ont remonté l'escalier pour retourner dans les salles de jeu. »

Il regarda Patta, lequel aimait que les gens le fassent lorsqu'ils s'adressaient à lui. « Sur quoi, pour une raison qui me reste incompréhensible, Terrasini a sorti un pistolet et l'a braqué sur nous – ou sur les deux responsables de la sécurité, ce n'était pas très clair. » Il ne mentait pas : il n'aurait pas su dire sur qui Terrasini avait pointé son arme.

« Griffoni et moi avions déjà notre arme de service à la main et quand il les a vues, sans doute a-t-il changé d'avis parce qu'il a abaissé la sienne et l'a ensuite confiée à la signora Marinello. »

Brunetti trouva encourageant que Patta trouve naturel le formalisme avec lequel il parlait de la jeune femme. Il continua. « C'est alors – seulement quelques secondes plus tard – qu'il s'est tourné vers elle et qu'il a brandi le poing comme pour la frapper. Pas pour la gifler, monsieur, pour la frapper, sa main était fermée. Je l'ai vu. »

Patta avait un peu trop l'air d'entendre une histoire qu'il connaissait déjà.

« C'est alors qu'elle a tiré. Il est tombé, et elle a tiré une fois de plus. » Patta ne posa pas la question, mais Brunetti le lui dit tout de même : « Je ne sais pas pourquoi elle a fait ça, monsieur.

— Est-ce tout ?

— C'est tout ce que j'ai vu, monsieur.

— A-t-elle dit quelque chose ? » demanda Patta. Brunetti se préparait à répondre mais le vice-questeur précisa sa pensée : « Quand vous avez parlé avec elle, au casino ? Sur ce qu'elle venait de faire ?

— Non monsieur », répondit honnêtement Brunetti.

Patta se laissa aller dans son fauteuil et croisa les jambes, exhibant une chaussette plus noire que la nuit et plus douce qu'une joue de bébé. « Nous devons nous montrer prudents dans cette affaire, Brunetti, comme je pense que vous pouvez le comprendre.

— Bien entendu, monsieur.

— J'ai parlé avec Griffoni et elle confirme votre version des faits ou, si vous préférez, vous confirmez la sienne. Elle m'a dit exactement la même chose, qu'il lui avait donné son arme puis qu'il avait brandi le poing pour la frapper. »

Brunetti répondit d'un hochement de tête.

« J'ai parlé avec son mari aujourd'hui même, poursuivit Patta, et Brunetti dut dissimuler son étonnement par une petite toux. Nous nous connaissons depuis des années, expliqua-t-il. Par le Lions Club.

— Bien entendu, dit Brunetti avec, dans la voix, l'admiration de ceux qui n'en faisaient pas partie. Qu'est-ce qu'il vous a dit ?

— Que sa femme avait paniqué quand elle avait vu que Terrasini allait la frapper. » Puis, sur un ton de confidence qui accordait à Brunetti une entrée d'un jour dans le club des vieux copains, il ajouta : « Vous pouvez imaginer ce qui serait arrivé à sa figure, s'il l'avait touchée. Elle aurait pu tomber en morceaux. »

Brunetti sentit son estomac se tordre de rage, à ces mots, puis il se rendit compte que le questeur parlait on ne peut plus sérieusement. Et une seconde de réflexion suffit à lui faire admettre que Patta avait probablement raison.

« Et quand il a été au sol, elle a vu une de ses mains se diriger vers sa jambe. Son mari m'a dit que c'est pour cette raison qu'elle avait tiré à nouveau. Avez-vous vu vous-même ce geste ?

— Non, monsieur, c'était elle que je regardais et de toute façon, je n'aurais pas pu le voir sous cet angle. » Ce qui était idiot, mais Patta voulait croire ce qu'on lui avait dit et il n'y avait pas de raison de l'en empêcher.

« C'est aussi exactement ce qu'a déclaré Griffoni », reprit Patta.

Non sans quelque perversité, Brunetti demanda alors : « Qu'est-ce que vous et son mari avez décidé, monsieur? »

Patta entendit la question, pas la manière dont elle était formulée. « Je crois que ce qui s'est passé est parfaitement clair, non?

— Oui monsieur. Parfaitement.

— Elle s'est senti menacée et elle s'est défendue par le seul moyen à sa disposition », expliqua Patta. Brunetti eut la certitude que c'était mot pour mot ce qu'il avait déclaré au questeur. « Quant à cet homme, Antonio Terrasini, j'ai demandé à la signorina Elettra de faire des recherches sur lui et une fois de plus, elle a fait cela avec une remarquable rapidité. Bref, il a un casier rempli d'actes de violence.

— Ah, se permit de s'exclamer Brunetti. Mais existe-t-il une possibilité d'inculpation? »

Patta chassa cette idée comme une mouche importune. « Non, ce n'est certainement pas nécessaire. » Puis il passa sur le mode grandiloquent. « Ils ont bien assez souffert comme ça. » On pouvait supposer que le pluriel était là pour inclure le mari, et Brunetti reconnut que c'était on ne peut plus vrai. Ils avaient souffert.

Il se leva. « Je suis content que cette affaire soit réglée », dit-il.

Patta fit à Brunetti la grâce de lui adresser un de ses rares sourires, et le commissaire fut frappé, comme à chaque fois que cela se produisait, par la grande beauté de cet homme. « Vous me rédigerez un rapport, n'est-ce pas, Brunetti?

— Bien entendu, monsieur, répondit Brunetti avec, pour une fois, un empressement inhabituel à faire ce que lui demandait son maître. Je vais monter et m'y mettre tout de suite.

— Bien », dit Patta en tirant quelques papiers à lui.

Dans son bureau, Brunetti eut une pensée pour l'ordinateur qu'il n'avait toujours pas, sans arriver à le regretter plus que ça, cependant. Il rédigea son compte-rendu, qu'il ne fit ni trop court ni trop long, relatant les événements qui s'étaient déroulés au casino, deux nuits auparavant. Il se contenta de rapporter ce qu'il avait vu, ne faisant référence à Franca Marinello que d'une manière passive : la personne qui avait suivi Terrasini dans l'escalier et à qui celui-ci avait donné son arme. Elle n'était devenue active, selon Brunetti, que lorsque Terrasini l'avait menacée de son poing. Il décrivit sa réaction. Il ne mentionna pas qu'il l'avait vue parler à Terrasini, ni qu'elle lui avait demandé s'il avait lu Ovide, et encore moins qu'ils s'étaient rencontrés chez le marchand de glaces.

Son téléphone sonna avant qu'il ait fini. Il décrocha.

« C'est Bocchese, dit le patron du labo.

— Oui, dit Brunetti, continuant à écrire.

— Je viens juste de recevoir le rapport d'autopsie du type qui s'est fait descendre, au casino.

— Oui ?

— Il avait pas mal d'alcool dans le sang, et autre chose qu'ils n'ont pas pu identifier. Ça pourrait être de l'ecstasy ou un truc du genre. Mais il y a quelque chose, c'est sûr. Ils font d'autres tests.

— Et toi ? Tu as trouvé des éléments intéressants ?

— Ils m'ont envoyé les balles et je les ai regardées rapidement. Les types de Mestre m'avaient déjà fait parvenir les photos des balles qu'ils ont trouvées dans la boue – dans ce réservoir de Marghera. Si ce n'est pas la même arme qui a tiré, je démissionne et j'ouvre une brocante.

— C'est ce que tu comptes faire pour ta retraite ? demanda Brunetti.

— Pas la peine, répondit le technicien. Je connais tellement de monde dans ce secteur que je n'aurais même pas besoin d'ouvrir une boutique. Comme ça, pas d'impôts à payer.

— Évidemment.

— Est-ce que tu veux que je vérifie pour cet autre type, comment s'appelle-t-il, déjà – le type de Tessera ?

— Oui, si tu peux.

— Ça va me prendre dans les deux jours. Va falloir que je les caresse dans le sens du poil pour qu'ils m'envoient les photos des balles.

— Ne les lâche pas, Bocchese. Ça pourrait être intéressant.

— Très bien, puisque tu le dis. Autre chose ? »

Il y avait bien le dentiste, comme le savait Brunetti, et son meurtre resté non résolu. Si la police pouvait établir le lien entre sa mort et l'arme, cela pourrait incriminer Terrasini, n'est-ce pas ? Mais Terrasini était mort.

« Non, rien d'autre », répondit Brunetti. Et il raccrocha.

Photocomposition Datagrafix

Impression réalisée par

CPI
BRODARD & TAUPIN

La Flèche

pour le compte des Éditions Calmann-Lévy
31, rue de Fleurus, Paris 6ᵉ
en février 2012

N° d'éditeur : 5183314/01
N° d'imprimeur : 66898
Dépôt légal : février 2012
Imprimé en France